無鹽妖嬈 4

風 文創 063

玉贏 著

目錄

第二十三章　情情糾纏心心亂

弱王這番話一說出，那麻布袋馬上扭動了幾下，唔唔地說了一句，可楚弱王根本沒有聽清。事實上，他腳步生風，大步流星，奔行如飛，在他這般全速行進中，壓根兒沒有辦法去傾聽。

而隨著他這一番狂奔，車隊中跳出了三個黑衣漢子，這三個漢子功夫高絕，幾個縱躍，便輕飄飄地跳過人群的包圍，衝到了楚弱王的身後，緊緊地保護他。

四人均是全速而行，兩側街道縱是人山人海，也擋不住他們的行進。不一會兒工夫，他們便把眾人遠遠地拋到腦後，身影完全消失。

燕玉兒的馬車這時才駛到叔子身後，她急急地叫道：「叔子，你怎地啦？」事實上，就在她開口叫喚的同時，她已感覺到了一些東西，眼前這俊美如玉的叔子臉色煞白，薄唇緊抿，眼睛中帶著一抹憤怒，而且，自從楚弱王抱著那少女大步走開後，他便一動也不動地坐在馬背上，呆若木雞。

這樣的表情、這樣的神態，難不成，那個被楚弱王抱起的少女是一絕代佳人，也是叔子的心上之人？

燕玉兒想到這裡，心頭閃過一股微微的刺痛和妒意。她暗暗忖道：那女子是誰？也不知是個怎樣傾國傾城的美人兒？難不成，她還遠勝於我？

在她想來，只有長相遠勝於自己的美人，才能令得兩位人中之龍如此癡迷。可是，這天下間又哪裡有長相遠勝於己的美人？明明沒有的啊……

雉大家也是瞠目結舌地看著楚弱王消失的方向，漸漸地，她臉上的愕然變成了恨意，變成了痛苦。她緊緊地咬著下唇，絕美的臉不由自主地有點扭曲。感覺到了周圍眾人看向自己的不解目光，她唰地一下把車簾拉下，就在眼前一暗的同時，她忽然皺起眉頭來。那少女，好似長相挺清麗的，一點也不像孫樂呀！可是除了孫樂，誰又能令得弱王如此不管不顧，行止如狂？難不成，是我眼花了？

弱王抱著孫樂大步如飛，不一會兒工夫便衝進了一個胡同，拐了兩個彎後，他重重地撞開一戶宅第的半開木門，衝了進去。

他一直衝到一幢小樓裡面，衝到一間寢房中才停下，厲聲喝道：「全部退下！」

「喏！喏！」

幾個駭暈了的侍婢連忙倒退而出。她們一離開，緊跟而來的三個漢子便上前把房門關上，然後同時退到院落中守候著。

弱王抱著孫樂衝到大床邊，把她放在床上後，才扯開那緊緊包住的青色外袍。剛一扯開，被甩得披頭散髮、狼狽不堪的孫樂便連忙坐起身，大口大口地呼吸起來。

她深呼吸了幾口，好不容易舒服一點，便惦記起這個可惡的傢伙。

弱王一看到孫樂抬頭，伸手便是緊緊一摟，摟得如此之緊，雙臂直摟得格格作響。

孫樂以前身材扁平時，被他這樣摟著便有了窒息感，何況現在她還豐潤了些？當下，她的眼前發黑，都呼吸不過來了。

就在孫樂剛準備開口叫苦的時候，弱王摟得死緊的雙臂突然一鬆，同時，他在她的頭頂上嘻嘻笑了起來。

「姊姊，弱兒是不是很體貼？妳看，那麼一街的人，都沒有兩個見過妳的面容呢！」

他不提這個還罷，一提這個，孫樂便氣不打一處來！她現在還披頭散髮、七葷八素呢！

她狠狠地深呼吸了兩下後，咬牙切齒地抬頭瞪向弱王。

弱王笑著說出這句話後，聲音忽然一啞。

慢慢地，他雙膝一軟，跪倒在地。

弱王的這個動作十分突然，直嚇了孫樂一大跳，同時也把她的鬱怒沖得一乾二淨。在她的駭然中，跪在她身前的弱王突然頭一傾，整個腦袋結結實實地埋到了她的懷抱中。

把頭伏在孫樂懷中，臉在她的衣襟上磨蹭了兩下，漸漸地，弱王一動也不動了。

孫樂眨了眨眼，她慢慢伸出手，撫上了懷中的腦袋，輕輕理著他的頭髮。

她白淨的十指剛從弱王的髮叢中穿過，驀地，一聲壓抑的、苦苦忍耐卻噴薄而出的低泣聲便從她的懷抱中傳出。同時，她感覺到了那種溫熱的震盪。

孫樂理著青絲的手指突然一僵，身軀也是一緊。

懷中的嗚咽聲還在傳來，那是一種苦苦壓抑卻還是洩漏了的嗚咽……

漸漸地，孫樂眼眶一紅，鼻中開始泛酸。她輕輕地撫摸著懷中的腦袋，慢慢地低下頭，把自己的臉藏在那滿頭深密的青絲中，一滴、兩滴、三滴……串串清淚從髮絲中流下，滾落地面。

孫樂的哭泣，卻是隱隱帶著歡喜。是的，無邊無際的歡喜如潮水一樣向她湧來，湧來。這時刻，一個念頭浮出胸臆：孫樂，弱兒比妳想像的還要在乎妳呢！孫樂，他掛念著妳呢！孫樂，就如他是妳的牽掛一樣，妳也是他的牽掛。孫樂，在這世間，妳終於真正地擁有一些東西了。

弱王的嗚咽聲時有時無，低而沈，苦苦壓抑，卻是久久不絕。孫樂一直埋在他的髮絲中，呼吸著淡淡青草香的男性氣息，感覺著那滲入她四肢百骸間的溫暖和滿足。

孫樂閉著眼睛流了一會兒眼淚後，慢慢抬起頭來。她伸袖拭去臉上的殘淚，再低頭看向依然藏在自己懷中，還在嗚咽中的弱王。

她伸出手，撫上他濃密烏黑的頭髮，手指在髮叢中穿過，不知不覺中，孫樂覺得他紮成了髻的頭髮不便於梳理，於是她把髮髻解開，打開，再十指如梳一樣細細地梳理起來。

孫樂沒有注意到，就在她把弱王的髮髻解開時，懷抱中的嗚咽聲停止了。雖然他依然安靜地伏在她的懷中，任她梳理著他的髮絲，卻嗚咽不再，那種因為抽泣和激動而引起的顫動也消失了。

一邊梳理著懷中的青絲，孫樂一邊低低地說道：「那些對我不利的人，是我老家中來的。」這句話一定要說，不能讓弱兒以為自己是為了他而受此大難。

說到這裡，孫樂繼續說道：「姊姊這些年來練的那舞蹈幫了姊姊，緊要的時候，姊姊殺了他們六個，然後自己也受了一點傷，被附近的村民救了。那村子位於群山裡面，很偏。」這也是告訴弱兒，他之所以找了半年也找不到自己的原因。

說到這裡，孫樂吐了一口氣，展顏笑道：「不管如何，姊姊回來了，回到了弱兒身邊。」

弱王慢慢抬起頭來。

他雙眼依然紅腫，鼻子也有點紅，他的目光與孫樂一對，便迅速地避開了去。

孫樂分明看到，這個時候，弱王的臉頰上閃過一抹紅暈。

緊接著，弱王騰地站了起來，轉身便向旁邊的側房走去。

孫樂看著他逃之夭夭的背影，不由得抿唇一笑，本來臉上掛著的傷感和沈重一掃而空。

這樣的弱兒，多像記憶中那個倔強的男孩。

不一會兒工夫，弱王走了出來。

這時他依然披散著頭髮，不過俊朗的臉上淚痕盡去，眼神明亮，顯然是跑到隔壁洗了把臉。

弱王大步走到孫樂面前，在孫樂的旁邊坐下，伸手摟著她的細腰，雙眼定定地落在她的臉上，眼中似笑非笑。

對上弱兒這副表情，對著他灼熱的眼神，孫樂的小臉又有點紅了。不過，這一次她在羞澀中有點鬱悶。這小子，變臉像變天一樣，一會兒工夫就原形畢露了。

弱王的右手臂緊緊摟著孫樂的腰，把她摟得只隔自己不過寸遠，然後眼光灼灼，在她的臉上不停地轉來轉去。

孫樂本來是很期待的，自己變得漂亮點了，心中是很期待能被人讚美的，可弱王此時灼灼盯視的目光中含著一股似笑非笑，直讓她有點羞臊起來。

就在孫樂忍無可忍時，弱王開口了，聲音依然有點喑啞，可是笑意流露——

「姊姊，妳變好看了呢！」

孫樂不由得抿唇得意地一笑。

她這一笑間，眼波如水般流轉，直是動人之至。

弱王哪裡見過這樣的孫樂？當下看傻了眼去。

他睜大眼看著看著，突然間呼吸漸漸加粗，就在孫樂感覺到不妙的時候，他頭一低，嘴一湊，竟是朝自己的紅唇吻來！

這還了得？

瞬間，孫樂的雙眼瞪得老大，與此同時，她急急地向後一仰。

可是，她的腰被弱兒摟得緊緊的，這一仰又能避到哪裡去？轉眼間，弱王手臂一收，逼得她向上一抬，接著，他的頭再次低下，飛快地親了下去。

弱王的動作實在飛快，孫樂剛伸出手捂向自己的嘴，他已一嘴叼住了！對，正是叼住了！他用牙齒輕輕叼著孫樂的下唇，正待再進一步時，孫樂已脹紅著臉，雙手用力地把他的大臉撐開。

這一下給僵住了，弱王的臉被孫樂用力地向後推著，直擠壓得都變了形，而他的牙齒卻仍叼著孫樂的下唇不放，溫熱的呼吸暖暖地撲在孫樂的臉上，讓她又急又羞又是惱。

「鬆開啦！」

因為嘴唇被堵了一半，孫樂這聲音聽起來軟軟的。

「才不。」弱王的聲音更是含糊。他眨了眨被擠得成了歪三角的右眼，笑得好不得意。「給我親親才、才放開……」擠壓得太厲害，他吐詞都不清了。

孫樂的臉更紅了，直是紅得要滴出血來。

弱王一邊說，一邊雙臂收緊，把孫樂緊緊地摟著貼在胸口，然後雙手向上，再向上，一直按到她的後腦殼時，他突然雙臂一收。

瞬時，孫樂整張臉黏向弱王，緊接著，她的嘴唇與弱兒的嘴唇來了個零距離。

就在四唇相遇時，弱王飛快地鬆開她可憐的、被咬出幾個深深的齒印的下唇，嘴一堵，重重地封牢了她的小嘴。接著，他舌尖擠破牙齒，強行探了進去。

隨著弱王濃厚的男性氣息破腔而入，孫樂突然慌了。

就在她心口怦怦跳得飛快，眼前一陣暈花，推著弱王的小手開始虛軟時，一陣敲門聲響了起來——

「大王，叔子、雉大家、燕玉兒求見！」

「不見！」弱王含糊地喝道。他喝完這句話後，突然輕輕含著孫樂的小舌頭，低低地啞聲笑道：「姊姊，妳很甜呢！」

這句調笑的話一出，本來又是慌亂、又是緊張、又是羞臊的孫樂再也忍受不住了，她在一陣急促如鼓的心跳聲中，眼前突然一黑。

「姊姊？姊姊？妳、妳怎麼給暈了？」

弱王喊著喊著，聲音突然低了下來，鬱悶地看著紅著小臉暈倒在自己手臂間的孫樂，悶悶地哼道：「真是的！才這麼親一下，還沒有嚐到味兒呢，居然就羞得暈過去了。」

他重重地嘆了一口氣，把暈倒了的孫樂重新換了個位，讓她如嬰兒一樣睡在自己的臂彎中。

微微側頭，弱王打量著近在方寸的孫樂的清秀小臉，挑了挑濃眉，自言自語道：「怎地大半年不見，就好看這許多了？」

他突然想起，初識孫樂時，她是醜得近乎噁心，不過區區三、四年間，她還真是變化奇大呀！這可真有點怪呢！

不過，他現在沒有心情去細思這些事，只是歪著頭，饒有興趣地、快樂地打量著閉著雙眼的孫樂。看著看著，他頭一低，在她的臉頰上叭唧了一口。

隨著清脆的叭唧聲傳出，弱王大樂，再轉到孫樂的另一邊臉頰，又重重地親了一口，接著再轉到額頭、眉心，連親了四、五口後，他輕輕叼上她小巧的鼻子。

就在他的牙齒叼上孫樂的鼻子時，弱王清楚地看到，本來暈倒過去了的孫樂，眼睫毛微不可見地眨了眨。

頓時間，弱王大樂。

他鬆開她的小鼻子，笑盈盈地打量著她的臉，從她那可憐的齒印可見的下唇，轉到她的下巴，再轉到她的頸項。

看著看著，弱王突然說道：「姊姊受了傷呢，也不知是傷到哪兒了？不行，我得檢查檢查！」

說到這裡，他右手便向孫樂的衣襟解去。

不過，他右手伸出的同時，他的那雙眼睛，可是一眨也不眨地盯著孫樂緊閉的雙眼的。

果然，就在他的手碰到襟口時，孫樂嚶嚀一聲，睜開了雙眼。她睜開雙眼時，還一副剛剛甦醒般，迷糊地眨著眼。

「哇哈哈哈……」驀地，弱王哈哈大笑起來，他一邊大笑，一邊伸手揉向孫樂的臉頰。「姊姊，妳根本沒暈對不對？妳一直在作戲對不對？哈哈哈，我的姊姊可真聰明呢，作戲都作全套的。」

他說到這裡，突然把孫樂朝床上一放，身子朝她一壓，整個人嚴嚴實實地疊在孫樂的身上，眼睛盯著她的雙眼，笑咪咪地說道：「姊姊，妳這樣子可不行喔，與弱兒這麼小小的親一親，妳都要裝暈，這樣咱們怎麼洞房呢？」

轟！

孫樂臉紅至頸！

她咬牙切齒地瞪著弱王，瞪了幾眼怒火卻是更甚，突然間，她雙手一伸，摟著弱王的頸子，同時頭一湊，重重地咬上了他的左邊耳朵。

「哎喲！」弱王痛叫出聲。

她這含恨一咬，十分用力，待她鬆開嘴時，弱王耳朵上齒印極深，只差沒有出血。

弱王伸手捂著自己的耳朵，瞪著孫樂，正準備也給她來這麼一下時，外面腳步聲響起，然後，一個清朗的聲音傳來——

「大王，秦王有請！」那聲音頓了頓後，又說道：「叔子等人不肯離去，大王，府第外面觀者人山人海了，屬下等實是無策。」

弱王聞言，濃眉皺起，慢慢坐直了身子。「請秦王稍候，我立刻前去。」

「喏！」

弱王嘆了一口氣，站起身來理順身上的長袍。

直到他出門時，孫樂突然記起，弱王披頭散髮，耳朵上牙齒印可見。就算頭髮可以梳理，可那耳朵上的牙印怎麼辦？

她想到這裡，不由得伸手捂著自己還有點疼痛的下唇。該死的弱兒，咬得可真重，也不知幾日能好。

孫樂整理一番後走出房門。

院落外，還有一個弱王的隨身劍師守著。這中年人一眼瞟到了孫樂的臉，當下嘴角一抽。

孫樂小臉一紅，迅速地伸手捂著自己的小嘴。

一來到院落裡，孫樂便聽到前面傳來一陣陣喧囂聲。孫樂記得，剛才那報告的人說了，五公子也來了這裡的。

現在可不是見五公子的時候。孫樂紅著臉，低著頭便急急地向屋子後面竄去。

果然，後院有一片小花園，樹林濃密，人影稀疏。

孫樂一直走到小花園深處，在一片山石後才停下。這山石三面聳立，只有一條小道可入可出，孫樂身子一閃便躲了進去。

那劍師遠遠地跟著孫樂，看到她躲到了山石叢中，不由得詫異地挑起眉毛，暗暗想道：孫樂姑娘恁是有趣，不過與大王親密了一番，居然羞得躲起來了？

孫樂走到山石叢中，挑了一塊山石抱膝坐下。

眼望著前面凌亂的大大小小石頭，孫樂皺起眉頭，下意識地咬向下唇。她那動作才一做，一陣刺痛便從下唇處傳來。

「哎喲！」

孫樂輕叫一聲，連忙伸手捂著小嘴。

好一會兒，小嘴處的痛感才漸漸消失。孫樂低著頭，心神再次飄飛。

我可怎麼辦才好？弱兒如此看重我、眷戀我，我也捨不得離開他。可是、可是，要是真如他所說那般，做了他的王后，雉大家等人怎麼辦？弱兒一定會一併娶了吧？

孫樂剛想到這裡，心裡便一陣絞悶。她連忙站起身來，踩在石粒中走動著。一連轉了四、五個圈，她才感覺到心情稍定。

如果要與那些女人一起分享弱兒，我寧願做他一輩子的姊姊。

孫樂忍不住又想道：如果，如果我跟弱兒說，要他只對我一個人好，他也許會答應吧？想到這裡，孫樂的小臉唰地通紅，心跳如鼓。

不過歡喜只有一瞬，轉眼間她便又想道：弱兒胸懷大志，就算他真答應了我，怕很多時候也會身不由己。再說了，他就算現在能守得住，可十年、二十年後呢？他會不會對我生厭，怪我束住了他？到時他承受著天下人的嘲笑，有所謂人言可畏，三人成虎，說不定……說不定到時他會心生怨恨，還與我反目成仇呢！

孫樂想到這裡，不由得出了一身冷汗！

孫樂，只有做弱兒一輩子的姊姊才是正確的呀！他是妳唯一的親人，難道妳要因為心中的這點私慾、這點親近的渴望，而把這份唯一的親情也給弄沒了嗎？

就在弱王伏在她的膝頭痛哭的時候，孫樂真切地感覺到了一種幸福，一種被珍惜的幸福。

這是她兩世為人，渴之如狂的感覺啊！

也是在那時，她突然不想離開弱兒了。她弄不清自己的這種捨不得中有沒有愛情的存在，她只知道，自己捨不得了、放不下了。而且從那刻起，她沒有分神思念過五公子。

可是，她真是寧願以姊姊的名義留在弱兒的身邊，這樣不近也不遠，這樣她既不會一再的苛求於弱兒，也不會經歷感情的變遷。

只有這樣，她才可以得到一輩子的溫暖，才可以守住這份唯一的幸福！

孫樂想到這裡，心意漸漸堅定起來。孫樂，愛情是飄渺的，是難以捉摸又容易消失的。那是心靈太過富裕的人才玩的遊戲，妳永遠都不需要這個，妳要的只是親情而已！

孫樂剛剛站起，便聽得外面傳來弱王的聲音——

「我姊姊呢？」

「大王，孫樂姑娘與大王既有肌膚之親，便不能再以姊姊喚之，天下人會笑話的。」

孫樂聽到這裡，小臉唰地一紅。誰與那小子有肌膚之親了？我們只不過是親……不對，只不過是咬了一口而已！

弱王哈哈一笑，說道：「然也，她年歲小於我，本來便不是我的姊姊。奈何我已習慣，慢慢改吧！」

外面的劍師不再說話。

這時，孫樂聽到弱王的腳步突然放輕，顯是正躡手躡腳地向這裡走近。

這小子，永遠這樣不安分。

孫樂抿唇一笑，小步走了出來。

她一對上弱王，便詫異地看著他。怎麼這小子到了這時刻，依然是披頭散髮的？她正詫異間，弱王的視線已迅速地落在她的唇上。突然，他伸手指著孫樂的小嘴，哈哈大笑起來。一邊笑，弱王一邊叫道：「咦？姊姊這是怎麼啦？何事想不開，把自己咬成了這般模樣？」

這個裝模作樣，得寸進尺的小子！

孫樂狠狠地白了弱王一眼，咻地一聲衝過他的身邊。就在兩人擦肩而過時，弱王右手一伸，緊緊地抓住了她的左手。同時，他轉過身來，手一伸，便極為自然地摟著了孫樂。

弱王這樣摟著孫樂的時候，他溫熱的氣息頓時籠罩著她，十分舒服，也讓她的心靈隱隱地有著點羞怯。

孫樂到了嘴邊的話，頓時又收了回去。她雖然想著要跟弱王說清，可是，不知為什麼，她始終有點開不了口。

弱王低著頭，看著孫樂臉上的猶豫掙扎，目光中精光一閃。姊姊定又胡思亂想了。

這時孫樂開口了。「弱兒，五公子等人呢？走了沒？」

她提到五公子了！弱王低下頭，雙眼灼灼地盯著孫樂的臉。她的表情很平靜，實在看不出端倪來。弱王有點鬱悶地回道：「已走了。」

孫樂點了點頭，輕問道：「你們都來了，今晚可有宴會？」

「沒有。」

孫樂一怔，不解地看向弱王。怎麼可能沒有宴會？

弱王對上孫樂的目光，輕哼一聲，悶悶地回道：「是有，不過我不會讓姊姊妳去參加的。」

他說到這裡，俊臉一紅，雙目避開了孫樂的注視。「反正我就是不允！」聲音悶悶的，帶著一分賭氣。

孫樂有點好笑。弱兒這是怕自己與五公子見面呢！她把臉一板，裝作不高興地說道：「如果姊姊非要去呢？」

孫樂這話一出，弱王便迅速地轉頭看向她。他的俊臉先是一白，緊接著，他雙眼睜大，十分嚴肅地說道：「姊姊，妳既許了弱兒，便不應該再去沾惹姬五那個小白臉！」

他說得極認真、極堅定，孫樂剛開始還有點好笑，可是笑著笑著，她突然發現弱兒的表情嚴肅得過分，不似是在開玩笑。

她眨了眨眼，不解地問道：「我許了你？」

「然也！」弱王振振有詞地朗聲回道：「姊姊為我散髮、梳髮，此乃楚人的夫婦之禮！」他盯著孫樂，徐徐說道：「婦為夫梳頭，婦去夫髮亂。婦與夫結髮，白首共萬年！」

弱王說到這裡，慢慢地單膝跪在孫樂面前，仰頭望著她，輕聲地、低低地說道：「孫樂，為我束髮吧！」說著，他從懷中掏出一把玉梳、一面銅鏡，塞到了孫樂的面前。

孫樂呆呆地看著弱兒，此時此刻，他這麼仰著頭，目光中又是緊張、又是期待。她眼光一瞟，看到他握著梳子和銅鏡的手指因用力過度而變得發白。

孫樂嘴唇顫抖了一下，她低低地說道：「弱兒，我、我是你姊姊——」

她剛吐出姊姊兩個字，驀地，弱王俊臉一白，從喉中低吼一聲。「孫樂！」

他的聲音沈重急促，令得孫樂不由得一頓。

這時，弱王的眼眸一澀，漸漸地開始眼眶泛紅。他盯著孫樂，低低地說道：「姊姊，三、四年前，弱兒被人追殺，不得不與扶老逃到齊地。後來扶老病重欲死，令我依靠於妳。他說，妳雖然看起來年幼，卻沈穩有度，可以依靠。」弱兒說到這裡，聲音有點沙啞。「我與姊姊相處半年，那半年中，弱兒體會到了夢寐以求的溫暖和快樂。姊姊，早在那時起，弱兒便發誓，姊姊妳養我半年，我必憐愛妳一生！姊姊，弱兒知道妳對姬五暗有情意，也知道他現在對妳也有了感覺。可是姊姊啊，妳看似堅強，實則自卑而膽小，妳總喜歡把自己藏在暗處，便是因為妳沒有安全感啊！姬五性子文弱，並不能讓姊姊妳得到快樂和尊貴，實非姊姊的良配。姊姊，弱兒在此立誓，只要姊姊願意嫁給弱兒，弱兒必一生珍之重之，絕不相負！」

弱王的話擲地有聲，他仰頭看向孫樂的眼神是那麼的期待，那麼的溫柔如水。

孫樂也跪了下來。她和弱王面對面跪在地上，仰著頭，看著弱王，低低地說道：「弱兒，你一直與姊姊知心，你說的話，姊姊也相信。」

聽到孫樂說自己相信，弱王目光中喜意連連。

孫樂繼續說道：「弱兒，你是王者，你是想成為天下共主的王者。姊姊一無所有，你能許姊姊以王后之尊，按道理姊姊就會滿足了。可是，弱兒，姊姊如果不滿足呢？」

弱王不解地睜大眼，詫異地說道：「姊姊不滿足？」他皺緊眉頭，一臉不解，顯然實在想不明白，孫樂還想要什麼？

孫樂望著弱王，低低地、一字一句地說道：「是的，姊姊並不滿足。姊姊天生自私，不願與任何女人共同分享自己的夫君。」

弱王雙眼瞬間睜得老大。

孫樂看到他這個表情，不由得苦笑起來。她低眉斂目，徐徐地說道：「姊姊不會輕易嫁人的，如果要嫁，姊姊的夫君必須只屬於姊姊一人。不管年輕風光時，還是蒼蒼老矣，姊姊的夫君只能擁有姊姊一個女人。」

孫樂嘆道：「人生若只如初見，何事秋風悲畫扇？等閒變卻故人心，卻道故人心易變。

弱兒，你才不過十六歲年紀，你身為堂堂楚王，坐擁江山，出入之際從者千萬，美人更是垂手可得，這人世間的無盡誘惑、無盡風光都在等著你的光臨。弱兒，你確信你要為了一個無德無貌的姊姊而放棄這一切，放棄雉才女那樣的絕代美人嗎？就算你現在願意，將來姊姊老醜不堪時，你還會願意嗎？身為楚王，卻懼之婦人，受天下人嘲笑，這等後果你想到過嗎？」

孫樂說到這裡，伸開雙臂摟著弱王的肩膀，緊緊地抱著他，輕聲說道：「弱兒，你不覺得我們這樣很好嗎？姊姊當你一輩子的姊姊，守在你的身邊，和你一起經歷風雨。不管你擁有多少妻妾，姊姊卻只我這麼一個，這樣不是很好嗎？」

孫樂說到這裡，慢慢地站起身來，轉過頭，大步向前院走去，不一會兒便消失在弱王的眼中。

孫樂一直走到院落中，才停下腳步，輕輕地吐出一口氣。現在該說的都說了，不知為什麼，她一點也沒有感覺到欣喜，感覺到輕鬆。幾乎是突然間，她發現自己的心空蕩蕩的了，空蕩而飄忽，隱隱地帶著幾分惆悵、失落和苦澀。

孫樂知道，自己所說的話對於弱王來說，是極巨大的衝擊，是他想也不曾想過的。別說想，他怕是聽也沒有聽過。以他的性格，必會慎重思量。

想到這裡，孫樂搖了搖頭，她實在心亂如麻，那種空蕩的感覺不時地湧出心頭，令她好不難受。當下，她走到一處樹林中，拉開架式，練習起太極拳來。

也不知練了多久，孫樂才慢慢地平靜下來。

平靜後，孫樂收招停步，怔怔地望著漸漸西落的太陽發起呆來。

怔忡了一會兒後，孫樂轉身走到房中，令侍婢拿出一套衣服，清洗了一番後，便坐在銅鏡前打扮起來。剛剛妝扮好，她突然想起自己與弱王在白天時引起的轟動，暗暗忖道：我這個樣子出去，會不會被人認出來了？想到這裡，她把臉上的脂粉全部拭去，還戴上了一頂紗帽。

望著銅鏡中臉如清水的少女，孫樂喃喃說道：「好不容易可以打扮了，唉……」

一直到天色已黑，孫樂才走出房中。

當她來到弱王的寢房外時，透過珠簾看到他正雙手抱頭，一動也不動的，她知道，他這個樣子已經很久了。他如同一塊化石一樣毫不動彈，早令得侍婢、臣下惶惶不安。

孫樂呆呆地站在外面看著弱王，直看了好一會兒，她才轉過頭走到院落中。

她剛提步，弱王的聲音便從裡面傳來——

「姊姊，夜宴要開始了，我們啟程吧。」聲音中隱隱帶著低啞。

孫樂看了一眼放下掙扎的弱王，微笑點頭。「喏。」

白天弱王等四大貴人進入咸陽，這是令得整個咸陽城都為之震動的大事，特別是那個弱王不按牌理出牌，半路中突然抱著一個女子跑了，更是引得整個咸陽的人都為之議論紛紛，大是不解。

因此當弱王的馬車駛上街道時，咸陽人時不時地對著它指指點點，那些少年男子更是興奮地盯著馬車直瞅，那模樣，真是恨不得掀開車簾一睹究竟。

不過，孫樂卻沒有與弱王坐在同一輛馬車上，她實在是不想再惹人注目了。她這輛混在眾劍師和賢士隊伍中的馬車，十分的不起眼。

燈火通明中，馬車漸漸駛入了秦王宮。

秦王宮十里青石路兩側，每隔三十公尺便插著一根熊熊燃燒的火把。那灼熱的火焰嘩嘩地騰舞著，透過車簾都逼到孫樂和馬車中三女的臉上了。

在孫樂的馬車中，還有三個侍婢，都是相貌清麗，與她相差不多的。孫樂也是無奈，她怕白天的那一幕使得自己太過引人注目了，便臨時多加了三個侍婢。四個少女走在弱王身後，也就不會讓人太過在意了。

不一會兒，馬車在一處廣場上停了下來。廣場中停滿了馬車，前方的宮殿中笙樂喧天，熱鬧非凡。

孫樂與三個侍婢同時走下馬車，她抬頭一看，發現這個時候，前方密密麻麻的馬車中也不時有人下來。孫樂緊走幾步，和眾侍婢一起來到楚弱王身後。

一行人走了百公尺左右，人群中傳來一陣大笑聲，火把騰騰的光焰中，一個俊朗的青年大步向楚弱王走來。這青年青袍黑邊，貴氣逼人。

這人卻是贏十三，贏秋。

贏秋大步走到楚弱王面前，雙手一叉，大笑道：「秋久仰弱王英名，今日得見，實不勝榮幸！」

弱王也是哈哈一笑，他打量著贏秋，說道：「十三殿下果然英武不凡！久聞殿下是戰無不勝，攻無不克，本王慕之久矣！」

贏秋聞言笑聲更響。

笑著笑著，他目光掃向弱王身後，驚疑道：「敢問楚王，田樂何在？」

他突然提到孫樂，她不由得一怔。

弱王淡淡一笑，不動聲色地觀察著贏秋的表情，笑道：「十三殿下對我的屬下如此感興趣？」

贏秋的目光還在掃向弱王身後的眾人，聞言嘆道：「豈止是我？天下間不知有多少人對田樂深感興趣。他小小年紀，便憑三寸不爛之舌說得趙國和我大秦放棄攻楚，此等大才，著實可畏可佩。」

他說到這裡，目光中不無仰慕之情。「秋直到三月前，方才知道我與趙侯皆被他戲弄。敗在如此英才手中，實雖敗猶榮。奈何自從半年前他出現於咸陽後，便蹤影全無。」

贏秋的聲音不小，那朗朗的笑聲在廣場中遠遠傳蕩開來。

一時之間，眾賢士看向他的目光都多了分親切。這位秦國的十三王子果然極重人才！他如此身分，居然當眾坦承不足！

孫樂也在看著贏秋，她心中暗暗忖道：這贏十三實是弱兒的勁敵，他今日這席話表面是誇獎於我，骨子裡更是顯示他自己的愛才納賢之名。轉眼她又想道：如果自己是個男的，有立功建業的野心，怕是已被他這席話給感動了。

弱王笑了笑，卻不回答他的話。「十三殿下果然名不虛傳！」

他意味深長地說出這句話後，贏秋又是一陣朗笑。笑聲中，兩人並肩向前走去。

楚弱王的出現，令得廣場中眾人頻頻注目。從各輛馬車中走下來的，除了賢士名流，還有不少名門貴女。這些貴女不停地看向弱王，眼神中有好奇，同時有的不屑，有的是傾慕。

孫樂和三個侍婢安靜地走在弱王身後，跟在川流不息的人流中向秦宮走去。剛才贏秋的目光盯了她幾次，可是一直沒有認出她來。

夜宴的地址，就在前方兩百公尺處的月明宮。月明宮是前任秦侯為愛姬所建，建造得高大宏偉中透著幾分精緻。宮殿雖高達十丈，卻只有兩層。那第一層更是巨大無比，可容數千人歡聚，那是先秦侯的愛姬夜遊歡宴之所。

月明宮中笙樂喧天，人影綽綽，在提步上臺階的時候，孫樂聽得一陣低語聲傳來——

「也不知今天晚上，那幾位大美人會不會來？」

「不知也。咦？那不是楚弱王嗎？聽說今日他當著數萬人的面抱起了一個大美人呢！」

「當真？卻不知那美人是何等姿容，能令得這一國之君如此不顧體統？」

「定舉世無雙啊！」

這些嘰嘰喳喳的議論聲不絕於耳，孫樂聽入耳中，不由得暗暗苦笑。她瞟了一眼走在前面的弱王，就在她抬頭的時候，弱王突然回頭，與她兩兩相望。

四目相對時，弱王突然衝著孫樂眨了眨右眼，一臉調皮。

直到他恢復面無表情轉過頭去，孫樂還在怔忡中。

大殿中已坐了數百人，孫樂等人步入時，殿中眾人不停地轉頭看來，當然，他們所看的人還是弱王。

孫樂一步入大殿，便看到了坐在大殿前面右側首席的五公子。雖然燈火通明，人群喧囂，緊向這邊盯來的五公子卻依然清冷如月，落寞而飄渺。他彷彿是最強而有力的聚光體，一殿間所有的光華都聚在他的身上。

五公子緊緊地盯著弱王一群人，雙眼不停地在其中搜索著。不一會兒，他一眼瞟到了孫樂！

就在他的目光與孫樂相對時，孫樂曾以為他會向這邊走來，哪裡知道他只是看了幾眼，便收回了目光，同時，那臉上的焦慮和陰鬱也在迅速地淡去。似乎他只是想確定一下孫樂有沒有到，一旦確定便已心定。

孫樂的目光在殿中轉了一圈，沒有看到雉才女和那個燕玉兒，心中暗暗有點納罕。

弱王的座位，位於左側最前面。孫樂和三個侍婢，依然跪坐在弱王的身後。

當弱王和贏秋都落坐後，本來已漸漸安靜的大殿突然更加喧囂了。孫樂回頭一看，只見側門處，娉娉婷婷地走進了兩個絕代美人。

此兩女，正是雉大家和燕玉兒了。在兩女的身後，各跟著四位美麗的侍婢和幾個劍客。

兩個大美人的出現，令得眾人十分興奮。一時之間，所有目光都灼灼地盯著她們，一瞬也不瞬地看著兩女曼步走到右側的第二、三排榻几處坐下。

這時刻，所有的目光都盯著右側的前面，不管是五公子，還是兩位美人，都是天下間罕見的人物。那種絕代的風華，真是讓人目眩不已。

孫樂坐在弱王身後，能感覺到五公子的目光不時地落在自己身上。她低著頭，暗暗想道：一年不見，五公子似乎成熟一些了。

五公子確實成熟了，他除了偶爾向孫樂瞟來一眼後，不管是表情還是神態中，都顯得沈穩有度。

就在孫樂思潮起伏時，跪坐在她前面的弱王轉過頭來，目光有意無意間瞟了她一眼。

時不時瞟向孫樂的，並不只有五公子，雉大家和燕玉兒兩女也不斷地向她打量著。不同的是，雉大家在打量她時，也在打量著另外三女，她的目光中帶著狐疑。而那燕玉兒，自從一眼瞟到了孫樂後，便被驚住了一樣，雙眼灼灼，幾無避忌。

周圍的人以為她們看的是楚弱王，倒並不在意。

贏秋坐在緊鄰弱王的後一排榻几上，那一排榻几上，除了贏秋之外，另還有兩個長相與他相似，但較他年長的王子，想來是他的兄長了。

喧囂聲漸漸平息，客人都已到齊，一陣悠揚的編鐘聲悠悠響起。編鐘聲中，一個腰間佩有寶劍，衣裘冠履的中年人走了進來。

這中年人容長臉型，輪廓頗深，雖然皺紋隱見，臉色晦暗，又有著眼袋，不過還是可以看出他年輕時必是一個美男子，與贏十三頗有相似之處。

這便是秦王了。

秦王哈哈笑了起來，笑聲中，他走到最上面的那榻几上，面對著眾人坐下。他轉頭看向弱王，笑道：「楚王能來咸陽，秦之大幸也！」

弱王呵呵一笑。「我嚮往中原久矣，此次得見秦地人物風華，實是不勝之喜。」

秦王又是哈哈一笑，他與弱王寒暄了兩句後，又轉向了五公子。他上下打量著五公子，撫鬚笑道：「久聞叔子風華蓋天下，果真名不虛傳！」

五公子最不喜歡別人拿他的長相說事了，當下淡淡一笑，沒有答話。

這時編鐘聲漸漸止息，笙樂再起。

秦王雙手一拍，喝道：「樂來！」

他喝聲一起，笙樂聲驀地大作，隱隱中，一陣香風飄來。只見大殿的左側側門處，彩袖飄飄地舞起了一隊美麗少女。

這些少女衣袖垂地，個個秀美至極，在笙樂聲中，她們踩著舞步，翩翩起舞。

這樣的舞蹈對於權貴們來說，並無出奇之處。因此，眾舞女一進來，大殿中諸人便左右顧盼，悄聲議論。

低語聲中，燕玉兒還在盯著孫樂細看。

弱王感覺到了她的注視，他身子微仰，向著孫樂靠了靠，低聲問道：「姊姊，燕玉兒因何對妳注目？」

孫樂嘴角微微一拉，露出一抹冷笑來。「她是我家族中的人。」

弱王一怔，輕聲說道：「姊姊，妳從來沒有說過妳的家族。」

孫樂苦笑了一下。那是因為我也不知道呀！

她之所以確定這個燕玉兒定是自己這個身體的親人，那是因為她的長相與半年前被自己所殺的兩姊妹頗有相似，甚至，與她自己也有相似之處。

與孫樂自己相似這點，要不是孫樂現在長得清秀了，她還真是沒有注意到。怪不得第一次與燕玉兒見面時，她便盯了自己那麼久。可能，在那時她便感覺到了吧？

弱王見孫樂不回答自己的話，低聲嘆了一口氣，又說道：「姊姊，她的目光頗為不善。」

孫樂淡淡地回道：「半年前那刺殺我的人，也是我的家族中人。」

弱王瞬時明白了，他俊臉一冷，盯了燕玉兒一眼後，慢慢坐直身子。

弱王剛剛坐直，只見殿內議論聲突然止息，原來燕玉兒站起身來了。

燕玉兒身為位列天下間前幾的大美人，生得嬌美動人，楚楚雅致，讓人一看便生憐愛之心。她這麼一站起來，頓時間對著她和雉大家頻頻注目的眾人，更是一瞬也不瞬了，連主座間的秦王、後面的贏十三，都好奇地向她看去。

對著眾人的注目，燕玉兒盈盈一笑，這一笑，真是嬌豔如花，滿室生輝。

淺笑中，燕玉兒提步向弱王這一席走來。

不一會兒，她便走到了弱王身側，衝著弱王盈盈一福，巧笑嫣然地說道：「小女子想向大王討得一人，不知可否？」

她說這話時，秋波如水地落在弱王臉上，那絕美的臉上笑靨如花，美得令人不忍拒絕。

隨著燕玉兒向楚王走來之際，一殿之人都向這裡看來。

弱王瞟了一眼燕玉兒，眉頭微挑，淡淡說道：「不可。」

不可?!

他居然回答得這麼乾脆！

眾人大是愕然，面面相覷間，殿內惋惜聲不絕於耳。

燕玉兒也是大為震驚，她美名驚天下，不知傾倒了天下多少人物，哪裡會料到楚王二話不說便拒絕了？而且，他眼神清冽，微皺的眉宇間帶著冷意，似乎頗有幾分不耐煩。這，也是燕玉兒平生首次遇到。

楚王乾脆俐落的拒絕，令得燕玉兒輕咬櫻唇，頗為難堪。她瞟了一眼孫樂，對著弱王嬌聲說道：「大王可知小女子所求何人？」

她的話音剛落，弱王便唰地抬頭盯向她，雙眼如刀！

燕玉兒被他眼神中的冷意和殺氣給駭了一跳，她低叫一聲，向後踉蹌地退出一步，花容失色。

殿中眾人見弱王什麼也沒有做，只是瞟了她一眼，便駭得這個大美人魂不守舍，不由得有點好笑。同時，那些尚武之人都搖了搖頭。

燕玉兒白著一張小臉，她直到現在才完全確定，這個楚王一點也沒有為自己的姿色所動，而且對自己隱有殺意。

她一個嬌生慣養、受萬千寵愛的貴女，哪裡遇到過這種事？當下，她咬著櫻唇，頗為狼狽，二話不說便向回退去。直到她坐上了自己的榻几，還一直低著頭，看也不敢向弱王再看上一眼。

「不知燕玉兒所索何人？」

「楚王端地好殺氣！年紀輕輕便不為美色所動，真英雄也！」

「這楚王莫非是石人？如此美人他也不留情面？」

此起彼伏的議論聲和低語聲中，姬五若有所思地瞟了一眼孫樂，當他看向燕玉兒時，俊美的臉也添了一分冷意。

自始至終，孫樂一直與其他三女一樣，低眉斂目，面無表情，顯得極為溫馴也極不起眼。

秦王看了一眼弱王，又看了一眼燕玉兒後，呵呵一笑，嘆道：「如燕大家這樣的絕代佳人相詢，楚王也不給半點情面，當真心如鐵石，少年人中當真罕見！哈哈哈……」

笑聲中，他撫著長鬚說道：「諸位貴人會聚月明宮，實乃本王之幸。如此佳期，豈能無美人美酒相伴？」

他笑吟吟地說道：「今天晚上，除了雉大家和燕大家兩位絕色美人來此外，還有一位名姬也將至此，諸位知道她是誰嗎？」

一提到美人，眾人果然興致高昂，一時之間，笑語聲、猜測聲不斷傳來。秦王似是有意故弄玄虛，他撫著長鬚，笑呵呵地聽著眾人議論，偏不說出那名姬的名字。

眾人的笑語聲中，孫樂看到一個人從門外殿角悄悄走來，他一直走到五公子身後才跪坐好。這人身材高瘦，一雙青蛙眼，卻是阿福。

彷彿是感覺到了孫樂的注視，阿福頭一抬與她四目相對。這一對上，阿福的眉頭迅速地皺了起來。

他疑惑地盯著孫樂，細細地辨認著。

孫樂暗暗好笑，想道：不過一年不見，至於這樣嗎？

阿福直盯了孫樂幾眼後，雙眼唰地一亮，把頭湊近五公子，對著他低聲說了句話。

五公子瞟了一眼孫樂，輕輕地回了兩句。

阿福點了點頭，坐直身子。這時，他的目光從孫樂身上轉到了弱王身上。他一邊打量著弱王，一邊掩不住滿臉震驚，顯然猜到了眼前這個不可一世的楚弱王，便是當年那個小屁孩了！

這時，秦王的哈哈大笑聲朗朗傳來——

「那位美人兒便是越國雲姬！」

大笑聲中，他騰地站起身來，雙掌一拊，喝道：「有請雲姬雲大家！」

秦王的朗喝聲遠遠傳出，就在他喝聲一止的時候，笙樂聲一振，鼓樂隱傳。

笙聲和鼓樂剛起，便又戛然而止。在那一刻的安靜中，秦王所望的右側側門處，傳來了環珮輕響。

殿中眾人同時昂起頭來，向那聲音傳來處看去。

漸漸地，一個美麗的少女出現在眾人眼前。這少女雖美，卻也不過如此。就在大家有點失望的時候，側門外又走出了一個同樣美麗的少女。

轉眼間，一個接一個少女從側門處翩翩走來。這些少女個個容貌美麗，顧盼生輝，嘴角含笑。那在孫樂看來是風塵味的笑容，在這個時代的人看來，卻是那麼的騷媚。

足足有十二個少女翩然走出，卻依然不見雲姬的影子。

眾人有點心癢難耐，一個個站起身，踮起腳看去。

坐在孫樂側旁的那些弱王帶來的劍客、賢士，此時也都紛紛站起。

孫樂見此啞然失笑，暗暗想道：雉大家號稱天下第一美人，雲姬雖美，必不如她，可眾人還是這般期待。想到這裡，她搖了搖頭，目光不由自主地瞟向那兩人——此時弱王微微仰身，正饒有興趣地盯著那側門外。孫樂的目光再一瞟，瞬間，對上了五公子那清冷的雙眼。

五公子靜靜地盯著她，那眼神中似有千言萬語。

正在這時，她的衣袖一動。

有人在扯她的袖子！

孫樂回過頭去。

這一回頭，她便對上了正笑得好不開懷的阿福，他就站在自己身後。

孫樂見到故人，也是很開心。

阿福又扯了扯孫樂的衣袖，悄悄地說道：「出來一下。」

孫樂略一遲疑，便提步跟在阿福身後向外走去。她走了不到三步，便聽得眾人齊刷刷地發出一聲輕呼，同時目露癡迷，一副色授魂與之相。

雲姬終於露面了。

孫樂身為女子，對所謂的絕色美人根本沒有什麼興趣。她知道雲姬出來了，卻連回頭一看的慾望也沒有。

輕輕鬆鬆地穿過人群，跟著阿福走到了大殿的角落裡，孫樂一直思潮起伏。

阿福顯然並不想在殿內深談，他還在繼續向外面走去，孫樂只得繼續跟上。

外面明月如洗，白雲飄浮，天空澄澈無比。阿福帶著孫樂一直走到月明宮左側三百多公尺處的樹林中，才停下了腳步。

他轉頭看向孫樂，黑暗中，孫樂波光蕩漾的雙眸清亮無比，阿福這樣瞅著，突然感覺到：光看她這雙眸子，渾然一絕代佳人也！

孫樂踩著月光，輕步走到阿福的面前，淡笑不語地看著他，等著他開口。

「孫樂。」阿福笑了起來。「不到一年而已，妳怎麼變化如此之大？簡直讓人無法想像妳便是當年那個醜惡無比的黃毛丫頭。」

孫樂微微一笑，沒有回答。

阿福也沒有想到要她回答，他還在打量著孫樂，越看越是感慨。「剛才初初見到妳，我簡直不敢相信妳就是孫樂！世人都說女大十八變，可妳這變化也太厲害了吧？」

孫樂抿唇輕道：「我以前只是胎裡中毒，現在毒素漸去，自然好看了。」

阿福聞言大點其頭，呵呵笑道：「我與五公子也是如此想來。」

他提到五公子了。

孫樂的心又不受控制地在跳躍，這心跳一起，孫樂不由得一陣苦笑。以前只有五公子能令我心潮起伏，現在倒好，弱兒也讓我不安了。這一提到任何一個的名字，我就一陣激動，孫樂，妳還真是差勁！

阿福走了一步，仰頭望著天空中的圓月，望著月中疏淡的影子，過了良久才低聲說道：「孫樂，楚弱王便是那個曾和妳住在一起的弱兒？」

「然。」

阿福說道：「沒有想到，當年那個小毛孩，居然長得這麼大了！他與妳本是一般大小吧？現在也不過是十六、七歲吧？那份威儀、那種姿態，人們怎麼敢相信他還是一個少年郎？」

孫樂輕笑道：「是啊，弱兒是有點少年早熟。」

阿福側過頭看向孫樂。

他背著月光，一雙眼眸亮晃晃的。盯了孫樂一會兒後，阿福沈吟著說道：「孫樂，妳準備什麼時候回來？今天晚上還是明天？」

孫樂眼眸微斂。

阿福這句話雖然簡單，可話中的期待卻是那麼明顯。孫樂本來想著，自己對於五公子沒有那麼重要了，那就待在弱兒身邊吧。天天與弱兒待在一起，快快樂樂地看著他建功立業，也挺不錯的。

可是，今天晚上一見到五公子，她突然發現五公子並不如她所以為的那樣不需要她。從入場以來，他便時不時地朝自己看上一眼，目光中明明盛著思念。

不管是五公子，還是弱兒，在長期的相處中，孫樂都產生了一種捨不得離去的感情。她雖然冷情，可是對於別人來自真心的渴望和思念，卻是最沒有拒絕的能力。她兩世孤單，從骨子裡就對別人的真心特別的看重、特別的珍惜和難以捨棄。

至於這種真心中，是愛情還是其他的感情，卻不在孫樂的思考範圍。

孫樂思考時，清秀的臉上盛滿了猶豫和掙扎。

阿福盯著孫樂，有點惱火地想道：妳猶豫什麼？妳還是五公子的十八姬呢！

可是這個想法剛起，他便想到了孫樂的身世，想到了弱王的身分。在這樣的背景中，再跟孫樂談什麼姬妾身分，未免顯得可笑了。

阿福見孫樂久久沒有回答，想起了五公子所說的那些話，輕輕地嘆息一聲，又說道：「孫樂，妳離開的這大半年中，大夥兒很想妳。」他頓了頓，又加上一句。「五公子很想妳。」

以他大男人的思維，是沒有必要向一個女子透露男人對她的思念的，不過阿福善於察言觀色，隱隱感覺到這個時候一定要果斷一點，便加上了後面這句。

果然，孫樂一聽，迅速地抬起頭來。

她目光迷離地看著阿福，輕輕地說道：「我也甚是思念……思念你們。」

她的聲音最後有點羞澀，臨時把「思念他」改成了「思念你們」。

阿福聞言，憨厚地笑了起來，低聲嘆道：「是啊，這幾年來，妳一直待在五公子身邊，一直與他同甘共苦的，這明裡暗裡的，妳不知道替他處理了多少麻煩事，五公子也對妳越來越重視，這相互思念實是正常至極。」

阿福說到這裡，聲音一頓，有點嚴肅地說道：「孫樂，妳可知道，這大半年中，五公子有無數次都想去把妳接回來。」

啊？

孫樂一驚，她不敢置信地抬頭看向阿福，結結巴巴地說道：「他想接我回去？」

她實在太震驚了，雙眼都瞪得滾圓。

相處的這幾年，孫樂深深地知道，五公子真是個很冷淡的人，在他的世界中，除了渴望超然於世俗之外的想法外，便再無其他。她從來不敢相信，這樣冷淡的五公子居然會想著要接她回去，還是無數次如此想來！

阿福聞言皺眉怒道：「我堂堂丈夫，這等事難道還騙妳不成？」他頓了頓，語重心長地說道：「孫樂，五公子實已把妳置於心坎之上。只怕這世間，唯有妳孫樂才能令得他這般掛念。」

說到這裡，他長長地嘆息起來。「哎，接妳回來，說是容易，做起來卻千難萬難。我們只知道妳跟一個叫弱兒的走了，可那弱兒是誰？他在什麼地方？這些我們都是一無所知。那陣子，五公子還派人搜集了妳在邯鄲的出入交往情況，可我們茫無頭緒，根本就沒有辦法查起。唉，五公子每每想到這些，便焦慮非常。」

孫樂癡癡地聽著，不知不覺中，她已眼波如水。

她歪著頭，暗暗地、得意地、歡喜地想道：我也料到五公子會有點思念我，嘻嘻，沒有想到他念我至斯。這下，在這個世上有了兩個掛念我的人了。他們珍惜我、掛念我，想與我處在一起，擔心我的平安。嘻嘻，我終於不再是一個可有可無、孤魂野鬼般的人了！

在孫樂的歡喜中，阿福定定地看著她，認真地說道：「孫樂，這等事以我阿福的性格，是絕對不願意說出來的。不過我怕妳一時沒有想明白，以至於傷了五公子的心。」他說到這裡，眉頭微皺，很嚴肅地說道：「孫樂，妳何時回到五公子的身邊？」

見孫樂沒有馬上回答，阿福不耐煩地又皺了皺眉。他嘆了一口氣，道：「剛才，五公子有一句話要我轉告於妳。」

孫樂眨了眨眼，看著阿福。

阿福徐徐地說道：「公子說，那日妳曾問過他，如果日後他遇到了喜愛的女人可怎麼辦？他當時的回答是，他不會遇到那麼一個人。現在他的想法變了，妳孫樂，就是他所喜愛的、念念不忘的、放在心中的那一個女人。」

在孫樂的震驚中，阿福再次問道：「孫樂，跟我回去可好？回到五公子身邊去。」

孫樂尋思片刻後，低聲回道：「我得先跟弱兒說一說。」

這語氣卻是鬆動了。

阿福點了點頭，以他一個大男人，剛才那一通話已說得他自己也難受了，現在見孫樂有了鬆動，便說道：「甚好，妳收拾一下吧，別讓五公子等得太久。」

孫樂聞言，嘴唇動了動，正待再說，忽然，身後傳來一陣腳步聲。

這腳步聲四散而來，竟是五、六個人在同時向兩人逼近。

有殺氣！

孫樂心中一驚，迅速地反應過來，難不成是燕玉兒的下人，見自己到了這裡，欲行不利？

她心思電閃間，忽然聲音一提，充滿中氣的聲音朗朗地傳出——

「有刺客啊——」

她這聲音突如其來，又中氣十足，阿福給駭了一跳，他剛睜大眼準備向孫樂質問，早就散在月明宮附近的秦國衛士聞言已紛紛趕來，一時之間，無數的腳步聲從四面八方向這片小樹林中傳來。

而與此同時，那幾個向孫樂逼來的劍客怔住了。

孫樂大喝一聲後，這才慢慢地回過頭來，表情淡定地對著散在離自己五十公尺遠的六個劍客。

這六人包括孫樂在內，都是身懷功夫，目力過人者，這五十公尺的距離對於他們來說是不存在的。一時之間，六雙冷厲、殺氣騰騰的目光與孫樂的雙眼相對。

對上他們的眼神，孫樂冷冷一笑。

阿福傻乎乎地看著近在面前的孫樂，他張著大嘴，突然發現眼前這個冷靜而淡定的女子，竟是有意無意中，呈現出一種懾人的風姿。

不過大半年不見，現在的孫樂在處事時，比之以前多了一分自信，一種處於高位者的風範。

他不知道，有所謂居移氣，養移體，孫樂在與弱王這等王者大半年的相處、與群臣的應對、與秦、趙兩國王侯的正面交鋒中，不知不覺中已經培養了一份氣度，一份尊貴氣質。

她，再也不是昔日那個畏畏縮縮的小女孩了。

六個劍客並沒有再向孫樂靠近，他們連兵器都沒有抽出，只不過是走在這附近，料來這孫樂也沒有理由斷定他們真是刺客。他們倒是很想看看，這個女子將如何應對衛士的盤問。

不一會兒工夫，三、四十名鐵甲衛士已經包圍這片小樹林。他們見樹林中沒有傳來打鬥聲，也沒有察覺到異常，不由得有點納悶。

不一會兒，一隊鐵甲衛隊來到樹林中。他們在經過六個劍客時，同時一凜，向這六人打量了幾眼後，才提步向孫樂走來。

鐵甲衛隊一直走到孫樂面前，那走在最前面的，二十七、八歲的高大衛士雙手一叉，向孫樂問道：「姑娘，剛才可是妳在叫有刺客？」

孫樂雙手一叉，說道：「不錯，正是我在喊。」

她說到這裡，伸手朝那六個劍客一指，淡淡地說道：「他六人乃燕玉兒的屬下，是我的宿敵，剛才欲對我不利。小女子心想，秦乃泱泱大國，此時又是佳客雲集之時，如果小女子有了個三長兩短，實是有損秦王之威，亦令得楚王震怒，便斗膽喊叫出聲，令得諸位前來化解此事。」

她這番聽起來是處處為秦人著想，那衛士上下打量了一下孫樂，略施一禮後，右手一揮，冷喝道：「來人，把那六人拿下了！」

六個劍客一驚，他們萬萬沒有想到孫樂的應對如此得體。一個青年劍客大聲喝道：「你們好大的膽子！我等乃是燕玉兒的隨身劍客，你們不怕燕大家震怒嗎？」

那鐵甲衛士聞言哼道：「我等只是想請六位暫時去休息一下，至於事實如何，非我等能為！」他右手再揮，厲喝道：「拿下了！」

「要拿下誰呀？」

一個清朗磁性的男子聲音突然傳來，不一會兒，長身玉立的贏十三帶著幾個劍客施施然地出現在眾人身側。

一見到他走來，眾衛士同時一禮，那個鐵甲衛士小跑到贏十三面前，小聲地報告起剛才的事來。

贏十三一聽到這些劍客是燕玉兒的人，他們要針對的是名姑娘，不由得一怔。他轉過頭來，衝著那名姑娘上上下下打量起來。

打量了幾眼後，他揮了揮手，漫不經心地說道：「把他們放了吧。」

「喏。」

六個劍客一得到自由，連忙急急地退去，不一會兒便消失在眾人眼前。

贏十三慢步向那名姑娘走去，他一直走到離她百公尺處才站定，衝著她又上上下下打量了幾眼後，突然雙手一叉，朗聲叫道：「原來姑娘便是孫樂！」他目露笑意。「人說女大十八變，孫樂姑娘，沒有想到不過這麼短短幾年，妳已變成一個大姑娘了。」

他嘆息道：「當年與姑娘一別之後，我甚是掛念，想著以姑娘的大才，居然甘為侍婢，便感慨不已。今日見姑娘風采依舊，不勝歡喜。」

孫樂微微一笑。

她這一笑，令得贏十三眉頭微皺，他擰著眉，暗暗忖道：為何我還是覺得這孫樂過於眼熟？似是還在哪裡見過……

他皺眉想了好一會兒也沒有想出來。

孫樂一看到他的表情，便知道贏十三定是又在懷疑了。她盈盈一禮，輕聲說道：「孫樂謝過殿下的援手。現在時候不早了，我等要回到殿中去了。」

贏十三雖然並沒有記起她就是田樂，下意識中對孫樂的看重還是絲毫不減。

他雙手一叉，看著孫樂誠摯地說道：「以姑娘大才，又何必居於人下？如果姑娘願意為我效勞，但有所求，無不應承。」

孫樂沒有想到他在不知道自己是田樂的情況下，也如此盛情相邀，不由得感慨地想道：這贏十三，還真是重才呀！

她心中暗想，人則是盈盈一福，正要開口拒絕的時候，一個清悅的男子聲音從眾人身後清冷地傳來——

「孫樂不是我的侍婢，也從來沒有居於人下！十三殿下果然愛才，不過殿下這般不問清原由，便索人妻室，未免太也無禮了吧？」

悅耳清冷的聲音中，一個俊美如玉的青年公子緩步走來，銀色的月光鋪在他的臉上、身上，恍如夢中仙人。

五公子來了！

五公子身上的衣袍以錦為料，雪白的輕袍，上面繡以淡淡微黃的花鳥圖案。他腰間圍的束帶帶著微鈎，鈎尖是金質，在月光下發著淡淡的金光。

他這身裝扮，在今晚宴會的貴族中司空見慣，可是，那錦衣穿在他的身上，硬是添了幾分飄然之氣，讓人一看便為之目眩神迷。特別是這樣的月夜裡，真是彷彿姑射神人。

五公子緩步走到孫樂的面前，他清澈如水的雙眸定定地放在孫樂臉上，細細看了兩眼後，與孫樂並肩而立，轉頭面對著贏十三。

贏十三狐疑地看著外形相差甚遠的兩人，皺眉問道：「叔子剛才是說，孫樂乃你妻室？」

這句話，也是包括孫樂在內的所有人都想問的。

五公子笑了笑，應道：「然也。」

他話音一落，孫樂已傻了眼。

嬴十三看了孫樂一眼，雙手一叉，徐徐說道：「嬴秋居然不知道叔子早已娶妻了，而且娶的還是孫樂這個你昔日的侍姬。」

五公子淡淡一笑。「名分早定，尚未成親耳。」

嬴十三似是恍然大悟，他恭敬地叉手言道：「是秋魯莽了，還望叔子不要見怪，孫姬也不要見怪才是。」說罷，他意味深長地看了一眼孫樂，哈哈一笑，帶著眾衛士向外退去。

嬴十三一走，五公子便轉頭看向孫樂。

感覺到他眼神清亮的注視，孫樂的心開始怦怦地跳動起來。她低下頭看著地面，小手緊緊地揪著衣角，一副手足無措的模樣。

這樣的孫樂，與剛才氣定神閒、應對風流的孫樂有著天壤之別。阿福傻乎乎地看著她，不由得有點好笑，同時他第一次覺得，眼前這個長相只是可以的少女，配上自家公子也還勉強。

五公子盯著孫樂，盯著月光下清麗的面容，直過了好半晌才輕輕地說道：「孫樂，妳變得好看了呢！」

孫樂沒有想到他第一句話會是這個，不由得抿唇一笑，低聲回道：「是呀，好些了呢！」

她鼓起勇氣抬頭對上他清亮如月的雙眼，四目一對，她的心又是一陣亂跳，不由自主地再次低下頭來，低低地說道：「弱兒便是楚弱王。」

這卻是一句廢話。

五公子點了點頭，低聲道：「我也是最近方知他的身分。」他盯著孫樂，噏了噏口水，猶豫了好一會兒，才輕輕地說道：「孫樂，回到我身邊來可好？」

他低斂眉眼，俊美如玉的臉泛起一層薄薄的紅暈。「我喜歡妳在我身邊。」只是這麼幾個字，他似乎費盡了全身的力氣般，話一說完，已臉紅至頸。

孫樂咬著下唇，她下唇的傷口才好，這一咬頓時直疼得她抽了一口涼氣，連忙急急地伸手捂向傷口處。

孫樂的手才伸到小嘴邊，驀地一雙大掌已緊緊地抓住了她的小手。這雙大掌修長白淨，溫熱無比，卻是五公子的手。

四隻手這麼緊緊一握，孫樂頓時心跳如鼓，羞臊得無以復加。

五公子也是，他的俊臉更紅了。

緊緊抓著孫樂的手腕，五公子騰出右手來，修長的手指輕輕地撫向她的紅唇。就在涼涼的食指碰觸到孫樂的下唇時，兩人如同觸電一般，同時一顫！

五公子顫著手，在孫樂的下唇處輕輕地撫動，他的呼吸有點粗，俊臉脹紅，明如秋水的雙眼中帶著一抹喜悅和羞意，隱隱的還有一抹堅定。

「孫樂，妳以前問過我，如果我以後遇到了中意的女子該當如何？我當時只覺得這話說得甚是好笑，一點也不明白這天下有什麼女人值得一個丈夫去牽腸掛肚的。」他的聲音清悅動聽，低低地、沈沈地，如同呢喃輕語。「可是，自從妳這次離開後，我才明白過來，原來，這世上還真的有一種感覺叫牽腸掛肚。」

他靠得孫樂如此之近，身上淡淡的青草香撲鼻而來，那按在唇上的手指涼涼的，粗糙中帶著溫熱。他的呼吸之氣也是如此溫熱，暖暖地撲在她的臉上。

五公子低頭看著羞不自勝，目光中漸現迷離的孫樂，喃喃說道：「孫樂，回來吧。妳一回來，我們就成親。」

成親？

成親！

孫樂猛然心驚，本來成了漿糊的大腦也瞬間清醒了。她嘴唇顫抖了兩下，長長的睫毛搧了搧，慢慢抬眼看向五公子。

對上月光下這張俊美清冷得不可直視的臉，孫樂低低地說道：「五公子——」

五公子出聲打斷。「別叫我五公子，叫我姬涼吧，我母親曾經給我取名叫姬涼。」他低聲嘆道：「只是自從她死後，大家便再也不叫我的名字了。我在他們的眼中，只是齊地姬府城主的第五個兒子。」

孫樂長長的睫毛搧動了一下，遲疑片刻後，輕聲說道：「姬涼。」

這兩個字一出，五公子和孫樂都是一顫。

孫樂頓了頓，半晌才繼續說道：「我有要求的。」

她想了很多話，脫口而出時卻只有這幾個字。這時的孫樂已失去了思考能力，也沒有辦法思量自己對弱王和對五公子的感情有何區別，她只知道應該把這些早在心中盤旋多年的話說出來。

五公子不由得一怔。

站在不遠處，時不時向他們瞅上一眼的阿福也是一怔。

孫樂慢慢地抬起眼眸，靜靜地看著五公子，他俊美的臉側對著月光，明暗不定間顯得神秘至極。「我不會輕易成親的，我的良人，必須只有我一個女人。不管是現在，還是將來，他都只能有我這一個女人。」

孫樂這話一出，心便跳到嗓子口了。

站在十公尺遠的阿福側耳聽到了這句話後，大吃一驚，他跳了起來，直指孫樂厲喝道：「孫樂！妳、妳太也可笑了！妳不過是五公子的姬妾，現在公子願意娶妳為妻，乃是妳天大的榮幸！妳、妳竟然說出這等可笑的話，是不是想讓五公子成為天下人的笑話?!」

阿福的聲音既是吃驚，亦是震怒，這時刻，他看向孫樂的眼中都帶上了幾分鄙夷和厭惡。顯然他的心中，孫樂真是個不知天高地厚、不知滿足的無恥之人。

孫樂沒有理會阿福的尖叫聲，她抬起眼眸，靜靜地看著五公子，等著他的回答。

五公子神色不動，不管是孫樂說出這樣的話，還是阿福怒喝之時，他都一臉平和鎮靜，秋水般的雙眼沒有波瀾。

此時對上孫樂緊緊盯視的目光，他微微一笑，勾了勾唇角，淡淡地回道：「可以。」

可以?!

他居然說可以！

一時之間，孫樂驚住了，阿福更是驚住了！孫樂雙眼睜得老大，傻乎乎地看著五公子，阿福則是張著大嘴，也傻乎乎地看著五公子。

五公子對上孫樂目瞪口呆的傻樣，微微一笑，撫在孫樂小嘴上的手指游移到她的唇角。「妳要求的這個，我可以做到。」

孫樂作夢也沒有想到，五公子會答應她，而且還回答得如此乾脆果斷。她簡直不敢相信自己的耳朵了！

錯愕地盯著五公子一會兒後，孫樂急急地說道：「五……姬涼，我說的是，你這一生只准娶我這一個女人！」

五公子有點好笑地看著孫樂那瞠目結舌、暈頭轉向的模樣，他薄唇一勾，露出雪白的牙齒笑道：「我自是知道妳的意思，反正天下的女子不過如此，只娶妳一人也好。」

反正天下的女子不過如此，只娶妳一人也好。

反正天下的女子不過如此，只娶妳一人也好……

五公子輕描淡寫的這一句，在孫樂的耳中不住地迴蕩，漸漸地，她臉上的驚愕漸去，狂喜漸消，激烈如鼓鳴的心跳也慢慢平緩。垂下眼瞼，孫樂苦笑著想道：孫樂，妳也太妄想了，難不成妳還指望他是愛妳如癡才答應只要妳一人的嗎？對五公子而言，天下的女人都是麻煩，我要他答應的「只娶我一人」的諾言，對他來說，不過是「也好」罷了！

可能是一開始的狂喜和期待太多，這一刻的孫樂，還真是說不出的失落。

明月如洗中，一片片樹葉翻轉飄飛，悠然灑落。孫樂看著那些落葉，漸漸地，臉上的苦笑淡去，目光中恢復了清明。看天上雲卷雲舒，去留隨意，任庭前花開花落，寵辱不驚。孫樂，看這天地、這大自然，它們無慾無求，何等逍遙自得？

她低頭沈思時，五公子依然輕撫著她的小嘴，低頭溫柔地看著她。兩人影子相疊，彷彿黏在了一塊兒。

正在這時，一個男子的沈喝聲從身後突然傳來——

「姬五，你的手放在哪裡?!」

這喝聲憤怒至極，令得孫樂和五公子同時一驚，兩人齊刷刷地轉頭時，一股旋風捲來。轉眼間，那旋風便衝到了兩人面前，把孫樂的手臂一扯一帶，強行將她置於身後，緊接著「錚——」的一聲清鳴，長劍出鞘，寒森森的劍鋒直直地抵著五公子的咽喉處。

這一變化十分突然，孫樂不由得發出一聲驚叫來。

就在她的驚叫聲脫口而出時，眼前一花，一道黑影輕飄飄地落在她的右側，同時，一把寒劍抵上了弱王的後背。

「楚弱王，請放開叔子！」

這聲音慢悠悠吐出，卻帶著無庸置疑的死氣。

孫樂睜大眼，錯愕地看著把劍抵著五公子咽喉的楚弱，再看向把劍對準弱王後背的陳立，半天都找不到自己的聲音。

五公子被弱王的劍鋒逼得向後微仰，他皺著俊眉，伸出修長的手指撥向弱王的長劍，冷冷地說道：「孫樂本來便是我的女人，我為何不能碰？」

自從陳立的劍指向自己後，弱王本來是冷靜些了，可他一聽到五公子這句話，又怒火中燒了。他森森地一笑，沈喝道：「你的女人？她本燕地燕氏之貴女，那一次之所以進你姬府，成為你十八姬，也是因為她冒死擋向你失控的馬車。雖然你的馬車並不是因她而停下，可她也有救你之心。而在後來數年中，她屢次相助於你，甚至救你數命，這樣的身分、這樣的恩情，你還敢把她當成你的姬妾不成？」

弱王一句一句道來，五公子的俊臉有點難看。

吔地一聲，弱王把抵住五公子咽喉的長劍收回，冷聲喝道：「來人！」

「喏！」

「丟二十金給姬五公子！我的姊姊，不可能是任何人的姬妾！」

「喏！」

「砰」地一聲鈍響，一包金摔到了五公子的腳前。

見金已拋出，弱王才冷冷地對著依然以劍指向自己的陳立喝道：「撤回你的劍！」聲音沈沈而來，不怒而威，陳立明明用劍指著他，只要劍尖向前一送便可要了他的性命去，此時聽到他這句話，卻自然而然地手腕一軟，劍鋒垂向地面。

自覺處理好了後，弱王才回頭看向孫樂。

孫樂白著臉，站在月光下一聲不吭，眼神中罕見地流露出無所適從的掙扎。剛才弱王丟下二十金，解去她的姬妾身分時，在她而言，她的內心深處是贊同的。不管她如何喜歡著五公子，她都不希望自己以低他幾等的身分與他相處。

弱王看了孫樂一眼，狠狠地壓下心頭的惶恐，伸手握著她的手，朗聲說道：「姊姊，那燕家人三番兩次對妳不利，可不能輕饒了他們。」

孫樂本來滿腹心思，左右為難，此時見弱王拋開眼前的局面，轉而繞向對她幾次不利的燕家，不由得點了點頭，輕聲說道：「是不能輕饒了。」

她這句話一出，站在弱王身後的十來個劍師便悄無聲息地退出五個，身影神不知鬼不覺地在消失在樹林中。

孫樂沒有注意到這一點，她咬向下唇，剛碰到傷口便是一痛，忙又改咬為抿。這個時候，她的心實在亂得可以，臉色更是白得難看。

終於，在猶豫了幾次後，她抬頭看向五公子。

弱王一直站在身邊，眼角有意無意地注意著孫樂的表情，此時見她一恢復清醒，便是看向五公子，心中不由得一苦，同時，一股鬱怒浮出。

就在孫樂與五公子四目相對，五公子向前走出一步，俊臉一肅，準備開口時，弱王突然笑了。

他的笑聲清朗而悅耳，在這個緊張的時候，這種輕快的笑聲十分刺耳，引得孫樂、五公子都轉頭向他看去。

弱王低著頭，笑盈盈，一臉歡快地看著孫樂，在對上孫樂的眼眸時，他還調皮地衝她眨了眨右眼。

一眾安靜中，只見弱王伸出手撫上孫樂的小嘴，手指照樣按在剛才五公子所按的地方，笑吟吟地說道：「姊姊，都怪弱兒不好，那一口實在咬得太重了，害得姊姊妳的嘴唇上還有牙印兒呢！」

瞬時間，五公子臉白似雪，身子一晃。

弱王似乎沒有感覺到氣氛變得古怪了，他逕自撫向自己的耳朵，把那耳廓朝著孫樂一扯，噘著嘴抱怨地說道：「不過姊姊也太狠了，弱兒的耳朵現在還疼著呢！妳瞧，妳的牙齒印還在上面呢！」說到這裡，他齜牙咧嘴地嘟囔道：「姊姊的心太狠了！」

在弱王開口的時候，從孫樂身後傳來一股氣流，那氣流雄渾有力，重重地堵在她的後頸和胸背處，令得孫樂幾次想要開口，都氣血翻湧，發不出聲音來。

五公子一直盯著孫樂的臉，注意著她的表情，見她絲毫沒有否認，不由得煞白著臉，身子搖晃了兩下。阿福急急地上前扶住，可阿福的手剛伸出，他便是重重一甩。

「走！我們走！」一低喝聲中，五公子帶頭向外衝出，腳步有點踉蹌。

離開時，阿福怒氣沖沖地瞪了孫樂一眼。

陳立則饒有興趣地瞟了孫樂和弱王一眼後，同時提步追了上去。

第二十四章　心心糾結兩兩斷

「五公子——」孫樂直到這時才找到自己的聲音，可是回答她的是一陣腳步聲。迅速地，孫樂回過頭看向弱王，眼眶中有淚。她瞪著他，氣惱地說道：「弱兒！你是故意的！你故意這樣說，故意令得他以為我們有了肌膚之親！你、你還令人使得我口不能言！你……你怎麼能這樣？」

弱王一眨也不眨地看著孫樂。

孫樂的語氣又怒又氣，他的表情卻是更怒、更傷心。

孫樂對上他那充滿控訴的眼神，不由得苦澀地一笑，垂下眼瞼。這個時候，她的怒火消了小半了。不知為什麼，一對上弱王那雙痛苦中帶著控訴的眼，她就惱怒不起來，她就心軟。

就在她移開視線的時候，弱王突然伸出雙手，緊緊地抓著她的雙臂。他緊緊地抓著，指節泛青，直令孫樂痛得皺起了眉頭。

「姊姊，妳怎麼能這樣？妳、妳不是答應過我，會待在我的身邊嗎？妳、妳怎麼能……怎麼能趁我不注意，與姬五私下相會！」

孫樂眉頭微皺，盯了弱王一眼，不高興地說道：「弱兒，姊姊不是跟你說了嗎？姊姊與你最好當一輩子的姊弟，這樣對你對我都好。」

弱王臉色一白。

孫樂避開他蒼白的臉，在這個時候，她不想心軟。

弱王身後的眾人相互看了一眼後，同時向外退去，不一會兒，小樹林中只剩下他們兩人。

月光依然明澈如水，可那吹拂到身上的風卻帶著燥意。

弱王的雙手依然緊緊地抓著孫樂的雙臂，他深呼吸了幾次，在終於平靜之後，他才沙啞著嗓子開口了。「孫樂，給我一點時間好嗎？妳所說的那些話，我需要好好地想一想，好好想清楚後再來回答妳。」

他雙臂一收，把孫樂帶到懷中，重重地抱著她，下巴擱在她的頭髮上。他低聲喘著氣，有點急促地說道：「姊姊，妳知道嗎？妳說的那些話，弱兒實在想不明白。弱兒不明白，以弱兒與姊姊的感情，那些女人就算納了又有什麼打緊的？」

孫樂聽到這裡，臉色一冷，垂下眼瞼看著地面上兩人相疊在一起的影子，睫毛徐徐地搧動著。

這時，弱王又說道：「可是，弱兒又想，姊姊既然這樣說了，而且還這麼認真地說了，那說明姊姊是很在意的。只要姊姊在意，那弱兒就算不明白也要好好想一想。」

孫樂的睫毛飛快地搧動了幾下。

弱王把她稍稍移開，低頭看著她的臉，注視著她的雙眼。「所以，請姊姊給弱兒一點時間想想好不好？姊姊，弱兒實在不想放開妳，剛才我看到妳與姬五在一起，看到你們這麼親密的時候，弱兒的心都在絞著痛啊！姊姊，弱兒的心很苦，弱兒不要姊姊離開我。」

他說到最後，聲音帶著顫抖，語調中有著嘶啞。

孫樂長長的睫毛搧動著，臉色有點雪白。

弱王看到她遲遲不回答，大手一伸抬起了她的下巴，讓她與自己目光相對。

孫樂這一抬頭，整個人便是一怔。眼前與她緊緊相依的弱兒，眼神中閃爍著痛苦和掙扎，那苦澀是如此的明顯，明顯得讓她心酸。

不知不覺中，孫樂伸手撫著弱兒的眉頭，輕輕推平他的皺紋。「傻弱兒，我們又不是沒有時間了，你要細想便想吧。」

她這句話一出口，自己便是一氣。*我不是一直覺得與弱兒做姊弟是最好的嗎？為什麼我卻說出這樣的話來？*

孫樂也說不出自己對弱兒是什麼樣的感情，她只知道，看著弱兒這般痛苦的模樣，她的心就痛，她就恨不得以身代之。她……唉，她就又犯了錯。算了，弱兒還小，他沒有弄明白，他對自己只是對親人般的依賴，等他想明白了，自然所有的問題都沒有了。

孫樂的話一出口，弱王便雙眼炯亮，臉上的悲苦一掃而空。

歡樂地看著孫樂，弱王鬆開雙臂，輕輕握起孫樂的手臂，把衣袖挽起，看著上面青紫的抓印，他一臉愧疚。「姊姊，剛才抓痛妳了。」

孫樂搖了搖頭，溫柔地說道：「這點痛不算什麼。」是啊，比起心中的難受，這點痛算什麼呢？

弱王的雙眼還絞在她手臂的青紫印痕上，看著看著，他忽然低頭，在兩個爪印上輕輕地印上一吻。

溫熱的吻印在手臂上，孫樂不由得顫慄了一下。

弱王細細地把印痕吻了幾下後，這才幫她把長袖拉下，然後，雙臂再收，把孫樂再次抱到了懷中。

這一次，他的擁抱動作真是溫柔到了極點。

緊緊抱著孫樂，弱王看著前方婆娑的樹影，暗暗想道：姊姊既然答應了給我時間讓我細思，那就不會輕易再答應姬五了吧？

他想到這裡，心中一鬆的同時也有點煩悶。這幾年來，他殺戮決斷從來是乾脆至極，現在遇到了這感情的事，卻渾然無處著力。他心中厭惡姬五，卻又不能動他，唉。

也不知過了多久，孫樂動了動，低聲說道：「弱兒，我們走吧。」

「嗯。」

兩人手牽著手，慢慢走出小樹林。

孫樂低著頭，走了十幾步後，輕輕掙脫了弱兒的手，低頭說道：「弱兒，姊姊得單獨走一走。」

弱王一震，他看著孫樂，嘴唇動了一動。

姊姊，妳可是想找姬五說清剛才的事？

這句話湧到了唇邊，他終是沒膽說出來。孫樂的神情十分堅決，而且，自己這句話一說出，她說不定又要生氣了。畢竟，那時自己是用了不入流的手段。

孫樂用一種堅定的語氣說出這句話後，抬頭看向弱王。這一看，她便對上了噘著嘴、苦巴著臉，一臉沮喪鬱悶的弱王。

這小傢伙，對自己的占有慾可真強啊！

孫樂看到他這個表情，不由得有點好笑。她伸出手，輕輕地在弱王的手背上拍了拍，輕嘆道：「傻弱兒。」

她說完這三個字後，便鬆開手，慢步向前走去。

弱王站在原地，看著她的身影越去越遠，越去越遠，幾次張開嘴準備叫住，卻又合上了。

清冷的月光照在身上，涼風陣陣吹來，剛才大腦一直處於混沌中的孫樂終於清醒了。

她望著地面上自己拖得長長的影子，出神地想道：五公子他，居然答應了我那麼過分的要求。

她想到這裡，嘴角不由得微微上翹，眼中晶光瑩瑩。

在五公子說要和她成親的時候，孫樂還真是給嚇住了。那句過分的要求，純粹是她下意識說出的，當時她真是以為，只要自己那句話一說出，五公子便會毫不猶豫地退卻。

只要他退卻了，自己也可以死心了。

在孫樂看來，活在這個世上，情愛真的沒有必要。她一直計劃著，想法子割斷對五公子那莫名其妙的、揮之不去的癡迷，然後離開他，把他徹底地塵封在記憶中，再回到弱兒的身邊做他的姊姊，靜靜地度過幾十年平和而自在的人生。

她的計劃中是不需要愛情這玩意兒的，那東西太容易變化又太過傷人了。

現在可好，一切都亂了。

五公子居然毫不猶豫地答應了自己的那個條件，雖然他並不是愛自己如癡才答應的，可是他畢竟答應了啊！這世上，又有幾個男人可以答應女人這麼出格的要求？何況自己又不是什麼大美人。

以五公子的性格，他能說出對自己牽腸掛肚的話便很令人心醉了，更何況，他還答應了那要求。

想著想著，孫樂清秀的臉上露出了一抹甜蜜的笑容來。

可是她笑著笑著，慢慢地轉為了苦澀。

低聲嘆了一口氣，孫樂苦澀地想道：現在真是亂了。五公子還真對我有情了，而弱兒他、他……哎，他居然也說要好好想一想，而我居然也答應了給他時間。

孫樂伸手撫著額頭，直覺得一切都釐不清了。自己一直想著要遠遠避開的情愛糾葛，卻越陷越深了。

孫樂胡思亂想著，她是越想越糾結，最後她大力地甩了甩頭，把那些令人困惑的事拋開，大步向前走去。

以她對五公子的瞭解，他現在必不會回到大殿中。

孫樂找了一陣子後，詢問了兩個衛士，終於在離月明宮足有三里遠的一個花園中看到了阿福的身影。

孫樂急急地走近。

阿福正低著頭，在地上轉悠著，聽到腳步聲傳來，忙抬起頭張望。

這一張望，他便對上了孫樂的臉。

瞬時，阿福一臉厭惡，他咬牙切齒地衝到孫樂面前，雙臂一張攔住了她，低喝道：「孫樂，妳真有臉啊！妳還敢過來？」

他的聲音壓得很低，顯然不想驚動了什麼人。

孫樂看了一眼阿福身後的小花園，輕聲說道：「阿福，我是想來告訴五公子，我與弱兒……」她說到這裡，略頓了頓才繼續說道：「我與弱兒並沒有發生那種事。」這話一說完，孫樂的臉便紅了。

紅著臉，孫樂鼓起勇氣看向阿福，這一抬頭，她對上了阿福一臉鄙夷和厭惡的表情。

「孫樂，妳不過是公子的姬妾，公子如此用心對妳，妳不但不感恩，還沾三惹四的，實在是讓人噁心至極！滾吧，公子不會想看到妳的！」

他見孫樂沒有動，右臂一揮，怒喝道：「滾！聽到沒有？」

阿福居然如此說她。孫樂抿緊唇，臉色有點蒼白，她抬起頭來看著阿福，認真地說道：「我可以走，但那句話一定要告訴五公子！」

「我自是會說！」阿福伸手推向孫樂的肩膀，厲喝道：「妳怎麼還不滾？」

孫樂雖然愧疚，卻也受不了阿福這樣的對待，聽到他答應轉告，當下微微一禮，轉身離開了。

在孫樂而言，這番解釋是十分必要的。不管結局如何，她都不喜歡這種誤會的感覺，一切的決定最好是在雙方都明明白白的基礎上。

看著孫樂的身影漸漸遠離，阿福「呸」地一聲，重重地朝地上吐了一口痰，恨恨地罵道：「真不知好歹！」

他頭一回，便看到身後的樹林中站著一個白色的身影，阿福一怔，吶吶地叫道：「五公子，你……」你什麼時候出來的？這後面幾個字他沒有問出來。

五公子臉色依然蒼白，他盯著孫樂離開的方向，半天才回道：「你們的對話，我聽到了。」

「公子聽到了？」

五公子點了點頭，目光飄忽地看著前方，半晌都沒有再說話。

他一直以為，自己只要答應孫樂的要求，她便會很爽快地回到自己身邊。可是，剛才他卻深刻地體會到了楚弱王對孫樂的在意，明白了楚王對孫樂的感情並不是姊弟之情，而是男女之愛！

現在冷靜了，也聽到了孫樂的解釋了，可他還是茫然了。他不知道這一份感情，值不值得自己去與一個王來爭奪？他平生最是厭惡與人發生這種爭奪計較了。

阿福見他不開口，便肅手走到他的身邊，老實地站在一旁不再說話。

孫樂慢慢地向回走去，她這個時候有點茫然了，不知要不要回到殿中。月明宮中依然燈火通明，笙樂喧天。孫樂看著那人影綽綽處，停下了腳步。

她剛停下腳步，便感覺到身後有人靠近。

那腳步聲綿而無節奏，顯然來人並不會功夫。

直過了一會兒，那人才走到孫樂身後，一個優美的聲音傳來——

「孫樂。」

是雉大家。

孫樂沒有回答。

雉大家走到孫樂身邊，她神色複雜地盯著孫樂的側臉，輕聲說道：「妳果然不凡。我萬萬沒有想到，妳還真能救楚於危難當中。」

孫樂此時沒有心情與她閒扯，依然不答。

雉大家繼續嘆道：「妳的才能著實可畏可佩。而且，不過一年不到，妳真是長得好看多了。」

她咬著下唇，費了好大的力氣才說道：「我……我以前說的話還是算數的。妳既然救了楚國，那楚后之位我便甘心讓出。孫樂，以後我要叫妳姊姊了。」

孫樂聽到這裡，淡淡笑了笑，說道：「不必了。這世上只有弱兒才可以叫我姊姊。」說罷，她長袖一拂，轉身向前走去。

她竟然如此無禮！

雉大家絕美的臉上閃過一抹怒意。「孫樂，妳這話是什麼意思？」

「沒意思。」孫樂淡淡地丟下一句。「我不會與妳成為姊妹的。」

雉大家聞言大喜，她興奮地衝上幾步，緊跟在孫樂身後叫道：「妳是說，妳不會嫁給弱王？」

孫樂不答，她根本沒有向雉大家解釋的必要。

雉大家低著頭想了想，半晌後她搖了搖頭，苦澀地說道：「就算妳不想嫁給弱王，他也不會放過妳的，他對妳的感情很深呢。」

孫樂不想聽她說這些，腳步加速，不一會兒便把雉大家甩得遠遠的。

孫樂沒有回到月明宮中，她在院落裡轉悠了半天後，提步來到馬車隊中，逕自坐到了車中，抱著雙膝梳理著思路。

一個時辰後，月明宮中的人群漸漸散去，弱王等人也回到了車隊中。

弱王一走到車隊中，便徑直向孫樂所坐的馬車中走來。他掀開車簾，一眼瞟到了抱膝不語的孫樂。

盯著她，弱王朝身後揮了揮手，示意那幾個侍婢另行尋找車輛，身子一閃便爬了上去。

他緊緊地靠著孫樂坐著，雙手握緊她的小手，把頭輕輕地靠在孫樂的肩膀上，一邊把她的小手翻來覆去地擺弄著，一邊輕聲說道：「姊姊，妳現在在想什麼？」

他的聲音很輕，彷彿是在呢喃。

孫樂低低地回道：「弱兒，姊姊感覺迷茫了。姊姊不知道要怎麼決定了。」這種迷茫的感覺對孫樂來說，還真的很少有。她一直是理性的，事情不是一就是二的。

弱王聞言苦笑起來。「我也是。」

確實，不管是孫樂，還是弱王，還是姬五，此時都是一片迷茫，都感覺到自己陷入了一個理也理不清、扯也扯不斷的亂麻當中。這三人有一個共同點，就是從來都不知道情愛是什麼東西，此時陷入其中，頓時暈暈沈沈，四顧茫然。

馬車穩穩地駛出秦王宮中。

這一次弱王的車隊並沒有駛回白天那個偏遠的居處，而是就在秦宮左側三里不到的東街中心，這宅子是秦侯送給弱王的。

感情既然釐不清，孫樂也就不想再理了，她現在想把自己這個身體的身世之迷給弄清楚。不管是恩還是怨，既然躲不過了，那就一定要弄個明白。

孫樂知道，弱兒可能清楚這其中的一切，可這事她不能問弱兒啊！

想了想，孫樂在第三天上午向燕玉兒的居處走去。

這一次，她帶上了兩個劍師同行。

如燕玉兒、雉大家這樣的身分，居處同樣是秦侯所贈。

「妳找我？」

燕玉兒伸出玉手，在侍婢的扶持下從榻上站起。她甩開侍婢，慢步走到孫樂面前，朝著孫樂上下打量幾眼，又看了一眼站在院落中的兩個劍師，嫣然一笑，聲音卻有點冷。「真沒有想到，當年那個醜奴兒不但不醜了，還可以出入有隨從相伴！也不知妳用了什麼手段，居然令得楚王如此看重？」

孫樂靜靜地看著燕玉兒。

燕玉兒本來是笑得很開心的，可是，她面對著平靜無波的孫樂，那掛在臉上的笑容不知不覺中便有一點僵硬了。

咬著牙，燕玉兒再次瞟了一眼院落中的兩個劍師，向孫樂走去。

她一直走到離孫樂僅有一步遠才站定。恨恨地盯著孫樂，燕玉兒壓低聲音說道：「醜奴兒，妳真是膽大包天，居然還敢到這裡來！」

她說到這裡，突然眉頭一挑，像是想到了什麼。驀地，她直盯著孫樂，急急地問道：「雪兒和霓兒是不是妳殺的？半年前她們在咸陽城被殺。醜奴兒，除了妳，我想不到有誰能取了她們的性命！」

孫樂聞言淡淡一笑，抬起清亮的雙眼直視著燕玉兒。「然也，她們是我所殺。」

「啊！」

燕玉兒萬萬沒有想到還真是孫樂所為。她急急地向後退出幾步，臉色一白。

就在她退後的同時，站在角落裡的幾個侍婢同時上前幾步，齊刷刷地護在燕玉兒身側。只聽得一陣金鐵交鳴聲響，瞬時間，幾侍婢已長劍在手！

她們的兵器一亮，守在院落中的兩個劍師便身形一閃，咻地出現在孫樂的身後。

孫樂頭也不回地揮了揮手。「退下吧。」

「喏。」

兩個劍師退下後，燕玉兒身邊的侍婢依然舉劍怒視著孫樂。

孫樂彷彿沒有感覺到她們的殺氣，平靜地瞟了一眼燕玉兒，徐徐地說道：「她們想殺我，所以我便取她們性命。」她說這話時太平靜了，平靜得彷彿是在說吃飯、喝酒的小事，這種態度，令得燕玉兒的目光中添了一絲懼意。

孫樂向燕玉兒走出一步，她這麼一動，燕玉兒便不由自主地向後再退出兩步。

孫樂停下腳步，看著燕玉兒說道：「以前的事本已過去多年，我也不想計較的，妳們為什麼不願意放過我？」

燕玉兒聞言，臉上的懼意稍去，冷笑起來。「過去多年？妳母親是死了，可她死便死了吧，居然還令得姨母一直不痛快！我姨母乃堂堂秦國的公主，下嫁給燕衝那個混帳，那是看得他起！可他好大的膽子，不但不願意休去妳的母親，在妳母親死後還一直念念不忘，甚至以死相隨，令得我姨母成為天下人的笑話！」

她說到這裡，眼神中露出一抹悲色。「我早跟姨母說過，要她殺了妳這個賤種以絕後患，可雪兒和霓兒不聽，她們說要留著妳的性命玩，結果卻叫妳這醜丫頭逃了。而且到頭來，她們還死在妳這賤種的手中，想想真是令人痛恨！」

現在孫樂明白過來了。

原來那兩個被她殺死的少女還是她的妹妹。

點了點頭，孫樂心中已明白了大概。

她淡淡地瞟了一眼恨得咬牙切齒的燕玉兒，轉身便向外走去。

燕玉兒萬萬沒有想到，孫樂特意來找到自己，卻話也沒有說上兩句就又離開了。她愕然地盯著越走越遠的孫樂的背影，回頭問向左右侍婢。「這賤種想幹什麼？」

眾侍婢也是一臉愕然，紛紛搖頭。

兩劍師跟在孫樂的身後向外走去，他們相互看了一眼，最後左側那三十七、八歲的白臉漢子說道：「孫姑娘，何時動手殺了這燕玉兒？」

自從孫樂令得趙、秦不再攻楚後，知道內情的楚人對孫樂是尊敬有加，因此這白臉漢子的語氣甚是恭敬。

孫樂眺望著遠方，半晌才低聲說道：「我不知道要不要殺了她。」一直以來，她都是迫不得已才動殺機的。燕玉兒是對自己有殺意，可是，要她就這樣決定一個人的生死，孫樂還是猶豫了。

孫樂說到這裡，知道自己犯了婦人之仁，她低嘆一聲。「還是由弱兒來處置這種事吧。」她暗暗想道：我只需要知道真相。

孫樂這時還不知道，她這個身體的恩怨，兩天前弱王就接手了。

「喏！」

「屬下馬上上稟楚王！」

平靜無波地過了兩天後，這一日下午，孫樂有點悶得慌，想著要不要到咸陽街上走一走。

她尋思著，腳步輕移，越過府中右側的小花園向側門走去。

小花園中綠樹成蔭，鮮花盛開。走在那軟綿綿的草地上，濕潤的土地上不時印上一個鞋子印來。

「嘻嘻，現在咸陽城都傳開了呢，都說大王進城那天當眾抱走了一個絕色美人。」

還在說著這件事？孫樂的腳步不由得一頓。

另一個侍婢用她那嬌柔的聲音接口道：「可是也有人說，他們親眼看到了弱王所抱的女人，說她分明只是一個極普通的姑娘。」那侍婢說到這裡，嘿嘿一笑，頗有點鬼祟地說道：「現在大夥兒都在看著我們呢，他們在注意大王身邊出入的女人。嘿嘿，他們看來看去，已懷疑上孫樂姑娘了。」

懷疑上了？

孫樂搧了搧睫毛，一點也不吃驚。弱王身邊的女人只有這麼多，懷疑到自己身上也很正常。

正在這時，一個躡手躡腳的聲音從她身後左側的岔道處傳來。

聽到那明明沈實的落步聲，孫樂不由得有點想笑。就在那聲音離她只有三公尺不到，眼看就要靠近了時，孫樂眼珠子轉了轉，咻地一聲回過頭去，與來人大眼瞪小眼。

「嚇！姊姊妳嚇了我一跳了！」弱王一臉控訴的表情。

孫樂橫了他一眼，輕哼一聲。「這麼大人了，還想嚇唬我！」

弱王頗有點靦覥地嘿嘿一笑，大手一伸，把孫樂扯向自己，眨了眨眼。「姊姊，咱們偷偷溜出去玩玩好不好？」

他抬起頭，一臉嚮往地說道：「那時我們在姬府第一次上街時，可高興著呢！」

孫樂有點好笑，他才多大，就思念起以前的事了。點了點頭，孫樂說道：「好啊，我們出去逛逛吧！」

她瞟了一眼弱王身上的深衣，又看了一眼自己身上的深衣，暗暗想道：這下好了，都可以不用更衣了。

這種深衣男女通用，它把以前各自獨立的上衣、下裳合二為一，卻又保持一分為二的界線，上下不通縫、不通幅。在兩腋下腰縫與袖縫交界處各嵌入一片矩形面料，可以完美地表現人的體形。

這深衣，不管是貴族還是平民都喜歡穿用，孫樂兩人穿著一樣的深衣走在街道上，饒是弱王氣質出眾，這個時候注意他的人也大為減少。

「姊姊，那一家飯菜不錯。」弱王手指前方百公尺處的「喜食樓」，嚥了一下口水笑道：「雖然比不上姊姊妳弄的。」

他說到最後一句時，頗有點幽怨，還十分配合地捂著肚子，顯然是在怪孫樂這次重逢冷落了他的胃。

孫樂看到弱王那可憐兮兮的模樣，不由得有點好笑。她抿唇笑道：「這麼饞了？」

「嗯嗯！」弱王大點其頭，涎著笑看著孫樂，只差沒有尾巴可搖。

孫樂「哧」地一笑。「大街上呢，看你饞得！回去我弄給你吃！」

「然！」弱王迅速地答上一句。

「兩位好恩愛！」

突然間，身後傳來一道男子清朗的笑聲。

兩人同時回頭看去，只見身後十公尺處的一輛馬車掀開了車簾，贏十三露出頭朝著兩人看來。他瞟向孫樂的眼神中似笑非笑，隱帶嘲弄。

孫樂對上他這種目光，頗有點不自在，低眉斂目地避開了贏十三的注視。

贏十三揮手令馬車停下，縱步從馬車中跳下，大步向兩人走來。巧的是，他今日所著亦是深衣，雖然舉手投足間那王孫公子的氣質絲毫不減，但畢竟不是那麼扎眼。

贏十三徑直走到兩人面前，叉手笑道：「楚王好生溫柔，這般與孫樂姑娘並肩同行，恍如尋常夫妻也。」

弱王哈哈一笑。

他的笑聲還在傳蕩，贏十三已看向孫樂，笑吟吟地說道：「記得楚王進咸陽那日，曾經當著數萬人面前抱走了一個姑娘。秋今日方知，那姑娘卻是孫樂了，然否？」

孫樂依然低眉斂目，這時收住了笑聲的弱王在旁坦然應道：「然也。」

贏十三瞬時眉心一跳，掃向孫樂的眼神中已多了一分不明的意味。

嘴角一揚，嬴十三再次露出一抹微笑，他對著弱王，叉手笑道：「大王敢愛敢為，當真蓋世英傑也！」有意無意地再次瞟了孫樂一眼。「楚王可知齊有難了？秋得知，趙、燕合軍誓師攻齊！不久前齊才敗於大王手下，元氣未復，這一次怕有亡國之災了。」

弱王伸手把孫樂扯近了些。「竟有此事？不過齊國之事與我等無關。如果王子無事，本王可要告退了。」

嬴十三呵呵一笑，叉手告退。他跳上馬車，穩穩地向前駛去。

當孫樂和弱王的身影漸漸在眼前消失時，馬車外傳來一個青年賢士不解的聲音——

「趙攻齊國之事剛剛傳入，殿下因何便告知楚王了？」

嬴十三回道：「我懷疑孫樂便是田樂！」他侃侃言道：「孫樂與齊國關係匪淺，如果齊國真的有難，她又是田樂的話，應當不會束手旁觀。」

「啊？世上竟有如此大才的女子？」這話卻是不信了。

嬴十三笑了笑。「到時自知。」

弱王盯著嬴十三的馬車漸漸駛離，他慢慢收回目光，看向孫樂。

見孫樂依然低眉斂目，弱王有點擔心地握緊她的小手。

感覺到弱王握手的力道過大，孫樂抬起頭向他看來。

這一抬頭，便對上了弱王擔憂的眼神，孫樂衝著弱王微微一笑。「走吧，你不是想到前面的酒樓用餐嗎？」

弱王點了點頭，他依然牽著孫樂的小手，皺眉想道：趙、燕要攻齊了？姊姊在齊地生活多年，再加上姬五亦是齊國之人，也不知如何做才能讓她不要擔憂太多。

孫樂感覺到了弱王的不安，她垂下眼瞼，輕聲笑了笑。「弱兒，姊姊天性自私，不會過於擔憂的。」

弱王聞言大是開懷，他衝著孫樂嘿嘿一笑，扯著她的小手向前面的酒樓大步走去。喜食樓大堂中，用餐的人濟濟一堂，弱王腳步不停，向二樓走去。

二樓上也坐了大半的人，只有兩、三個几上才空著。弱王挑了一個靠窗的榻坐下，點了幾樣酒菜後，轉頭看向下面街道上的人流，嘆道：「姊姊，想當初我們在姬府時老想著，要是天天能吃上大米飯、吃上肉就滿足了。」他轉頭看向孫樂。「現如今，食用肉，出有車，居有屋，還能有華服傭從，姊姊不覺得這樣的日子已如仙人嗎？為什麼弱兒總覺得姊姊猶覺不足？」

孫樂轉頭看向街道，暗暗想道：我要是這個世界的人，有了如今的生活自是滿足了。她想到這裡，不由得笑了笑，看向弱王說道：「姊姊剛才都說了，我天性自私，自也難以知足。」

弱王聽到她這麼回答，不由得垂下眼瞼。這幾日他細細思量著孫樂的條件，真是越想越不明白她為什麼要那般要求？在楚地時，她親眼看到雉大家對楚國的幫助，現在雉大家也願意居於她的下面了，可她……唉！

現在的弱王是真的為難，他放不開孫樂，可是，他也真是覺得孫樂的要求很沒有必要、很不可理喻。

算了，再拖一拖吧，也許到時又有變化了。

這幾天來，孫樂與姬五沒有一點聯繫，這一點很讓弱王放心。他知道，對於姬五那樣的男人來說，要他只娶一個女人並不是痛苦之事，可要他與自己這樣的王來爭奪一個女人，惹上一身麻煩，那才是最最不堪忍受之事。

他有自信，姬五的退卻是一定的。等他退卻時，姊姊沒得選擇，也許會放開這些莫名其妙、不知所云的要求。

孫樂沒有看向弱王，但她在弱王說出那句「為什麼弱兒總覺得姊姊猶覺不足」時，便知道了他在想些什麼。

她看著街道中的車水馬龍，一臉平靜。

正在這時，一個人從樓梯口走了上來，他徑直向弱王走近，湊近他的耳邊輕輕地說了一句話。

弱王聞言，眉頭微皺，衝著孫樂叮囑兩句後，便跟著那人匆匆離去。

孫樂提壺，慢慢地給自己倒了一小杯酒，慢慢地品了起來。

她飲得很慢，飲著飲著，小二已把飯菜送上。

一陣腳步聲傳來，來人越走越近，不一會兒便在孫樂旁邊的榻上坐下。

孫樂轉頭，對上了阿福熟悉的面容。

這一下四目相對，阿福的臉便是一紅。那日他說得十分過分，今日卻千方百計尋上門來。

孫樂面無表情，她搖晃著杯中的酒水，等著阿福自動開口。

猶豫了半晌後，阿福咳嗽一聲，說道：「孫樂，我剛才在街道上看到妳在這裡，便上來了。」

他又咳嗽了兩聲，清了清嗓子才繼續說道：「孫樂，妳可知齊國有難了？」

不等孫樂有反應，阿福已雙手一叉，認真地說道：「那日我阿福說的話太重了，今日向孫樂妳賠個不是。五公子令我來問問妳，田樂在哪裡？」

田樂？

孫樂這時終於抬起頭，定定地看向阿福。

阿福皺著眉頭，青蛙眼中滿是苦惱。「公子方才才得知此事，如今齊國上下都束手無策。現今之策，只有重金厚禮相請到那田樂，或許能改齊國之危。」阿福頓了頓，又說道：「世人傳言，田樂自稱是齊人田樂。只要找到他，此事易耳。」

他一口氣地說到這裡，便認真地看著孫樂。「田樂再三相助楚王，定是楚王身邊之人。孫樂，妳可為五公子引薦田樂否？」

孫樂先是愕然地看著阿福，等阿福再次詢問，她眉目微斂，輕聲嘆道：「天下如此多的英傑，堂堂大齊卻一定要那田樂才能救嗎？」

阿福也嘆了一口氣，說道：「話雖如此，可一時之間到哪裡去找那些英傑？齊使言：齊上下想出的對策雖多，可用的也不過是這兩、三條。那田樂既然自稱是齊人，我等只要厚金重禮，他必會出面相助。一年前他能救得楚國，此時定也可以助得齊國。大丈夫生於世，所求不過是功名利祿耳。只要此事一成，他田樂之名必定天下皆知，諸侯敬服。不說別的，光我大齊便願意以丞相之位許之！」

他說到這裡，認真地看著孫樂。「生於如此亂世，安於家中也有禍患，只此一搏，成則名傳千古。孫樂，妳說他田樂因何會不願意？」

孫樂苦笑了一下。

嚴格來說，阿福並沒有認真地回答她的問題。可是這個問題也無須阿福來回答，派一說客行事，是所有計策中成本最低的了。她田樂的名頭在外，報的又是齊人的名號，齊國有事，自然會想到她頭上來了。

可是，任阿福說得口若懸河，孫樂也只有苦笑的分。這世上的功名利祿，對她還真是沒有什麼用處，她只想安靜地過日子。

阿福滔滔不絕地說到這裡，見孫樂低頭不語，不由得不快地說道：「孫樂，只需要妳告訴我田樂的住處便是。楚王再是要強，怕也不能把一個齊人錮制起來吧？」他說到這裡，感覺到自己語氣不好，聲音又溫和了幾分。「妳放心，如果找到了田樂，我們有法子讓楚王相信，他的行蹤不是妳孫樂透露出來的。」
這下子孫樂更是哭笑不得了。
她微斂著眉眼，徐徐地說道：「阿福，孫樂不過是一介普通女子，雖僥倖得到楚王看重，可這種軍國大事，非孫樂能知耳。」
阿福一怔。
他朝著孫樂上上下下打量了幾眼，對她的話實是半信半疑。他是見識過孫樂的機敏，更見識過楚王對她的看重的，這樣的她說自己在楚王身邊毫無地位，他卻是不信的。
可是話又說回來，孫樂再強也不過是一個女子，也許那田樂之事她還真不知情。
他想到這裡，不由得衝著孫樂叉手言道：「既然如此，那我就另外想法子了。」他站起身來，剛走出一步，又回頭衝著孫樂說道：「孫樂，如果妳能找到田樂的所在，務必告知於我，那我阿福也會原諒於妳。」
真是可笑！居然以這種手段來誘惑自己。
孫樂淡淡一笑，抬眼看向阿福，徐徐地說道：「阿福，孫樂並不在乎你的原諒。」
這話卻是重了！而且擲地有聲。
阿福對著孫樂平靜淡然的面孔，圓臉唰地脹得通紅。他雙眼冒火地怒視著孫樂，指著她的鼻尖，結結巴巴好半晌都說不出話來，直愣了好一會兒，他才氣沖沖地拂袖而去。

在喜食樓的對面，一個戴著面紗、坐於雅閣的少女，見到阿福怒沖沖地走下，不由得揮了揮手，示意身邊的侍婢靠近。對著侍婢耳語了一句後，那侍婢連連點頭，飛快地向街道中跑去。

孫樂靜靜地看著街道上的人流，弱王自從出去後一直沒有回來，她思潮起伏，也不想馬上離開，便直在酒樓中坐了兩個時辰才動身下樓。

「五公子！」阿福急急地衝了進來。

站在紗窗前望著藍天出神的五公子，回過頭來看向阿福，有點幽暗的俊臉上帶著一絲詢問。

阿福皺眉道：「孫樂說她不知道田樂是誰！」

五公子點了點頭。「她不過是一個女子，是有可能不知道。」

阿福還脹紅著臉，他期期艾艾地說道：「她、她……」連叫了兩聲「她」，阿福還是把話吞到了肚子裡。他是覺得孫樂對自己的態度很不客氣，一點也不似以前在五公子身邊時，可他告狀的話在湧出咽喉之際，卻突然發現孫樂既然不再是五公子的姬妾，又成了楚王身邊的貴人了，還真有理由對自己不客氣。

五公子瞟了阿福一眼，見他不說了也不追問，只是低聲說道：「齊使可是向秦王求救了？」

阿福點了點頭。「然也。」

五公子苦笑了起來。「秦必不會答應的。」

阿福搔了搔頭，感覺這話自己回答不了。他對這些家國大事並不感興趣，連剛才跟孫樂說的那一番話，都是聽齊使的吩咐的。

五公子見他愣在那裡，揮了揮手。「出去吧。」

「喏、喏。」

五公子望著阿福離開的身影，只覺得胸口一陣堵悶。事實上，自從在邯鄲那次，孫樂留言說與弱兒離開後，他就不時地覺得胸悶。

這種感覺對五公子來說，陌生至極，也令他很是不舒服。

本來，他以為這次孫樂回來後，自己只要留她在身邊，這種古怪的感覺便會完全消失，可是她卻又與堂堂楚王牽扯上了。

「女人還真是麻煩啊！」五公子苦笑著，喃喃自語道：「本來以為孫樂不一樣的，可她帶來的困擾卻更大，簡直令得我無計可施，唉……」

一想到孫樂，一想到那天晚上她與楚王待在一起的那一幕，五公子便覺得胸口在堵悶中添上了疼痛。最可惱的是，那一幕他還揮之不去，甩之不掉。

伸手揉搓了一下額心後，五公子持起几上的酒壺，就著玉杯慢慢傾倒起來。倒著倒著，他的眼前出現了孫樂的面容。狠狠地甩了甩頭，五公子閉了閉眼睛，好不容易平靜下來，他再次持壺傾酒。可這一次，出現在眼前的卻是趙十八公主、姬洛還有雪姝的面容。

一想到她們，五公子不由得怔住了。早在兩年前，表妹雪姝便嫁人了，自己在回到姬府時，不時聽人說起，她當時嫁得是多麼的不願意，她多麼渴望自己回去。

然後，一年前，他從本家學得丘公遺著回來後，便聽得趙國的十八公主也許人了。

再然後，便是半年前，姬洛被他一再拒絕，甚至毫不客氣地當著父親之面拒親後，一怒之下也許了人。

這些女人，在相處時都給他帶來過麻煩，而且在很多時候，都是他極為渴望甩脫的那種麻煩。

現在，孫樂也給他帶來了麻煩。

可是這種麻煩，與以前的都不同。現在的麻煩，是來自他內心深處的，讓他每次一想到放棄，便在心情堵塞外添上了疼痛。

我到底是怎麼啦？

五公子扶著額頭，呻吟了一聲。

就在他眉鎖成結時，一陣急促至極的腳步聲傳來，阿福衝了進來。

他跑得氣喘吁吁，連站也沒有站穩，便對著五公子急急地說道：「五公子，剛、剛才有一個女人告訴我……」他連連喘息了幾口氣，好不容易氣才勻了一些。「她、她居然告訴我說……說我們所求的田樂，其實便是孫樂！」

啊？

五公子愕然抬頭。

阿福也是一臉驚駭，他支著腰，讓自己平靜下來後，瞪大眼睛繼續說道：「這話、這話實在太也驚人！想那田樂是何等大才？公子你也說過，那是三言兩語便可抵十萬雄兵的奇才啊！孫樂我們是知道的，她不就是有一點小聰明嗎？這樣的兩個人，怎麼可能是一個？」

阿福說到最後，聲音卻驀地低了下來。他的腦海中不由自主地浮起以前孫樂的所作所為，一個念頭湧出了心頭：仔細一想，她還真的不只是小聰明呢！前趙王后上位下位，都是她一句話成就的，這樣的人，還真、還真不是小聰明呢！

五公子也是一臉錯愕，他怔怔地看著面前的阿福，直過了許久，才低聲嘆道：「是她，真是她！我為什麼直到現在才明白？那還真是孫樂啊！」

阿福咂巴了兩下嘴，喃喃說道：「是啊，孫姓乃田姓分支，她說自己叫田樂也是可以理解的。再說，堂堂楚王，卻對她如此看重，不是稀罕她的才華又是稀罕啥？」

他說到這裡，突然有點羞愧，以孫樂的身分地位，還真是不稀罕自己去原諒她啊！

房中一陣沈默。

也不知過了多久，阿福咻地抬起頭來，他雙眼放光地看著五公子，急急地、高興地說道：「她就是田樂也好啊！五公子，只要她是田樂，那就沒有道理不幫助齊國。」再一次，他一句話剛說完便啞了火。阿福搔了搔頭，恨恨地轉口說道：「她在齊國待了如此之久，居然對齊要滅亡之事毫不動容。這個孫樂，還真是無情無義！」

「她的性格本來便是如此。不喜張揚，安靜自守，不願意招惹災禍。再說了，她雖然在齊國住過，卻畢竟不是齊人。」

阿福聞言癟了癟嘴，卻沒有反駁。

兩人這下都沈默起來。

五公子望著窗外疏淡的樹影，想起關於田樂的種種傳聞，不由得癡了傻了。她本就不凡，我是知道的。

這樣想著想著，五公子突然十分奇怪地發現，自己心底竟然湧出一絲絲的得意。彷彿孫樂是一個了不起的人這件事，很值得他為之驕傲一樣。

沈默中，阿福的聲音突然響起。「如果要孫樂答應相助，看來得公子你出馬了。」

五公子沈默不語。

阿福抬頭看著自家公子，見他俊臉上帶著掙扎，不由得暗暗搖頭。

五公子轉過頭看著天空，久久都沒有說話。

阿福幾次準備張嘴，可話到嘴邊又收了回去。

孫樂回到府中時，才知道弱王自從那時外出後，一直都沒有回來。

夜涼人靜，孫樂在月光下靜靜地練習著太極拳。這太極拳她不管在什麼處境中，從來沒有放鬆過練習。很多時候，她都只是享受著練習時的清靜平和。

時間過得飛快，轉眼又是兩天過去了。

這一天，孫樂坐在府中的小花園，抱著頭瞇著眼眺望著遠方的青山白雲，一副十分悠閒的模樣。

也不知過了多久，一陣腳步聲傳來，不一會兒工夫，一個侍婢走到離她十公尺處的沙石子路上，對著孫樂行了一禮，輕聲說道：「孫樂姑娘，有人要我把這竹簡片送來。」

有人送信給我？

孫樂詫異地回過頭來，那侍婢輕步走到她面前，盈盈一福，把手中的竹簡片遞上。竹簡片只有兩根，上面寥寥寫著幾個字。

孫樂只是瞟了一眼，便訝異地坐直了身子。

把那竹簡仔細看了兩遍後，孫樂貼身放好。當她抬頭時，正好看到那侍婢悄步向外退去。

「且慢！」孫樂突然叫道。「這竹簡，是何人送到妳手中？」

侍婢詫異地看著孫樂，回道：「是我在大門口遇到了一個青年，他要我把這竹簡片給姑娘妳的。姑娘，是不是這竹簡有什麼不對？」

孫樂靜靜地打量了侍婢兩眼，說道：「沒什麼不對，退下吧。」

「喏。」

目送著那侍婢退下，孫樂低斂著眉眼，暗中想道：雉大家真是好手段啊！

孫樂瞭解弱王的為人，五公子的這片子竹簡，要按正常程序只怕是到不了自己手中的。它現在既然到了，那接過這竹簡片的侍婢只能是雉大家安插的人了。

也不知這個雉大家又想使出什麼手段來？

孫樂想到這裡，有點厭煩地揉搓著自己的額頭。她知道，自己在拒絕了雉大家的示好，並向弱王提出那個要求後，便已與雉大家再次交惡了。

想著想著，孫樂又揉搓了一下眉心，暗暗嘀咕道：「最煩這種事了。」哼，她如果真敢做出什麼事，那自己也只得不在乎弱兒的想法，動手對付了！

孫樂回到房中，換上一襲青布深衣後出了府門。

在咸陽街中轉了一刻鐘後，孫樂的眼前出現了一家不起眼的酒家。這酒家是全木製結構，兩層，每一層只有三百來平方公尺的樣子，在一眾粗大壯觀的建築群中顯得格外的不起眼。

酒家裡面冷冷清清的，孫樂進去時，小二正伏在桌子上打著瞌睡，嘴邊還流著老長的口水。

孫樂懶得驚醒他，便繼續向樓上走去。

二樓上，只坐著一個白衣勝雪的身影。

孫樂一伸出頭，便對上那片雪白。

她腳步不由自主地一頓，站在原地一動也不動。猶豫了一會兒後，孫樂才重新提步向那身影靠近。

孫樂一直走到他對面的榻上坐好，低頭沈思的白影才動了動，慢慢抬起頭來。

四目堪堪相對，兩人便同時移開頭去。

一片寂靜。

過了好一會兒，五公子終於再次動了，他伸出手提起酒壺，給自己和孫樂的酒杯都滿上酒。

渾黃的酒水汩汩流入杯中，低著眉眼、專注地看著注入的酒水的五公子，輕聲說道：「我沒有想到，妳能及時赴約。」

孫樂的睫毛搧動了一下，等到杯中的酒水滿了，端起來輕輕飲了一口，說道：「公子可是為趙、燕攻齊之事而來？」

她居然一開口便是詢問此事。

五公子的手抖動了一下。他把酒壺放下，抬頭看向孫樂，明澈如秋水的雙眸在陽光下泛著漣漪波影。「我居然都不知道，妳便是田樂。」

孫樂慢慢地抬眸。「前兩日阿福還不曾知道此事，看來，是有人向公子透露了。是雉大家的人嗎？」

五公子詫異地看向孫樂，搖了搖頭。「阿福說是一個女子告訴他的，不知是不是雉大家的人。」

當然是她了！

這個世上，知道孫樂便是田樂的，只有楚國裡有限的幾人。而那些人中，現在在咸陽，並且與自己有隙者，唯雉大家耳！

一瞬間，孫樂明白了，這便是雉大家的目的。她的目的十分簡單，便是要自己再當一次說客。這縱橫之路危險是如此之大，自己很有可能無法全身而退。

想明白這一點後，孫樂直有點厭煩了。她伸手揉搓著額頭。

五公子定定地看著她，見狀低聲說道：「妳……事情很為難嗎？」

不等孫樂開口，他已苦笑道：「孫樂並不是名利中人，對這種危險之事自然是不感興趣的。我猶豫了兩天，三番四次都生了退意，可想到齊國近況，終還是來了。」

孫樂輕輕說道：「天下英才無數，上次我出面說動趙國和秦國，實是邀天之幸。再一次行此種事，實是危險很大。」

她這話中，有了一點鬆動。

五公子看向她，秋波如水。他也知道，自己出面的話，孫樂拒絕的可能性很小。一直以來，她除了拒過他的求婚，對於他別的要求，都不曾拒絕過。
孫樂說完這句話後，見五公子久久沒有回答，便抬頭看向他。這一抬頭，卻見五公子一臉的掙扎。
這可怪了，他不是想了兩天還是決定來找自己的嗎？難不成他並沒有下定決心？他並沒有想到要讓自己去冒這種危險？
在孫樂的詫異中，五公子抿緊薄唇，微皺眉頭，說道：「孫樂，如果妳不想去，那就不去吧。」他抬頭看向孫樂，認真地說道：「我雖是齊國人，但在世人心中的地位實已超脫了一地一國的限制。如果每一次齊國有難，我都一定要操心的話，我這個叔子也就名不副實了。所以，孫樂，妳還是按自己的想法去做吧。」
孫樂明白五公子這話的意思。他是可以看到天命的人，這樣的人，本不應該拘於一國一地。這個天下間，只有身負真龍之氣的新任天下共主才能讓他歸附，這便是他這個叔子的使命。
孫樂抬著頭，怔怔地看著說得很認真，語氣也很瀟脫的五公子。聽著聽著，她卻露出一抹苦笑來。他的眉心鎖得如此之緊，他的憂慮不曾散去，這樣的他就算說得再有道理又能怎麼樣？齊國畢竟是他的家國，他做不到束手旁觀啊！
慢慢地，孫樂眉目微斂，決心暗下。
五公子說完這席話後，輕輕一笑。「齊地大物博，英才輩出，豈能無臨危受命之士？仔細忖之，使者說要找妳出面，也不過是信口耳。」

他的話說完了好一會兒，孫樂還是低眉斂目，一臉沈思的樣子。五公子不由得好奇地叫道：「孫樂，妳怎地不說話了？」

孫樂抬起頭來看向五公子，她靜靜地打量著他俊美無儔的眉眼。

她看得如此認真、如此坦然，這樣的孫樂，五公子還是第一次看到，他不由得有點好笑地問道：「妳看我做甚？」

孫樂嘴角向上彎了彎，一抹淡淡的笑意在她的臉上流轉。「五公子，那天晚上你問孫樂的話，孫樂還沒有回答呢。」

五公子怔住了。

那天晚上問孫樂的話？就是那句要求她嫁給自己，不要再離開自己的話嗎？到了現在，那句話有沒有回答還有什麼意義？

在五公子的錯愕中，孫樂再次抬眸，認真地說道：「那時教楚王打斷了，孫樂來不及回答公子的話。在這裡，孫樂想告訴公子，孫樂不願意。」

孫樂不願意。

孫樂不願意！

這是五公子萬萬沒有想到的回答，他睜大眼，不敢置信地瞪著孫樂。雖然他自己還有猶豫，他也還在想著要避開孫樂這個給他帶來煩惱和痛苦的女子，可是，此時此刻聽到孫樂這麼明白的說來，直如五雷轟頂般，一股莫名的痛苦鋪天蓋地地襲來。

孫樂看著臉色瞬間煞白的五公子，眼中飛快地閃過一抹痛苦，轉眼，那痛苦便被她掩藏起來了。

她垂下眼瞼，木木地說道：「那天晚上，孫樂問五公子可願只娶孫樂一人時，是想著公子定然會拒絕的。孫樂原想，公子只要拒絕了，那孫樂便順理成章地離開公子。」

她說到這裡突然一啞，這種啞，似乎是大腦太過木然，思緒中斷所致。

孫樂甩了甩頭，終於又說道：「公子你是人中龍鳳，孫樂無德無貌，原非公子良配。能得公子看重，孫樂一直歡喜於心。」

她說到這裡，實在是說不下去了，便站了起來，衝著呆若木雞的五公子盈盈一禮，低頭說道：「孫樂是無福之人，公子保重。此行的儀程，公子交由阿福，會我於喜食樓便可。」

說罷，她轉過身便向樓下匆匆衝去。她的腳步又亂又快，不一會兒便消失在五公子面前。

直到她走了良久，陳立才從暗處走了出來。他瞠目結舌地看著消失在街頭的孫樂，暗暗想道：看來這孫樂是準備替齊國出使燕、趙了。也不知她想到了什麼，居然這麼突然又這麼古怪地跟五公子說出這一番話來。難不成，這丫頭準備事了之後便抽身離開，獨自行走天涯不成？

孫樂在步入府門時，那遞竹簡片給她的侍婢從前方道路旁的小樹林中，不時地伸頭向她張望。那侍婢看她的眼神很認真、很仔細，想是欲從她的臉上看出端倪來。

孫樂一臉平靜地向前走去，當步入沙路中段，離那侍婢僅只有十公尺不到的距離時，她站住了。

她停下腳步，也不轉過頭去，只是目視著前方，徐徐地開了口。「去告訴雉大家，就說孫樂有事找她，請她今晚酉時初前來一見。」

孫樂突然說出這樣的話，那侍婢直是嚇了一跳。她迅速地閃入樹背後，睜大眼睛四下張望著，可她望來望去、尋來尋去，這方圓數十公尺內似乎只有自己和孫樂兩人。

就在她咬著手指苦苦地思索時，孫樂已大步走開，自始至終，她都不曾轉頭看來，也沒有第二句話。

這侍婢苦苦地咬了好一會兒手指後，拍了拍自個兒的腦袋，身子一轉便向院落外跑去。

孫樂回到房中後，便靜靜地坐著，一動也不動，直過了好一會兒，她才慢慢地練習太極拳來。

時間飛快地過去了，轉眼夜幕降臨，焰火四起。

無數騰騰燃燒的火把插在大地上，映得天空和樹木都是一片通紅。孫樂靜坐在房中，幾個燈籠的光芒幽幽地照在她的臉上。

今天晚上的風有點大，吹得火焰獵獵作響的聲音掩蓋了歌舞笙樂。

漸漸地，一陣腳步聲輕輕地傳來。

那腳步聲輕盈而整齊，看來雉大家有點害怕自己呀，在這裡相會，她也帶上這麼多的護衛。

腳步聲越來越近、越來越近，漸漸地，在孫樂的院落前面停了下來。

雉大家仔細看了一眼紗窗中倒映出來的影子，那影子形單影隻的，分明只有孫樂一人在。

抿著唇，她衝著身後的六女點了點頭，提步向門口走來。

不一會兒，她便推開房門，透過幃帳和珠簾看著孫樂，輕笑道：「孫樂，我來了。」

「善！何不進來？」

雉大家一進門，便忙著四下張望，她越看越是奇怪。這房中，難不成真的只有孫樂一人在候著自己？

雖然奇怪，她終是安下心來。她調整了一下臉上的表情，使得自己笑得更加純良了後，才揭開幃帳，慢步走向孫樂。

「坐。」

孫樂朝自己對面的榻上一坐，提起酒壺，給兩人都斟上酒。

雉大家收回四下打量的目光，掩嘴輕笑道：「好怪也，姊姊不是一直不喜歡跟我說話嗎？今晚怎地特意相約？」

孫樂沒有回答。

雉大家再小心地把樑上和四周掃了一遍後，才輕笑著坐上榻几。

雖然坐上了榻几，她卻對孫樂斟滿的酒水看也不看一眼，一副「我壓根兒不感興趣」的模樣。

孫樂淡淡一笑，長長的睫毛搧了搧，在清秀的臉上露出一個華麗的弧度。

她持起自己的酒杯，朝著並不曾舉杯的雉大家晃了晃，舉頭一口飲下。

低頭把酒杯放在几上，孫樂開口了。「雉姬，妳把我的身分透露給叔子聽，是想令我死在外面吧？」

孫樂這話很平靜、很淡，卻很驚心！

雉姬大驚，她駭然抬頭看向孫樂。只是這駭然剛一閃現，她便勉強地一笑，嬌聲說道：

「孫樂妳這是什麼話？我可有些聽不明白了。」

她臉上的笑容實在勉強，一抹無法掩飾的恐慌浮出她的心頭。這孫樂，怎麼可能這麼快便知道她的身分是我洩漏出去的？她、她要是把這話告訴弱王，我可怎麼辦？以弱王對她的信任，只怕根本不會聽我解釋的！

彷彿察覺到了雉姬的驚慌，孫樂抬眸淡淡地瞟了她一眼，說道：「我如果想跟弱王說來，此刻也不會約妳相見了。」

太好了！雉姬鬆了一口氣，可緊接著，她卻更駭然了。這孫樂居然連我在想什麼都可以猜測得到！

孫樂搧了搧睫毛，慢慢說道：「我已允了叔子，過兩日便會啟程。」

啊？雉姬先是一喜，緊接著卻疑惑了。她為什麼要告訴我這個？

孫樂抬起頭，定定地盯著雉姬，靜靜地說道：「我有一些話，還請妳轉達給弱王。」

雉姬更是不解了。

孫樂沒有理會她睜得老大的雙眼，徑直說道：「弱兒曾經說過，我養他半年，他疼惜我一生。可是，姊姊思來想去，卻覺得這種感情並不是姊姊所需要的。姊姊對弱兒，永遠只有姊弟之情，這一點，姊姊直至今日方才明白。弱兒你志在天下，何等佳麗不能擁於懷中？還是讓我們回歸到最簡單時的關係吧。」

雉姬張大小嘴，傻乎乎地聽著孫樂說出這席話來。她一張絕美的臉上，時而露出歡喜，時而卻滿是疑惑。

孫樂說完這席話後，低下頭，慢慢地為自己再倒了一杯酒。她慢慢地品了一口後，放下酒杯說道：「妳可是不明白？」

雉姬大點其頭，連聲說道：「是，我不明白。」這個時候，她的聲音都沒有那麼嬌柔了。

孫樂聞言微微一笑，低聲說道：「妳無須明白。妳只需要記住，我這一席話，在最緊要、最關鍵的時候，令得弱王知道便可。」

雉姬更傻了，她愣愣地看著孫樂。

孫樂的身子向後仰了仰，平靜無波的目光中有著一種空洞。

一陣安靜後，孫樂終於又開口了。「妳是個聰明人，應該知道我這席話不跟弱王本人當面說，卻跟妳說的原因吧？」

雉姬點頭，她想道：弱王可不是一個能被妳隻言片語便逼退的人，妳現在跟他說了這話，只怕連走都走不成了。

這時，孫樂的嘴角露出一抹嘲笑，她冷冷地說道：「雉姬，我知道妳自命不凡，對楚王后之位是志在必得，我今日讓妳轉告這些話，也是想讓妳放心。」

孫樂說到這裡，驀然抬頭，雙眼冷冷地盯向雉姬，一字一句地說道：「妳以前數次相害於我，就連這一次，也是被妳所逼。雉姬，我一直看在弱王還需要妳的分上，對妳再三容忍。」她說到這裡，聲音中帶著一種陰冷。「可是，下不為例！雉姬，要是我孫樂知道妳還想對我做什麼手腳，不管妳是什麼人，我必令妳身敗名裂，受盡凌辱而死！」

雉姬聽到這裡，不由得打了一個寒顫，美麗的臉孔也是一白。她顫抖著櫻唇，第一次發現，眼前這個看起來總是很平和的孫樂，發起狠來不遜色於弱王！

殺氣騰騰地說完這句話後，孫樂揮了揮手。「妳可以出去了。」

雉姬的背心此時正冷汗涔涔而下，聽到孫樂說可以出去了，如蒙大赦，連忙站了起來，轉身便向門外跑去。

這時候，她腳步蹣跚，身形狼狽，哪裡還有半分風華？

望著眼前的酒水，孫樂搖一搖玉杯，低聲說道：「孫樂，是妳的便是妳的，不是妳的，苦思也是無益。兵法中說，置之死地而後生，這一次僥倖不死的話，妳也許能看清一切了。」

她慢慢地站了起來，轉身走到紗窗處，望著東邊的那彎半弦月發起呆來。

這幾天，弱王也不知在忙些什麼，一直都看不到蹤影，這也正合孫樂的意。

在雉大家的幫助下，阿福和齊使迅速地備齊了所有出使所需的物資，同時，除了出行所需要的三百金外，還另外給孫樂本人奉上了百金。

對於這一百金，孫樂是坦然收下，然後秘密地埋了起來。

轉眼間，孫樂出使的日子來臨了。

這一天，孫樂另行給弱王留了一份竹簡，在上面強調自己非要趕赴這趟渾水後，便換上男裝向喜食樓中走去。

前面就是喜食樓了，孫樂大步流星地走去，走著走著，一個腳步聲從身後傳來，同時傳來的，還有一個朗朗的男子大笑聲——

「小友，真是許久不見了！」

這聲音好生耳熟！

孫樂回過頭來，愕然對上了大步而來，一身麻衣的義解！

義解大步生風地走到孫樂面前，在離她約五步時，他腳步一定，突然雙手一叉，向孫樂行了一禮。「田樂公子，義解奉叔子之令，前來保護公子。」

啊？

孫樂的大眼睛連眨了好幾下，這才明白過來，眼前這個義解、這個天下間數一數二的絕頂高手，是五公子請來給她當保鏢的。

她說了那麼絕情的話，五公子居然還考慮得如此周全！

義解走到孫樂面前，瞅著一臉呆怔的孫樂，衝她擠了擠左眼，笑呵呵地說道：「齊人田樂，好大的名頭、好神秘的人物，居然會是我早就相識的小妹孫樂。呵呵，幾年前義大哥便覺得妳很不一般，很深不可測，現在看來，我的眼力著實不錯啊！」

孫樂聞言苦笑起來。「義大哥真是過獎了。」她笑得好不靦覥。「天下英才無數，樂只是湊巧成事而已。」

她說到這裡，不由得頭一歪，笑咪咪地看著義解。「義大哥，我真沒有想到叔子可以請動你這樣的高人出面呢！」

義解哈哈一笑。

他的朗笑聲十分響亮，真是遠遠地傳開了。就在孫樂有點頭痛時，他的聲音一低，壓著嗓子說道——

「叔子的面子固然大，最主要的是，義大哥一想到名動天下的田樂是我所熟識的小妹子，便十分的感興趣了。」他好不容易壓著嗓子說完這句話，接著便咳嗽兩聲，清了清嗓子，放開聲音哈哈大笑起來。

一陣大笑後，義解盯著孫樂的臉，說道：「若不是叔子事先有言，我真不敢相信妳是昔日那丫頭。」

他又道：「妳我初見時，妳還因為相貌過醜不敢取下紗帽，沒有想到一轉眼，昔日的醜丫頭已是一亭亭玉立的大姑娘了，世事當真難料啊！」

義解一邊說，一邊感慨不已地看著孫樂，很有點想不明白她的變化怎麼如此之大？

喜食樓中。

早就接到了消息的齊使已早早地在這裡等候著，而阿福卻不見蹤影。

齊使一見孫樂，便大吃一驚，他狐疑地盯著孫樂打量不休，實在不敢相信眼前的少年郎便是大名鼎鼎的田樂。

不過，齊使的目光轉到站在孫樂身後的義解時，終於收起了懷疑。他雙手一叉，激動地說道：「能得田公子之諾，實是齊之大幸！田公子請，今日我們一醉方休！」

孫樂淡淡地說道：「一醉方休就不必了，此是秦人境地，夜長則夢多。」

「啊？善！大善！」

這個四十來歲、白胖圓臉的齊使，聽到孫樂這麼一說，小眼睛中射出激動的光芒，連連說道：「夜長則夢多？田公子果然大才，果然大才！」他輕輕地吁了一口氣，頓時眉開眼笑，顯然孫樂這一句超出他認知的話，讓他一下子變得踏實了。

他搓著手，咂巴著嘴，小心地說道：「田公子，我方才得知，趙人已誓師了，只待出征。方才秦人已拒絕了我的求救，要不，我且尾隨於公子身後，為公子鞍前馬後助一助手？」

孫樂眉頭微皺，搖頭說道：「不必了。」孫樂也不向他解釋，只是雙手一叉，朗聲說道：「天色不早了，出發吧！」

「善，善！」

齊使感激涕零地看著孫樂，他真沒想到，眼前這個田樂居然如此性急，看來他是真把齊國當成自己的家國啊！這樣的話，自己還真的能完全放心了。

孫樂笑了笑，轉身便走。不一會兒，車隊開始駛出咸陽城。

一直到出了咸陽城，孫樂才吁了一口氣，可是在放鬆的同時，她卻有著悵然若失。回頭看了看高大巍峨的咸陽城池一眼，孫樂暗暗想道：等弱兒看到我留的字時，我已去得遠了吧？

孫樂走得這麼性急，實在是不想被弱兒堵住又生枝節，她卻沒有想到，自己這個無意中的決定，還真的幫了她自己的忙。

一直留意著她的贏十三，在知道她果然就是田樂時，她已成了新的齊使，離開了咸陽城。

第二十五章　再行縱橫威名揚

趙人已經誓師，算好黃道吉日後便會出征。時間如此緊迫，孫樂這一隊人一路上緊趕急趕，快馬加鞭地向燕境駛去。

這是孫樂的決定，她的第一站是燕國。

當孫樂離開咸陽城十天的時候，一直與她的馬車同行的義解突然說道：「有人來了！」

有人？

孫樂連忙回頭，順著義解注目的方向看去。

只見後面的官道上，一小股煙塵高高地揚起，同時傳來的，還有陣陣急促的馬蹄聲。

一看到這煙塵，聽到這馬蹄聲，孫樂便鬆了一口氣：來的是小股人。但是她緊接著卻想道：難不成，是弱兒趕來了？

這個念頭只是一閃而過，孫樂馬上搖了搖頭。弱兒十分瞭解她，知道她決定的事是不會動搖的。再說，她現在已是齊使，也不可能回頭的。

馬蹄聲急促傳來，那一小股煙塵越逼越近，越逼越近，不一會兒，三個麻衣漢子一人騎一匹，牽一匹，共帶著六匹高頭大馬出現在孫樂的眼前。

他們遠遠地看到孫樂的隊伍，便一直揮著手叫嚷著什麼，孫樂見狀，命令車隊停下。

三個騎士氣喘吁吁地趕上車隊，可以看得出來，不只是他們氣喘吁吁，連六匹馬也都是疲憊不堪的樣子。

瞇著眼睛打量著這三人後，義解突然說道：「此三人均是劍師。」

三個劍師驅著馬，徑直來到孫樂的馬車旁，他們齊刷刷地衝著孫樂一叉手，說道：「田樂公子，我等三人乃楚王派來護佐公子平安。」

孫樂點了點頭，輕聲說道：「多謝了。」

這三人既然稱呼自己為田樂，定是弱王知道此事沒有挽回的餘地，只能派這三人前來保護自己了。

車隊再次啟程。

燕國在齊國的北方，緊緊相鄰，其國土面積僅齊的二分之一大小。孫樂的車隊緊趕急趕，終於在兩個月的時候進入了燕國都城薊。

而這個時候，趙已出征半月，逼近齊境。

在軍事力量和國土面積上，燕國遠小於齊國和趙國。因此，趙人雖說是與燕人聯合攻齊，卻並沒有太過在意小小的燕國，更不指望它能幫上多大的忙。這一次趙已逼臨齊境，燕人僅剛剛聚集士卒，備好戰車，準備誓師。

孫樂的齊使隊伍一進入薊城，便受到了燕國上下的關注。在這個大戰來臨的時候，齊人派使者前來，自然是為了求和。

因此，孫樂派人持帖求見燕侯燕襄公時，燕侯和群臣都在，也都十分有興趣來見一見這個齊使，見一見這個被世人說得沸沸揚揚的少年說客——田樂。

薊城多風沙，所建的建築一律有著高大的石製圍牆，同時為了讓薊城有生氣一點，這裡植樹也多於他地。

孫樂一身男裝，身後緊跟著戴著紗帽的義解和另三個麻衣劍師，施施然地跟在太監的身後，向燕宮中走去。

這一路走來，孫樂覺得樹木太過繁多，再加上這時的人並不喜歡修理樹木，使得枝葉橫生。孫樂走在其中，每每要走上百餘步才得以看到一角宮牆。

而在兩側不時出現的青石小路上，不時會鑽出一、兩個調皮的宮女向她看來。這些宮女生得十分健美，清麗的外表散發著一股青春的氣息，讓孫樂都不由得感慨地想道：久聞燕地多美人，果然名不虛傳。

走過足足五里的繁茂林間小路，孫樂的眼前出現了一座巨大的、全由大理石構建的宮殿。

這宮殿十分宏偉，且開闊而少樹木，它是燕侯和諸臣議事朝政的中心。今天，燕侯便在這裡接見孫樂。

宮殿的外面，每隔十公尺便站著一個全副盔甲的軍士，孫樂等人在走上宮殿臺階時，

「颼颼颼」幾道風聲響起，轉眼間，六把銀槍相互交叉，擋住了孫樂。

一個太監從宮門中走出來，他朝著孫樂等人打量了幾眼後，尖著嗓子問道：「誰是田樂？」

「我便是。」

孫樂上前一步。

那太監打量一眼恍如十五、六歲模樣的少年，怔了怔才說道：「大王有令，田樂可以入內，其餘人候著。」

「喏！」

孫樂叉手應了一聲，提步向前走去。隨著她走動，「咻咻咻」幾聲輕響，眾軍士收回銀槍。等她一走過，那銀槍再次一晃，重新擋在了義解四人的面前。

孫樂剛跨入大殿，那太監便尖著嗓子喝道——

「齊使田樂覲見——」

在太監尖利的唱聲中，孫樂大步向前，而跪坐在兩側榻几上的燕國群臣，此時都轉過頭打量著孫樂，他們和那個太監一樣，也教孫樂稚嫩的外表給怔住了。一時之間，眾臣紛紛交頭接耳，議論聲不絕。

燕侯約莫二十八、九歲的樣子，是個美男子。容長的臉上生著一雙丹鳳眼，下巴上的鬍鬚梳理得整齊而清爽，皮膚白淨，鼻梁很高。

他也教孫樂的年輕給怔住了，直到孫樂走到離自己十公尺處站定，施禮完畢，他才笑道：「你就是田樂?不過一奶娃娃耳！」

孫樂悠然一笑，叉手應道：「然，田樂確實年幼。」她說到這裡，抬頭雙目炯炯地盯著燕王，朗笑道：「田樂雖然年幼，卻能救燕！」

「救燕？」

「哈哈哈哈……」

殿中諸人微微一怔後，都大笑起來。

燕侯也是哈哈一笑，他撫著下巴上的鬍鬚，挑眉說道：「田樂前來是救你齊國吧？」

在眾人的笑聲中，孫樂聲音清朗地坦然應道：「然。田樂既是救齊而來，亦是救燕而來！」

她兩次提到救燕，這下群臣也不想笑了，他們一個個冷冷地打量著眼前這個危言聳聽的毛頭小子，眼神中都帶上了幾分怒意。

燕侯臉一沈。「說來聽聽！」

孫樂昂首凜然地說道：「敢問大王，燕之地形如何?與何國相鄰最近？」孫樂不等他回答，便朗聲說道：「燕地狀如靴子，附於齊之尾。昔周武王分封諸侯前，齊、燕實是一地，然否？」

燕侯皺起了眉頭，眾大臣也是面面相覷，他們不明白孫樂說這些有什麼用處。

孫樂這時聲音一頓，她雙眼炯亮地直視燕王。「大王可曾聽過『唇亡齒寒』之說否？」孫樂一字一句地說道：「嘴唇不在了，牙齒便會正面經受所有的風霜！於今齊與燕雖是兩國，實是一體，齊如嘴唇，燕如牙齒。」

孫樂不知道，這是「唇亡齒寒」一詞初次見於世。她剛剛說出這四個字，便令得燕侯和眾臣心中同時一凜。

孫樂直視燕侯，侃侃言道：「敢問大王，趙人滅了齊國，奪得齊地後，如若乘機攻燕，燕可敵否？燕車乘不過五百，士卒不過十萬，趙要滅燕，反戈一擊便可。趙人素來有稱霸諸侯之心，而趙得齊後再滅燕，則霸主之位一舉可得也！」

孫樂見到眾人齊齊變色，繼續朗朗地說道：「敢問諸位，齊國不亡，齊、燕和如一家，天下諸侯誰敢犯燕？犯燕者必經齊也，侵一國而罪兩國，天下間誰敢輕忽？」

孫樂深深一禮，嘆著總結道：「因此，樂此來，雖是救齊，亦是救燕耳！」

孫樂的話擲地有聲，餘音久久不絕。

燕侯與群臣面面相覷了一會兒後，燕侯嚥了下口水，站起來衝著孫樂深深一禮。「多謝先生指點之德！來人，備宴——」

燕侯十分熱情，他把義解等人也一併請入，設宴相待。

酒酣之際，燕王還賞賜了孫樂三個長得一模一樣的美女，就相貌氣質而言，這三胞胎的外表是遠勝過五公子身邊的雙姝了。

而義解四人也是被賜了幾個千裡挑一的處女。

三胞胎一出現，義解等人便饒有興趣地看向孫樂，等著她的反應，果然不出所料，孫樂一臉羞臊，幾經推拖都沒有推去後，便找了一個藉口早早地退了宴席。

第二天，孫樂便把那三胞胎放入了隊伍中的齊人處女當中。

「孫樂果然不凡！昨日妳在燕宮中言詞鏗鏘，擲地有聲，當場便說得燕王心動，不但許諾不再攻齊，甚至有與齊結盟之意，真是愧煞我等丈夫也！」

隊伍已出了薊城，在官道上拖起漫長的煙塵。義解策馬靠在孫樂的馬車旁，連連感慨不已。

孫樂瞟了義解一言，說道：「義大哥，如孫樂本是丈夫，大哥便不是這般驚訝吧？既如此，何不視我為男兒？」

義解聞言哈哈一笑，大笑聲中他說道：「就算妹是男兒，也是頂天立地的人物。」他說到這裡，笑呵呵地補上一句。「義解在孫樂面前自稱大哥，居然有點羞愧了。」

孫樂聞言笑了笑。

義解詫異地看著她並不見開懷的面容，十分不解地想道：這麼困難的事，她都可以隨手解決，為什麼卻不見開心呢？唉，女人，還真是難懂啊！

觀察了一陣，見孫樂還是無悲無喜，恍若深潭之水，義解不由得率先問道：「妹子，這一次可是到趙境去？」

「不，轉向晉地。」

義解不解地看著孫樂，想了好一會兒也想不通，她在這個緊要時刻跑到晉國去有什麼用？難不成她想說服晉侯來救齊？要知道，前不久齊使便被晉侯拒絕而歸了，這一次她再去又能有什麼用呢？

義解雖然不解，只要孫樂不說便不追問。他是個極聰明的人，便是一直以來叫孫樂「妹子」的時候，也都是壓低聲音，在不引起任何人注意的前提下才叫的。

這個時候，趙卒正式壓進齊境，大戰一觸即發了！

孫樂的車隊中多是齊人，他們心中著急，便日夜不停地趕路。幸好孫樂早有準備，在馬車中墊上了厚厚的獸皮，減少了顛覆。至於義解四人，在她的強烈要求下，也不時會到馬車中休息放鬆一會兒。

當孫樂的隊伍進入晉境時，齊、趙開戰了！

晉國，在天下諸侯國雖然占據了最為廣闊的地域，卻名聲不顯。因為一直以來，晉國都有內訌。直到最近一年新的晉侯晉文公即位，情況才稍有好轉。

孫樂的齊使隊伍剛抵達晉的都城新田，晉文公便得了消息。

對於齊使的來意，晉文公自是一清二楚，他有點奇怪，前不久他才拒絕了一批求助的齊使，這會兒怎麼又有齊使來了？而且這次來的還是年紀輕輕、以辯才出名的田樂。

對於田樂之才，晉文公雖有耳聞，卻也不是那麼的看重，因此齊使到了新田後，他並沒有派人主動相迎。

孫樂一進入新田，便令得手下帶著重金厚禮，求見晉文公。

禮物是送出了，可孫樂直等了半個月才得到晉文公的召見。這次召見，是在晉文公建於外面的宅院中。

作為一個使者，於這種地方見過一國之君，是很沒有面子的行為。不過這種程度的輕視對孫樂來說根本不算什麼，她只要能得到晉文公的親見，便滿意不已。

義解等人依然跟在孫樂的後面，這一次沒有人阻止他們，四人跟著孫樂堂而皇之地從大門進入了晉文公所在的蘭閣中。

院落裡，零零落落地站著十幾個衛士，前面的廂房中，隱隱有笙樂傳來。

孫樂回過頭，對著義解等人說道：「義解大哥，你們在外面等我吧。」

義解四人點了點頭。

孫樂大步跨入了廂房中。

這個廂房很大，足可容納百人。透過帷帳，孫樂看到一個高冠博帶、三十歲左右的中年人正跪坐在榻几前，他的身後是十幾個賢士，而在他的前面，八個舞女正揚著水袖，翩翩起舞。在舞女的兩側，是十幾個吹著笙樂的樂伎。

孫樂進來時，腳步很重，可是沒有一個人回頭。
孫樂望著帳中影影綽綽的晉文公等人，微微一笑，面不改色地向前大步走去。
不一會兒工夫，她便來到了晉文公的面前，雙手一叉，深深一禮，朗聲說道：「齊人田樂見過大王。」
孫樂的聲音很響、很清脆，笙樂歌舞聲一時被她給壓了下去。
晉文公等人轉過頭來看向田樂，在對上他一臉的平和沈靜時，他們都露出詫異的表情來。這個齊使好生沈穩，如此輕視都不曾令他動怒。這麼年輕的一個少年，還真不能小看了。
晉文公揮了揮手。「坐！」
「謝大王。」
晉文公側過頭，朝著田樂上下打量了幾眼後，朝旁揮了揮手。
一個宮婢應聲走出，她端著酒壺，跪在孫樂面前給她斟起酒水來。
孫樂靜靜地看著酒水汩汩倒入，玉杯一滿，她便持手端過，朝著晉文公略一舉，朗聲說道：「樂早在齊國時，便聽得大王的威名。這一杯，請敬大王。」
言罷，孫樂仰頭一飲而盡。
晉文公淡淡地舉了舉酒杯，卻沒有喝下。
那宮婢再次給孫樂的酒杯滿上，孫樂再次把酒杯朝著晉文公一舉，朗聲說道：「這一杯，敬我自己！田樂遠道而來，願助大王成就霸主之名！」
隨著田樂仰頭把酒飲下，包括晉文公在內的諸賢士，這下都對他感起興趣來了。
晉文公把手中的酒杯晃了晃，一口飲下，再把酒杯朝几上重重一放，盯著田樂說道：
「助我成就霸主之名？此說倒也新鮮！」
孫樂笑了笑，晃了晃酒杯說道：「然也。」她抬頭看向晉文公，朗朗地說道：「這一次，大王如若出兵，便可成就霸主之名。」
「哈哈哈哈……」
「哈哈……」
此起彼伏的笑聲不斷地響起，晉文公直是笑得前俯後仰。他撐著腰，哈哈大笑不已。
孫樂靜靜地跪坐著，眼神清亮地看著眾人，表情淡定，態度從容。
許是她的表情令得眾人不敢輕視，漸漸地，笑聲稍止。
晉文公慢慢地收住笑，他挺直腰背，冷冷地盯著田樂，沈聲喝道：「小子可有說乎？如果無說，休怪本王不客氣了！」
晉文公騰地站了起來，從牆壁上抽出長劍，劍鋒一伸，直直地指向田樂，冷笑道：「本王最是厭惡大言不慚之輩！」
面對著在鼻尖晃動的劍鋒，孫樂笑了笑，她恍若未見地抬頭直視晉文公，說道：「如今之時，趙與齊已然交戰。田樂雖說大王出兵助齊，卻不在此時。」

「喔？」

「此言何意？」

晉文公和眾臣這下可不明白了，他們不解地看向田樂。

孫樂笑了笑，直視著晉文公道：「趙、齊，均為當世大國。齊雖惜敗於楚，國力猶存。我已說得燕國歇兵，因此這一戰，必兩敗俱傷。」

她身子微傾，一字一句地說道：「大王何不應承齊國相求，答應出兵？大王可以派兵陳於齊、趙邊境，暫時不動。待得趙、齊兩軍膠著，兩敗俱傷之時，大王之兵直取趙都邯鄲。此時的邯鄲城，必定城內空虛，一擊可得！屆時，大王得趙之地，市齊以恩，天下霸主之位豈不是大王囊中之物？」

安靜至極。

鴉雀無聲。

一時之間，晉文公沈默了，群臣也沈默了。

也不知過了多久，晉文公哈哈大笑起來。

大笑聲中，晉文公手中的長劍朝地上一扔，在几上重重一拍，連聲說道：「善！大善！來人——」

「喏。」

「取五十金來，孤要謝過田樂公子！」

「喏！」

晉文公眉飛色舞地看著田樂，越看越喜，他突然開口道：「田樂，你可來晉地否？」他溫和地說道：「田樂大才，何不相助於孤？孤可以丞相之位授之。」

晉文公這諾一許，房中喧囂聲四起。眾臣面面相覷，直覺得大王對眼前的這個少年不是一般的看重啊！

孫樂也是一怔。

轉眼她笑了笑，低頭叉手回道：「能得大王看重，實樂之幸耳。此乃大事，容樂細思。」

「哈哈哈……善，善！」

晉文公哈哈大笑中盯著田樂打量不休，暗暗想道：這田樂身為齊使，卻處處為我著想，定是早有選擇，我且放寬心等他主動歸附。

義解一直在認真地傾聽著，這時，他長長地吁了一口氣，回視身後幾個劍師嘆道：「孫樂真國士也。如此大才，真是可畏可懼！」說到這裡，他皺起眉頭，不解地問道：「可是，孫樂如此做法，對齊何益？」

眾皆默然。

義解回頭看向孫樂的方向，暗暗嘆道：不說別的，光是孫樂這份從容和膽量，就不是一般丈夫能做到的了。

孫樂等人離開時，天色已黑。

義解看著坐在馬車中沈默不語的孫樂，幾次都想開口詢問，卻終是沒有問出。這個時候，他真是心癢癢的，真是不知道孫樂的肚子裡揣著什麼主意？

孫樂靜靜地看著街道兩旁騰騰燃燒的火把，突然說道：「準備一下，這次去的是魏國。」

「喏！」

整齊的應諾聲中，孫樂清亮的雙眼在黑暗中閃閃發光。

踩著朝陽，車隊迤邐著駛向魏地。

孫樂不用回頭，也可以感覺到眾齊人看向她的目光中充滿著詢問。他們是真想不明白，孫樂與晉文公所說的那些話對齊有什麼好處。

這樣忍了七、八天後，一個賢士打扮的青年策馬來到孫樂身後，這人叫汗和，在齊地也是有名的賢才，孫樂這一隊伍中的齊人都以他為首。

他湊到孫樂的馬車旁，衝她恭敬地一叉手便準備開口。

孫樂轉頭看向他，不等他開口便說道：「你叫汗和？」

汗和連忙應道：「然。」

孫樂笑了笑，淡淡地說道：「嗯，你想法子令趙侯得知，晉文公欲趁趙國進攻齊都城，國內空虛之時，派兵直犯邯鄲，一舉亡趙。切忌，不可讓世人知道此消息是從我處傳出。」

汗和驀地抬頭！

不只是他，義解等人也是同時向孫樂看來，雙眼炯亮。

這一瞬間，一直以來盤在他們心中的謎團總算解開了。原來孫樂要晉文公陳兵於境，按兵不動，其真實目的是為了威懾於趙。

可以想像，只要這個消息一傳到趙侯耳中，他必會投鼠忌器。他會顧及著晉人，會進退失據。

汗和直歡喜得聲音都顫抖起來，他仰慕地看著田樂。「田公此計大妙！這話一傳到趙侯耳中，必令得他膽戰心驚也，退兵也是指日可待。」

孫樂笑了笑，表情依然淡淡的。

汗和搖晃著腦袋感慨了一會兒後，突然問道：「如此說來，魏地都可以不去了吧？」

孫樂搖了搖頭，徐徐說道：「趙侯素來心野，這一次就算退去，他反身與晉人和談好，便可再次攻齊。而齊上次損耗太劇，需有幾年的時間休養生息，他若再次攻齊，齊亦無法相抗。這一次我們的目的，不只是要令得趙退兵。」孫樂回頭看向汗和，笑了笑。「如能令得趙損兵失城，方是上策。」

汗和怔住了。

義解也怔住了。

也不知過了多久，汗和雙手一叉，聲音朗朗地言道：「公言大善！」他抬起頭看著淡定的田樂，忽然說道：「卻不知公欲在此亂世有所作為否？」

咦？這人怎麼說起這個來了？

孫樂詫異地看向汗和。

汗和依然叉著雙手，他低著頭，極其恭敬地繼續說道：「汗和願意追隨公之左右！」

竟然是主動求追隨的！

這還是孫樂第一次遇到。

她看著汗和，突然之間有點慚愧。我怎麼就沒有一點上進心呢？

她著實是沒有上進心，因此，面對汗和期待的目光，只能避了開來。

汗和也是一方人物，見到田樂如此表情，目光中閃過一抹失望。

義解看著汗和退去的身影，轉頭衝著孫樂低聲嘆道：「可惜妹子是女子之身，不然，為兄亦有追隨之意了。」

啊？孫樂愕然地看向義解。

這一看，她對上了一眾仰慕的目光。至於義解，卻也驅馬駛到了前面。

魏的北方是晉，東方為趙，南方為楚，因晉境與大梁相距很近，孫樂的車隊日夜兼程的情況下，用了一個月的時間便來到了大梁。

大梁城與晉、趙的都城類似，有著中原特有的繁華和奢侈。街道上，處處可見華服盛裝的少女與情郎嬉笑相遊。

這些少女大膽奔放，看到中意的丈夫便揉花砸來。

街道上行人太多，車隊走得極慢。而孫樂一進入大梁城後，便把車簾高高地掀開，她明亮的雙眼饒有興趣地四下打量著。

「噫！你是齊使？」

突然間，一個清脆的聲音從馬車右後方傳來。

孫樂回頭看去，只見一個十五、六歲，圓臉、大眼睛、薄唇的俏麗少女正跟著馬車一邊走，一邊歪著頭打量著自己。這少女身著縞，做成深衣的式樣，腰間參差不齊地佩著五塊玉珮，不過這些都是極為普通，甚至有點粗糙的碧玉。少女的雙頰紅撲撲的，外露的肌膚有一點點粗糙，可以看出，她不是權貴人家的兒女。

少女見對方打量著自己，有點羞惱地咬著下唇，叫道：「你沒有回答我呢！」

孫樂笑了笑。「然，我是齊使。」

少女歡喜地叫道：「啊，你好年輕！」

她雙眼水盈盈地泛著興奮的光芒，微有點羞澀地說道：「你年紀這麼輕，一定還沒有成親吧？我欲嫁與你，如何？」

啊？孫樂瞬時雙眼睜得老大。

義解四人也都雙眼睜得老大。

少女見齊使一臉驚愣，咬了咬下唇，勇敢地與他直視。「你如此少年便可為一國之使，定非常人也。我喜歡你這樣卓異的丈夫。」她說到這裡，再次問出。「我欲嫁你，如何？」

她的態度十分認真。

孫樂伸手撫著額頭，隱隱地，她聽到隊伍中有笑聲傳來。

苦笑了一下，孫樂抬頭對上一臉急迫渴望地望著自己的少女，搖頭道：「不能也。」

少女聽到他這麼直接地拒絕，大是失望，她急急地說道：「為夫人亦可！」

「亦不能也。」

孫樂再次搖了搖頭，伸手扯向車簾。

可她剛剛伸手，少女已伸出手緊抓著簾布。

少女咬著唇看著他，求道：「請細思！」

孫樂感到有點好笑。

可是，她笑著笑著，心中卻是一動，抬頭定睛認真地打量著跟在馬車旁小跑著的少女，看著對方倔強的面容，孫樂忽然問道：「為何堅持至此？」

少女因跑得急了，聲音有點喘。「你少年高位，長相亦不似粗魯丈夫。嫁給了你，我可過上舒心富貴的日子，雖為夫人亦勝尋常人之婦。唏！你娶我吧！我屁股大會生養！」

孫樂剛開始還一臉認真地聽著，到了最後卻是啼笑皆非了。

這時，馬車也加了一點速，少女抓著車簾片的小手汗得滑溜，一個不小心便鬆了開來。孫樂求之不得，連忙把車簾拉下，示意馬車加速。

眼看馬車越駛越遠，追之不及，那少女突然一屁股坐在地上，嚎啕大哭起來。

等孫樂再把車簾掀開時，卻見到義解等人一臉的譃笑。

孫樂瞟了一眼漸漸不見身影的少女，慢慢垂下眼瞼。

義解笑道：「可是不捨乎？」

這話帶著調笑。

孫樂不理他話中的譃弄，抬頭突然問道：「大哥，女子遇到了合心意的人，便需努力爭取嗎？」

「然也！」義解不知想到了什麼，望著遠方嘆道：「年少時本當任意而為，敢愛敢恨，這樣到得老時才不會有太多悔恨。」

年少時本當任意而為，敢愛敢恨，這樣到得老時才不會有太多悔恨。

義解這句話，一遍又一遍地在孫樂耳邊響起，她慢慢拉下車簾，低斂著眉眼，輕輕地自言自語著。「是這樣的嗎？」

自齊使的隊伍一進入大梁，便受到了魏侯的關注。孫樂等人剛剛找地方安頓後，魏侯便派使者前來令她覲見了。

魏侯一見到孫樂，便身子微微前傾，抬著頭，陰著眼，眨也不眨地盯了她半天。那表情、那眼神，還真有點令人發毛。

此時的大殿中，除了魏侯外，周圍還或坐或舞著幾個美麗的婦人，看衣著打扮，似都是魏侯的夫人。

這些夫人自孫樂進來後，也饒有興趣地對她打量不休，她們一邊看，一邊掩著嘴竊笑，甚至交頭接耳地點評起來。

孫樂一臉平靜，嘴角微揚地在魏侯對面的榻上跪坐下。她深深一禮，朗聲說道：「齊使田樂見過大王！」

孫樂的唱聲，終於令得魏侯移開了目光。

魏侯徐徐說道：「田樂，這名字好生耳熟。」說到這裡，他狐疑地打量著他，皺眉道：「這世間有幾個田樂？」

孫樂深深一揖，朗聲道：「非也，我便是以前的那個田樂。一年不見，魏侯風采依舊。」

魏侯哈哈乾笑兩聲。他上一次便對田樂不太在意，現在更是連他的長相也記不得了，之所以耳熟，還真是因為這一年來田樂的名頭響亮的緣故，因此也只是問一問罷了。

他伸手示意一夫人替自己和田樂滿上酒，持著酒盅飲了一大口後，魏侯開口了。「田樂，你可是為齊求救於孤？」

孫樂朗聲回道：「然也！」

魏侯搖了搖頭，果斷地說道：「孤不能出兵！」

孫樂抬頭直視著他，叉手朗聲說道：「大王前不久被趙人所欺，割了五城與他。以大王一堂堂丈夫，竟無意報仇乎？」頓了頓，孫樂又說道：「田樂已說得燕人罷兵，晉侯亦願相救於齊。大王如能發兵救齊，不但市齊以恩，亦可夥齊晉大敗趙，分趙之地。割城之辱一朝可解，豈不快哉？」

孫樂這番話侃侃而談，直說得魏侯喉結連連滾動。

他陰著眼睛又盯了田樂一會兒，方才飲了一口酒。「孤是想報仇。」他把酒盅放下，長嘆一聲。「奈何孤此時自身難保，韓侯已準備攻打我大魏也！」

這其中果然有緣故。在孫樂想來，齊國四處求援時，必定求過魏國，按照常理，魏國應該對趙懷有恨意，會相助於齊，可是他卻沒有答應出兵。現在看來，這便是魏不能出兵的理由了。

這個時代的信息傳遞得太慢，孫樂一直無法得知，魏國為什麼竟不答應出兵救齊，魏侯這麼一說，她總算是知道了。

孫樂抬起頭來，雙眼炯炯地直視著魏侯，突然笑道：「此小事耳！樂願前往韓國，說得韓侯打消攻魏之意。」

魏侯大驚，他身子向前一傾，直視著田樂連聲問道：「當真？」

「不敢虛言以飾！」

「善！只要韓侯不來攻魏，孤願驅車四百，卒五萬驅趙救齊！」

「善！謹遵王命！」

達成了協議後，孫樂稍稍吃了一點東西，便告退出了魏宮。她一回到居處，便下命令說，第二天便得趕往韓國。

在燕國和晉國都城時，車隊還稍稍休息了數日方走，這一次卻是來去匆匆。不過孫樂都不叫苦，那些齊人和劍師們自然更不好意思叫苦了。

雖說如此，被馬車顛得屁股疼，全身骨節痠痛的孫樂不由得暗暗期待著：這一次到了韓國後，一定要多多的休整一些時日。

這一次出行，至今為止十分順利，而且平安無事。孫樂在不知不覺中，心神每每飄飛。大梁城遇到的那個少女坦白而直爽的要求，還有義解說的那番話，一而再地在她的腦海中浮現，有時孫樂想著想著便有點呆癡。她隱隱地感覺到，在感情一事上，自己也許是太過被動和膽小了。

大梁離韓都平陽，日夜兼程亦不過是月餘時間便到了。

韓國離中原有點遠了，其地多山陵，與楚地有點相似，不過遠不及楚境那般濕潤多雨。

這個時代，是越靠近中原越是繁華，離中原越遠越是荒涼。因此，韓國在國力上，是很一般的，與魏只是伯仲之間。

隨著時間流逝，孫樂等人可以知道，齊、趙已大戰了數場，各有傷亡。總體來說，齊人的損傷當然要大些。

至於孫樂要汗和等人傳達到趙侯耳中的消息，兩個月過去了，也不知有沒有送到？想來，以這時代人的辦事效率，這消息真要傳到趙侯耳中，還需要費一些周折吧！

這一天，車隊終於駛進了平陽城。

比起中原諸國來說，平陽城不管是人物還是建築，已偏向精細了。一路走來，街道兩旁儘是些木製平房，石屋並不多見。

這個時候孫樂已經知道，韓已與秦國有約，它攻魏時秦國束手旁觀，不加以干涉。上次的戰爭，使得韓國對秦已有了陰影，聽到答應不會趁自己出兵攻魏時欺負自己後，才感覺到心安。

隨著齊趙大戰，在周邊奔波游走的田樂之名，也在迅速地向四方蔓延。

孫樂本來以為，料到了自己來意的韓侯會迴避她，哪裡知道，她當天剛入平陽城，晚上便接到了韓侯的召見。

這一次，孫樂依然只帶了義解四人，坐上馬車便向韓宮中駛去。

馬車駛入王宮，走過插著火把和飄著燈籠的青石道，駛過幾處幽暗的迴廊，來到一個院落裡。

院落裡很安靜，只有十幾個燈籠在夜風中飄搖。院落裡，持戈而立的衛士不過十來個。

孫樂作為齊使以來，還從來沒有到過哪個王宮，是這麼安靜得近乎悄悄而行的。剛才進宮城時她便發現，自己的馬車走的是第三側門。讓一國使者走側門，是一件很無禮的行為。可是，孫樂卻發現那引她前來的韓大夫信，對她顯得十分的尊敬而有禮。這種尊敬有禮亦不是一個大夫對異國使者的行為。

所以，她按住好奇心，平和地跟在大夫信的馬車後面。

「田公請！」

大夫信朝著田樂略施一禮後，率先向一間廂房走去。

廂房中燈籠光亮不大，孫樂走進去之後，直眨了幾下眼，才發現房正中的榻几上坐著一中年人。中年人身邊，四、五個貌美少女布酒的布酒，給他捶腿的捶腿，而中年人則手中持著酒，懶洋洋地半瞇著眼睛。

那中年人臉色微黃，雙眼細長，長鬚，戴著王侯冠。孫樂一見，連忙深深一禮。「齊使田樂見過大王！」

「孤聞田樂之名久矣，今日得見不勝榮幸，請！」

「謝陛下看重。」

孫樂在韓侯的對面榻上跪坐好。

大夫信退後幾步，在韓侯左側後坐下。
義解等人不用說，還是站在院落裡等著孫樂。
孫樂一坐下，韓侯便揮手示意眾少女退下。
他把酒盅放在几上，抬頭盯著田樂細細打量起來，打量了半晌，他開口了。「素聞田公年少，果然！」
孫樂一笑，叉手道：「雖少，亦一英傑！」
韓侯哈哈大笑起來。「善！」
他笑著笑著，聲音稍頓，衝著田樂略一叉手，客氣地說道：「孤聞田公之名久矣，今有一難題，不知公可解否？」
這個韓侯，居然一開口便是要自己給他解難題？孫樂眨了眨眼，想起這一路上的不對頭之處，馬上肅然應道：「喏！」
「善！」
韓侯得到了孫樂的承諾，顯得十分開心。
他皺著眉微一沈吟，便開口說道：「孤之相國公仲移，輔孤多年矣，自孤一敗於楚，二敗於秦後，孤之言語多有不信者。而公仲移則氣勢日盛，有老者受寒，他見之必解衣，有孤子病重者，他停車泣於道，世人皆稱善。孤甚患之，不知田公可有策乎？」
這下孫樂完全明白了。韓侯是說他打了兩次敗仗後，在國內威望下降，他的相國公仲移卻四處收買人心，威望日甚。現在韓侯感覺不舒服了，居然向自己這個外人求計。

孫樂沈思起來。

她沈思的時候，大夫信親自上前，為她斟酒。

孫樂沈思片刻後對上韓侯，微微一笑，長長的睫毛搧了搧。「倒有一策可用。」

韓侯大喜，傾身向前，緊緊地盯著田樂說道：「請說。」

孫樂徐徐說道：「王何不向百姓嘉獎公仲移之德？王就布令『寡人憂民之饑也，移收而食之；寡人憂民之寒也，移解衣而衣之；寡人憂勞百姓，而移亦憂之。移之所作所為，稱寡之意』。凡是公仲移所做的善行，大王就多多嘉獎。」

孫樂說到這裡，見韓侯露出深思之色，不由得笑了笑，繼續說道：「這樣過了一、兩個月之後，王可在朝會之日，當著群臣之面，在大庭中對公仲移行以揖禮，嘴裡則感激他這些年遵王之令，四處行善的勞苦，並向國內發出告示，就說王將在某一日中，親自為饑寒的百姓賜粟米穀糧若干。」

孫樂輕笑道：「如此，王只需行善一次，百姓們便會說『公仲移善待百姓，勞民之苦，都是受了大王的教導啊』，如此，日後公仲移如果行善，皆是大王之功；如果他不願意再行善，王更可布令天下，當眾斥責於他。」

「善！」韓侯聽到這裡，雙眼唰地晶亮，他連連拍著自個兒的大腿嘆道：「善！大善！」

騰地一聲，韓侯站了起來，衝著田樂深深一揖。「田公果然大才，孤受教矣！」

孫樂連忙還禮。

孫樂的這個計策，解去了韓侯的心腹大患，一時之間，韓侯一掃陰鬱，精神煥發。

他撫著長鬚，一邊打量田樂，一邊呵呵笑道：「田樂此來，是為齊、趙之戰否？」

她盯著韓侯，說道：「樂此來，是想勸大王不可攻魏。」

她這話一說出，韓侯的臉上馬上露出了猶豫不決的表情。

孫樂微微一笑，雙眼炯亮地看著韓侯，沈聲道：「大王如果攻魏，韓危矣！」

韓侯眉頭皺了皺，抬眼認真地看向田樂，有點不解，也有點覺得他是在危言聳聽的模樣。「可有說？」

「然！」孫樂朗聲應道。她身子向前傾了傾，雙眼灼灼地盯著韓侯，認真地說道：「敢問大王，韓南鄰何國？」

韓侯皺眉應道：「楚耳。」

孫樂笑了笑。「然也！韓南鄰楚國，而在不久之前，大王與齊、魏夾擊楚國，已得罪了他。大王此次攻魏，就不怕屆時楚弱趁大王國內空虛之時，派兵攻韓，一南一北，與魏成夾擊之勢，使得大王腹背受敵嗎？」

韓侯臉色一白。

他喃喃唸著。「腹背受敵？」

這也是「腹背受敵」這個成語第一次出現於世，這四個字一出，韓侯便臉色變了。
孫樂見他有點緊張了，繼續說道：「樂聞大王與秦侯有約，求韓攻魏之時，秦不得對韓不利，然否？」
韓侯臉色陰沈地點了點頭。
孫樂徐徐說道：「大王思慮不周到啊！」
韓侯抬頭認真地看著田樂，等著他的解釋。
孫樂冷笑著說道：「秦侯雖然貴為秦國之主，可秦之精銳盡在十三王子贏秋之手，贏秋行事向來不聽秦侯之令。大王就不怕韓在北有魏，南有楚夾擊時，贏秋見有便宜可撿，以私兵之名而取韓地否？屆時韓已危，秦侯只需把背棄誓言之事推於贏秋身上，便可安心分割王之城池。」
這下，韓侯完全臉色大變了。
他騰地站了起來，剛一站起，韓侯便又慢慢地坐下。他朝著孫樂一叉手，恭敬地說道：「田公可有教乎？」
孫樂心想：事成了！她徐徐說道：「大王不於此時攻魏便無懼矣。」
韓侯點了點頭，他長嘆一聲，衝著孫樂叉手苦笑道：「既如此，韓不攻魏便是。」
「善！」
得到了韓侯的承諾，孫樂在心中長長地吐了一口氣。她閉了閉眼睛，暗暗想道：只需韓國的使者把此話傳到魏侯耳中，我這次的任務就圓滿完成了。

直到馬車駛出了韓宮，孫樂還一動也不動地癱在馬車中，宛如一團軟泥。也不知為什麼，這人一放鬆，便只覺得疲憊感鋪天蓋地地襲來。

義解等人耳力過人，孫樂與韓侯的應對都一一聽入耳中。他們看著安靜地坐在馬車中一言不發的孫樂，突然之間，都有了一種敬畏的心情，都不敢去輕易打擾她了。

這一次出使四國，孫樂創造出了三個流傳千古的成語，「唇亡齒寒」，「圍趙救齊」「腹背受敵」。他們可以想像，要不了多久，田樂的名字將傳得世人皆知。而且這一次，她將是以稚齡少年的身分，真正地、完全地登上頂尖智者的行列。

孫樂沒有心情理會義解等人的感慨，她閉上眼睛，暗暗想道：這一次，得在平陽城休息夠了再動身。她真是連一根手指頭也不想動了，這一路來的顛簸勞累、緊張辛苦，都在這一刻湧來。

回到了居處後，孫樂啥事也不管了，倒頭就睡，當她再次醒來時，已經是第二天下午了。

一動也不動地躺在床上，孫樂透過層層帷帳看向紗窗口，看著那透過紗窗口照進房中的白晃晃日光。

也不知看了多久，直到眼珠子滯了、眼睛痠了，孫樂才移開視線。

在床上賴了半個時辰後，孫樂才爬起床梳洗好。
當她走出房門外，外面是嬉笑聲、吵鬧聲不絕於耳。
「田樂，你醒來了？」
義解向她大步走來，他含笑說道：「今日一早，韓使便出發往魏國去了。」
太好了。孫樂嘴角一揚，看向義解說道：「我想在平陽城休息久一點。」
義解點了點頭。
站在兩人五公尺處的汗和一聽到孫樂這句話便跑開，去做安排了。

時間飛逝如電，似是一眨眼，孫樂已在平陽城待了四個月了。
魏侯已然出兵，並進入戰場，與齊人共同伐趙。而與此同時，孫樂令汗和傳出的那句話也傳到了趙侯的耳中。趙侯大驚，派人細細打探晉人所為，得到的結果卻更是坐實了那個傳言。
因此，自兩個月前，趙人開始退兵。可是此時魏國援兵已至，齊人哪裡容得趙得了自己十幾個城池後再輕易言退？當下，齊、魏聯軍，對趙人緊追不捨。
齊人忙著一一收回城池，而魏人則是忙著趁火打劫，想多從趙人那裡刮得一點油水。
這個時候，晉文公也感覺坐享漁翁之利的好事可能泡湯了，當下也不再等，把早已駐紮的車陣士卒派出，直攻趙之邯鄲！

趙人面臨著齊、魏、晉三國的圍攻，一時風聲鶴唳，陷入了極度的困境當中。

趙使紛紛派出，四處遊走於秦、越等地。可是戰爭正是緊要時機，等到使者到達秦、越就已經要一段時間，至於秦、越等國答應出兵後再派大軍助陣時，趙人已是節節敗退，邯鄲城幾陷入晉人之手。而此時被三國奪得的趙之城池，那是足有十幾座了。

隨著秦、越的加入，戰局正式進入膠著狀態。趙已元氣大傷，齊也是支撐不住大軍的消耗，至於魏和晉，面對著咄咄逼人而來的秦、越聯軍，也都生了退意。

等消息傳到孫樂耳中時，戰爭已接近尾聲，各國開始商量撤兵事宜了。

這四個月中，隨著諸國大戰的反覆膠著，為齊而遊走的田樂之名，以及他遊走諸國間的所作所為，已經盡人皆知了。

院落裡，孫樂練習了一個時辰的太極拳後，清洗了一下，戴了一頂紗帽便向平陽城中走去。

這數月裡，她想安靜的時候便練練太極拳，想出門便逛逛街，身為齊使還時不時地參加一些想參加的宴會，日子過得很是悠閒。

第二十六章　田公原是女子身

當然，在孫樂看來，最好是到一個沒有多少人認得自己的地方去混日子，那才是真悠閒。

話雖如此，她現在也有了錢了，隨便到哪個諸侯國都可以過上很不錯的生活，可是不知為什麼，她一想到一個人在陌生的城市裡生活的感覺，就覺得有點空蕩蕩的，有點猶豫不決。

落香酒樓中，孫樂靠在一個靠窗的榻几上，在她的左側，則是義解四人合成一桌。這個時候酒菜還沒有上來，孫樂側過頭，靜靜地看著街道上來來往往的人流。

酒樓共有兩層，孫樂所在的第二層人不多，只有寥寥幾個，下面一層則是喧囂震天，吵鬧不已。

孫樂發了一陣呆後，拿過小二送來的酒壺，慢慢地在玉杯中倒了一杯酒。淡黃的酒水在玉杯中晃蕩著，倒映出她明亮的眼睛。

突然間，一個有點沙啞的聲音從樓下傳來——

「如今這世道還真是什麼傳言也有，我居然聽到了有人在說，那少年說客田樂乃是女子身來著！」

轟！

隨著「田樂」這兩字一入耳，孫樂只覺得一陣心慌氣悶。她迅速地轉過頭看向義解等人，想知道自己是不是聽混了名字？

義解四人還在自顧自地飲著酒，一點異樣也沒有顯出，孫樂的心平穩了一丁點。

這時，一樓已炸開了鍋。

「此言當真？」

「何出此言？」

「田樂，那個齊使田樂否？那小子瘦瘦弱弱、清清秀秀的，倒也有兩分女相。」

此起彼伏的叫嚷聲四下傳來，轉眼間便鬧成了一團。在這個時代，還真沒有比一個名人是女人的消息還勁爆的了。

到了這時候，已不是孫樂懷疑自己耳朵的事了，她伸手拉了拉紗帽，剛起身，義解已大步走到她身邊，擔憂地說道——

「事有不妙，需快點想策應付才是。」

孫樂雙手撐著几，她這時已冷靜了下來。

抬頭看向義解，孫樂低聲問道：「事情已洩，怕是不好搪塞。」咬了咬唇，孫樂沈聲道。「如若韓侯得知，會如何對我？」

她雖然來這個時代有一些年頭了，可真正見的世面有限，因此有此一問。

義解皺眉說道：「妳已名聲在外，韓侯不會如何。不過這樣一來，日後怕是萬人側目了。」

孫樂明白了。自己的齊使身分和名頭，使得韓侯和那些貴族不會輕易地來驗明正身、來為難自己，可是自己卻不免會陷入流言當中。

「走吧。」

「喏。」

五人走下樓時，那沙啞的漢子還在繼續說道——

「這消息可是千真萬確！聽說那田樂便是孫樂，以前是叔子身邊的姬妾呢！後來也不知怎麼地到了楚弱王身邊，成了他的心腹。」

「駭人聽聞！」

「不敢置信！」

「兄台此話從何得知？楚乎？齊乎？」

七嘴八舌的詢問和議論聲中，孫樂瞟了那個瘦長的沙啞漢子一眼，頭也不回地低聲說道：「想法子從此人口中找出散播此事的人。」

「喏。」輕聲應諾的是楚王派來的劍師之一。

在一眾喧鬧中，孫樂大步地走到了外面，很快便消失在人流中。

這個時候，她倒有點慶幸自己不喜張揚了，要是自己坐著代表齊使的馬車出門，此時只怕是想走都走不了了。

孫樂一邊走，一邊繼續吩咐道：「多派幾個人，看看還有些什麼人在散播此事，把這些人全部秘密地抓起來。」

「喏。」

孫樂閉上雙眼，輕吁了一口氣。

義解緊走兩步，低聲問道：「孫樂妳聰明過人，可有想到了是何人所為？」

孫樂嘴角一抿，似是回答，也似是對自己說道：「知道田樂便是孫樂的人寥寥無幾，而這些人中，會把此事大肆傳揚的更是只有那麼一、兩個。我根本不需要查也可以知道是誰傳出來的，可是，我一定要查，我需要一個交代！」

孫樂說到這裡，眼中閃過一抹殺機，恨恨地想道：雉姬，看來妳把我所說的話當成耳邊風了！

孫樂一邊走，一邊尋思，可是她想來想去，都找不到解決目前處境的法子。對於這種明顯是從市井開始流傳的傳言，她根本無法辯解，她也辯解不清。

她也想過，要不要乾脆不回使者府了？可是，這個念頭只是一閃，便被孫樂給否定了。事情既然發生了，那就直接面對便是。

只是，從此後怕是真正地置於風尖浪口了。

五人回到使者府中時，便發現下人看向孫樂的眼神中有點變化了。看來，事情是真的傳開了。

孫樂剛步入自己的院落，一陣急促的腳步聲便傳來，一個少年劍客的聲音叫道——

「田公子，韓侯有請！」

孫樂猛然煞住腳步，看向那少年劍客。「何事相請？」

那少年劍客瞟著田樂，吶吶地說道：「來人說，說世人都在傳言公子乃女子之身，韓侯想請公子去當面澄清。」

當面澄清？怕是驗身吧？

義解低聲嘆道：「當初要是找一個替身就好了。」

孫樂苦笑起來。

孫樂看向那少年劍客，略一沈思後，徐徐說道：「你去回了來人，便說，田樂以為，謠言止於智者，此等事田樂不屑於辯解。」見那少年劍客還愣著，孫樂皺起眉頭，低聲喝道：「還不速去！」

「喏、喏！」

看著如箭一樣急急地跑出去的少年劍客，孫樂咬著嘴唇，半晌不語。

說實話，事情一關己，她的腦子便有點混亂了。此時孫樂還真的不知道要如何處理這件事才是正確的，似乎唯一的辦法，便是這樣拖下去。

低著頭，孫樂眨了眨眼，靜靜尋思起來。

她站在那裡許久都不動一下，義解四人相互看了一眼後，慢慢向後退出，把孫樂一人留在院落中尋思。

那些散播流言的人很快便被抓回來了，孫樂用了一些手段後得知，正如她所猜測的那樣，流言是從雉大家處傳來的。一個月前，她與楚弱王發生了一場激烈的爭吵，雉姬怒氣沖沖地出來後不久，便派出大量人馬，向各國傳遞這個消息。

而且，她傳遞流言的方式，是先趙、秦等國，最後才是韓國的。到了孫樂得知的時候，全天下人都知道了少年智者田樂乃是一介女兒身，她的名字叫孫樂，原是陰陽家叔子的姬妾，卻不守婦道，易裝而行，欲與天下丈夫一較高低。

孫樂緊緊地閉上眼睛，她在分析了一個晚上後，終於明白了自己面臨的處境：她從前的所作所為，怕是會成為某些頑固派攻擊她的藉口。也就是說，會有一些人非要弄清她的性別不可，而那些人一旦發現她真是女子，只怕殺機立至！畢竟牝雞司晨，以婦人之身戲弄天下人於股掌當中，這種種事端是有些人絕對無法容忍的。

盯著眼前整齊地跪伏在地的三十幾個傳播流言的漢子，孫樂揮了揮手，低聲喝道：「都殺了吧！把他們的人頭裝在匣子中送到楚國，呈給弱王和雉姬兩人品閱。」

孫樂的聲音，冰冷中帶著一絲殘忍。她徐徐回過頭，盯著三個弱王派來的劍師中的禽多，面無表情地說道：「你親自前去，面見弱王，問問他，這次的事，他準備如何向姊姊交代！」

「喏！」

孫樂垂下眼瞼，掩去眼眸中的疲憊，暗暗想道：弱兒，別讓姊姊失望了！

當天，禽多便趕赴楚國。

孫樂知道，拒絕了韓侯的邀請，只能使得流言更劇，可是她這個時候還真的是想不到該用什麼法子來破局。

這一個晚上，孫樂都沒有練習太極拳，她在房中靜坐多時，想來想去，自己目前能做的居然是兵來將擋，水來土掩。

她尋思了半晚後，信步走到院落中，仰頭看向天空中閃閃的星星，突然間，孫樂想道：曝露了就曝露了！有義解等人在我身邊，何人可以殺得了我？既然沒有生命危險，我又何懼之有？

想通了這一點，孫樂當晚睡得香香的，居然一夜無夢。

第二天孫樂一起來，便聽得院落中人群喧譁。她剛走出門口，與幾個齊人聚成一堆的汗和便大步向她走來。

汗和衝著田樂一叉手，朗聲問道：「田公，平陽城中盡是非議之聲，公何不去澄清此事？」

汗和一臉嚴肅，咬著牙齒的樣子隱帶憤慨。
孫樂盯著他，徐徐問道：「因何惱怒至此？」
啊？汗和先是一怔，轉眼他朗聲回道：「公身為堂堂齊使，豈能容得世人輕易詆毀？」
孫樂微微一笑，淡淡地說道：「此間事已了，田樂現在不是齊使了。」
汗和萬萬沒有想到田樂會這樣說，他錯愕地張大嘴，瞪大雙眼看著田樂。不只是他，站在他身後的五、六個齊使亦是如此。
幾乎是一瞬間，他們同時想到了一事：田樂為什麼這樣說，難不成……那流言是真的？這樣想著，他們的目光不由得朝著孫樂上下打量，這一下，幾人是越看越驚心。眼前的田樂，身材瘦而無骨，面容清秀中見靈動，雙眼如水。這、這要是換上女裝，可不是渾然一女兒也？
孫樂淡淡地瞟了他們一眼，緩步朝院門口走去，當她走到拱門下面時，一個有點急的聲音從身後傳來——
「田公何出此言？」
是汗和的聲音。
他深深地吸了一口氣，向前走出幾步，又問道：「難不成，那流言卻是屬實？」
他的聲音有點顫抖。
孫樂停下腳步，她沒有回頭，只是過了半晌後，徐徐地說道：「是又如何？不是又如何？」

說罷，孫樂緩步走遠。

孫樂走了，可這些齊人卻是面面相覷，臉色十分難看。這時候，他們有了七分的肯定，那個流言所說的是真的了，田公很有可能是女子之身！

孫樂不理會身後錯愕的眾人，慢步走在林蔭道中。義解等人依然亦步亦趨地跟著她。

孫樂剛走過一道迴廊，前面便傳來一陣急促的腳步聲。

一個麻衣劍客大步走到孫樂面前，叉手說道：「田公，韓侯再請！」

麻衣劍客低著頭，朗聲說道：「韓侯說，田公名動天下，本不應該受此侮辱，但如今城內議論紛紛，公若不自辯之，恐無法令流言消散矣。」

孫樂閉了閉眼，半晌才回道：「你且回絕，就說我自有主張。」

「喏。」

望著來人退去的身影，孫樂低聲說道：「義大哥，看來我避無可避了。」

義解擰眉尋思著說道：「要不，我且花錢賄賂一番，許能在驗身時騙過韓侯等人。」

孫樂想了想，輕聲回道：「此計只可偶一為之。就算韓侯信了，秦侯呢？晉侯呢？」

這下義解也沒話說了。

這個時代很看重信義，孫樂如果在這種驗身中騙過韓侯，以後那就必須終身掩蓋此事，不然事情一洩，覺得自己曾被欺騙和侮辱的韓侯和韓國貴族會視孫樂為敵，會恨不得殺她而後快。

對於這個時代的人來說，國事之間的縱橫詭詐是可以接受的，而孫樂這種類型的隱瞞才算是奇恥大辱。

「那可如何是好？」

孫樂沈默了片刻，輕聲說道：「如無他法，承認便是。」

啊？

義解等人面面相覷。

孫樂回過頭看向他們，微微一笑，眼光盈盈。「只是如此一來，孫樂的安危就全繫之三位了。」

三人同時叉手，朗聲應道：「喏！」

孫樂在院落中轉悠了一圈，又回到了自己的房中。她睜著炯炯發亮的雙眼，暗暗想道：如果要承認身分，得找個最合適的時機。

她心緒有點亂，一時之間坐也不是，站也不是，只得拉開架式再次打起太極拳來。

流言已經傳開，已不是孫樂躲起來就可以避開的了。她在房中練習太極拳的幾個時辰裡，不時有達官貴人前來求見。

孫樂自是全部丟給下人打發，自己一概不見。

她的避而不見，使得流言越來越盛。而孫樂對汗和等齊人所說的那番話，此時也傳得隊伍中人人皆知。一時之間，齊使隊伍中人人心中不安，面對外人的詢問也無法嚴詞以對。

他們的行為，再次令得那流言火旺起來。

漸漸地，流言越來越詳細。開始還只是說出孫樂是姬五的姬妾，到了五、六天後，那流言已經把孫樂本身的出身來歷也一併說明了。流言中申明她本為燕女，被家人所逼給流浪到了齊地。

在這些流言中，除了孫樂與楚弱的有關事情外，其餘的事是一一傳出，而且還頗有誇大變化的地方。

這些流言有些共同點，那就是不但不把孫樂的才能貶低，還一再地抬高她，彷彿這個女扮男裝的田樂實是蓋世大才，她如果願意，身為一國之王也是正常。而且，她也有這個野心。

而且，孫樂施策令得趙王后即位又下位的事也傳了出來。

據孫樂看來，這些傳播流言的人，似乎是分成了兩批。一批先是到各國都城洩漏她的女子之身，第二批再跟著前來，四處傳揚她歷年的所作所為和身世來歷。

流言有根有據，詳盡無比。一時之間，平陽城中的眾人已信了個七分。

這幾天裡，孫樂眾人都不敢上街了。就算是在院中，路過的人也不時對這裡指指點點。

孫樂一直想找一個恰當的機會宣佈算了，但隨著流言越來越烈，她承認與否似乎變得不重要了。就在她考慮著要不要離開平陽城暫避風頭，等世人漸漸接受後再一舉承認時，兩大美人之一的燕玉兒來到了平陽城。

燕玉兒的到來，使得民眾的注意力終於得到了轉移。

可燕玉兒到達的當天晚上，便來到了府門求見孫樂。

孫樂得知時，正站在後院的小花園中練著太極拳，聽到了劍客的稟告後，她頭也不回地笑了笑。「讓她進來吧。」

不一會兒，一陣腳步聲絡繹響起，那些腳步聲來到拱門外時停了一下，一個嬌美的女聲輕輕地說了幾句話後，便獨自一人向孫樂走來。

一直到燕玉兒在孫樂身側五公尺外站住，孫樂還在打著她的太極拳，清麗紅潤的臉上平靜無波。

燕玉兒站在那裡，抿著唇看著孫樂，令得眾人奇怪的是，她居然一直忍著，沒有打擾孫樂。

孫樂一直打完一趟太極拳，才慢慢收勢，回過頭看向燕玉兒。

這個嬌美至極的少女，這次看來有點臉色蒼白，有點憔悴。這個時候看著她，孫樂突然發現，燕玉兒的面容與自己還真有幾分相似處。

燕玉兒見孫樂看向自己，低著眉，盈盈一福，輕聲說道：「田公，妾身有一事相求。」

孫樂盯著她，直到在她的逼視中，燕玉兒臉色開始煞白，孫樂才微微一笑，斂下目光，淡淡地說道：「何事？」

她的聲音很冷淡，這樣的冷淡使得不遠處的眾人看得有點惱火。可是，燕玉兒不但不生氣，反而大喜過望。

她驚喜地抬頭看向孫樂，又是一福，櫻唇動了動，說道：「妾想求田公放過津城燕氏一門！」

果然是為了這件事。孫樂有點好奇了，上次她把事情交給弱王後，便不再理會，這次一聽到燕玉兒前來，便知道她是為此事而來。也不知弱王用了什麼手段，居然令得燕玉兒一改以往的囂張高傲？

這個念頭在孫樂的腦海中一閃而過，她對上燕玉兒期待中充滿驚惶的目光，冷著臉淡淡地說道：「妳說什麼津城燕氏？我不明白。」

她這是裝聾作啞。

燕玉兒臉色更白了，她絕望地看著孫樂，櫻紅的小嘴囁動了好幾次，卻一直沒有吐出半個字來。只是她那雙明媚的大眼睛中，漸漸的淚珠盈盈。

對上泫然欲泣的燕玉兒，孫樂有點好笑，她垂下眼瞼，笑了笑說道：「樂素無憐香惜玉之心，燕大家如此作態，卻是白費了。」

這話，好不無情！

燕玉兒臉色煞白，亭亭玉立的身子不由得晃了晃，險些栽倒在地。

「姓田的，你好生狂妄！」

一聲喝罵從拱門外沈沈傳來，轉眼間，一個十八、九歲的華服少年衝了進來。這少年腰間佩了把鑲滿寶石的長劍，面容清秀中透著傲慢。

他大步走到燕玉兒身邊，熱切地望著她，伸手扶住，溫柔地說道：「燕大家何須如此？有什麼事本殿下幫妳辦也是一樣啊！」

就在他那雙大手放在燕玉兒手臂上扶著她時，燕玉兒輕輕一掙，退了半步。她一站定，依然期待地、乞求地看著孫樂，輕聲泣道：「田公，妾身求您了。」

燕玉兒這個動作，令得少年頗為不解。他皺起眉頭，轉頭向田樂怒目而視，冷聲說道：「田樂，你怎麼如此唐突佳人？」

這個少年，孫樂卻是見過一面的。他是韓太子賓。

孫樂面對著太子賓的質問，笑了笑，說道：「燕大家所求之事恕我無能為力。」她說到這裡，看向太子賓。「燕大家有事，何不求於賓殿下？」

「然，然！燕大家有事何不跟我說來？」太子賓連忙轉頭對上燕玉兒，目光灼灼地盯著她的芙蓉秀臉，一副溫柔無限的模樣。

孫樂見此又笑了笑，她話也不說，轉過身便準備離開。

燕玉兒的注意力一直放在孫樂身上，見到她要走，不由得聲音一提。「孫樂！妳何必裝作不知？」

燕玉兒的聲音有點尖利，眾人這一下都聽得分明了。一時之間，包括太子賓在內，所有人都向田樂看去。

此時此刻，每個人的眼神中都是好奇的，他們無比期盼著眼前這個齊使田公承認自己便是孫樂。

孫樂腳步不停，繼續向前走去。

燕玉兒急了，她衝上前兩步，急急地叫道：「孫樂，妳、妳好狠的心！當初得罪妳的不過是我姨母，妳要發作針對她一人便是，為什麼妳要讓整個燕家的人來陪葬？」

她說到這裡，可能是想到了什麼，臉色一白，本來尖利的喝叫聲也軟了下來，帶上了一分悲音。「妳要殺要剮，為什麼不痛快點？妳這樣派上幾個神出鬼沒的劍師，每過一個月便這麼在半夜取去一顆頭顱，妳……妳為什麼不痛快點？妳不是恨我姨母嗎？妳殺她呀！妳乾脆地殺了她呀！妳這樣不乾不脆，裝神弄鬼地從她的身邊人殺起，不覺得太過狠毒了嗎？」

燕玉兒說到後面，聲音漸漸帶上了一分恐懼和悲泣。隨著她的抽泣聲響起，孫樂停步了，院落內外的人也面面相覷，看向孫樂的眼神中帶了一分驚訝。

孫樂依然沒有回頭，她直到現在，才知道弱王是以這種手段替自己報仇的。閉了閉眼，不知為什麼，一陣極為詭異的、莫名的喜悅突然湧了出來。

這應該是這個身體的感覺了。

孫樂連忙把漸漸上揚的嘴角壓下，把喜悅給沈了下去。

太子賓這時瞪大了眼，錯愕地看著田樂，向他衝出幾步叫道：「你、你居然用這種手段來對付燕大家的家人？你、你好歹毒的心思！」

太子賓顯得十分的氣憤，他恨恨地盯著田樂，咬牙切齒地說道：「田樂，這種伎倆乃小人行徑，你最好馬上收回！」聲音沈沈，已是命令。

孫樂垂下眼瞼，此事既然是弱王所為，她這個身體又很是滿意，她自是不會去干涉了。

因此，面對太子賓的命令，孫樂徐徐回頭，她盯著臉色煞白驚恐的燕玉兒，盯著太子賓，冷冷地說道：「太子殿下沒有聽清嗎？這事不是我做的！而且殿下似乎忘記了，樂並非韓人！」這是直接拒絕了。

太子賓一噎，馬上也明白了自己確實無禮了。以自己的身分，還真的不能命令田樂做些什麼。

孫樂說到這裡，又看向燕玉兒，徐徐地說道：「燕玉兒，妳豔名遠播，又身世高貴，既然如此被折磨，何不聯姻於強者取得庇護？」

她這句話說得十分溫和，那表情、那眼神更是真誠至極。

太子賓聞言，也從難堪中清醒，轉頭對上燕玉兒，叫道：「是啊，燕大家何不下嫁？」他說到這裡，目光不由得灼熱了幾分，語氣中也帶了幾分迫切。

燕玉兒咬著下唇，她不理會太子賓，只是瞪著孫樂叫道：「妳、妳還說這種風涼話？妳派來的那些劍師，精得似鬼一樣，府中有高人坐鎮時，便形跡全無，高人一走便又來了。聯姻要是有用，我又何必來求妳？」她尖叫到這裡，被自己說的這個「求」字給提醒了，聲音又是一軟，雙眼淚汪汪地望著孫樂，苦澀地說道：「孫樂，當年我姨母、表妹是有對不起妳母女的地方，可是，那折磨了妳十年之久的兩個表妹已被妳殺了呀！妳要為母親報仇，也盡可取了我姨母的性命去！孫樂，我求求妳，求求妳放過燕氏一族吧！」

孫樂面無表情地傾聽著，等燕玉兒說完後，她淡淡地說道：「我說了，此事不是我所為。」

「是妳，當然是妳！妳就是孫樂！妳、妳這個賤女人，妳派來的那些人明明說了，他們是為妳母女報仇而來！妳、妳居然不認！」

燕玉兒說到這裡，玉齒一咬，聲音中帶了幾分陰狠。她瞪著孫樂，咬牙切齒地瞪著。

就在孫樂以為她要撲上來與自己拚命之時，燕玉兒突然上前一步，撲通一聲跪在她的面前！

「這、這如何使得?!」太子賓連忙上前一步扶向燕玉兒。

可是，他一伸出手，燕玉兒便拂開他的手，搖著頭叫道：「別攔我！我燕氏一門百五十個人的性命都繫於孫樂一人之手！」

太子賓見燕玉兒面容悽苦，不由得退後一步。

他轉頭看向田樂，提腳走上兩步，深深一揖，沈聲說道：「田公乃當世智者，就算燕玉兒所說的行事之人不是田公，可有相救之策否？」

他說到這裡，頗為心疼地看了一眼淚眼汪汪的燕玉兒，又衝著田樂說道：「如燕大家這樣的絕代佳人，何曾向人下跪過？田樂，衝著這一跪，你也應該幫一幫她。」他見田樂依然面無表情，不由得咬牙續道：「只要你幫了她，如今平陽城鬧得沸沸揚揚的你的身分之事，我一定盡全力撫平。」

你盡全力撫平？孫樂聽到這裡不由得有點想笑。你一個只有名位，無權無勢的侯國太子，憑什麼幫我來擺平這樣的事？

太子賓說完這席話後，抬頭志得意滿地等著田樂的回答。

孫樂嘴角微微一扯，說道：「殿下言重了。田樂無計可施。」直接回絕了後，孫樂聲音一提，喝道：「來人，送客！」

她喝聲一出，十幾個劍客應聲站出，大步向太子賓和燕玉兒走去。

燕玉兒見孫樂真是油鹽不進，不由得絕望至極，她怒視著孫樂。雙眼猩紅，聲音尖嘯地嘶叫道：「孫樂，妳、妳好生過分！我、我定要讓天下人都知道妳本是一個女子！妳就是燕氏叛出家門，那個淫賤婦人之女醜奴兒！妳堂堂齊使田樂便是孫樂！我不會讓妳好過的，我不會！啊——」

燕天兒的嘶叫聲，又尖又厲又響，一時遠遠地傳蕩開來。

孫樂回過頭，對著狀若瘋癲的燕玉兒、對著一臉陰狠地瞪著自己的韓太子賓，抬睫淡淡地說道：「不錯，我本是女子身。我就是孫樂。」對上一眾錯愕的、呆若木雞的眾人，孫樂笑了笑，雲淡風輕地反問道：「那又如何？」

那又如何？

她居然敢說那又如何？

太子賓、燕玉兒都瞪大了眼，渾渾噩噩地，不敢相信自己的耳朵。

孫樂淡淡地掃了一眼呆若木雞的眾人，笑了笑，轉身大步離開。

直到她去得遠了，太子賓才找到自己的聲音。「這、這田公真是女子？蒼天！一婦人居然成了一國之使，還遊走四國，她、她這不是把天下人都戲於股掌當中？我、我要回去告知父王！」

目送著太子賓和燕玉兒遠去的身影，義解走到孫樂身後，低聲問道：「孫樂，接下來如何行事？」

孫樂笑了笑，說道：「吩咐下去，明日啟程離韓。」頓了頓，她轉頭看向義解，輕輕地說道：「這一路上，可是不會太平了。義大哥，得辛苦你們了。」

義解哈哈大笑道：「那又如何？義某早在隨妳出使之日，便知道會有這麼一天。」他濃眉一挑，頗為期待地說道：「也不知會有哪些老傢伙前來？還真是讓人期待呀！」

孫樂聞言也是一笑，她望著雲山深處，嘴角微揚，悠悠說道：「大哥，我以前從來都沒有這麼任性過。」她笑意盈盈，眼波如水地回頭看向義解。「現在發現，任意而行的感覺真是不錯。」

義解聞言，又是一陣哈哈大笑。
他一邊笑，一邊看著孫樂，這時她已經回頭繼續看向青山隱隱的遠方，在明澈的藍天白雲的掩映下，孫樂那白得透明的臉寵似乎多了幾分靈秀。看著看著，義解不由得想道：好似這幾個月下來，這小姑娘又變得美麗些了。
孫樂等人不出府都可以知道，她的宣佈對韓人造成了多大的轟動。一個下午，韓侯便派人來請了四次，至於其他專門登門求見的貴族更是數不勝數。
不過，這時孫樂已打定主意離開韓地，自然是一律不見。而以她的身分地位，也沒有人可以強迫她，雖然包括韓侯在內的貴族都想做來。
第二天一大早，眾人便準備好了，包括汗和在內的眾齊人，都臉色很不自然地看著穿著一襲男女皆宜的深衣的孫樂，戴著紗帽出現在眾人面前。
紗帽下，孫樂的頭髮梳成男子的髻，清麗的面容若隱若現，那修長而顯得瘦弱的身軀在寬大的深衣中，行動之間透出幾分別樣的風流。
孫樂沒有理會神色各異的齊人，徑直坐上了馬車。
她一上車，馬車便絡繹開動，駛出了府門。
此時太陽剛剛昇起，天地間朝露未消，齊使的隊伍出府時，街道中行人很少。可是，隨著車隊駛入正街，彷彿是突然從地底下鑽出來一樣，平陽城變得喧譁熱鬧起來。一個又一個的百姓匆匆從家中走出，守在街旁向孫樂的馬車中瞅來。

這一點，孫樂早已料到，因此，車隊在安靜中加速而行。

漸漸地，越來越多的貴族馬車也出現在街道中，他們不約而同地向齊使離開的方向趕來。

至於韓侯，他早就得到了孫樂離韓的請求，經過一晚上的深思後，他決定裝聾作啞，既不來相送，也不去理會。

這是一種很詭異的現象，無數的行人、車隊都跟在齊使的隊伍後面，似是相送，可每一個人的表情中都透著幾分怪異，時不時有人朝隊伍指指點點。

這種指點和嘲弄，使得汗和等人都很不舒服。不過，他們也只能不舒服，因為孫樂就算是女子之身，對齊也有大恩的。

車隊順利地出了平陽城，很順利地在成千上萬人的幾十里相送之下，越駛越遠。到了後面，每一個相送的人都有點不耐煩了，他們不明白，為什麼到了現在還沒有人上前找孫樂的麻煩？漸漸地，感覺無趣的人越來越多，不時有人選擇了停步返回。

就在護送的人散去了三分之二的時候，車隊拐過了一個九十度的山道，駛入了一片荒原當中。

驀地，在視野中的荒原上，乍然出現了一字排開的數十輛車騎！這些車騎全部身著青銅甲，攔在正中的是十來個橫劍在胸的麻衣劍客。麻衣劍客後面，站著幾個騎馬的高冠賢士。

終於來了！

孫樂苦笑了一下。正當她苦笑時，車隊後面的韓人齊齊地發出了一聲歡呼，歡呼聲中，有人扯開嗓子嘶喊著——

「大夥兒快回來呀！有熱鬧看了啊——」

「太好了，總算等到了！」

「快看熱鬧去！」

這些喊叫聲齊齊響起，驚天動地，真震蕩得山鳴谷應，一時天地之間盡是回音。

車隊依然不緊不慢地向前駛去，而那一字排開的隊伍也一動也不動地攔在路中央，上百雙眼睛一眨也不眨地盯著他們。

除了平陽百姓的叫喊聲，不管是孫樂的隊伍，還是攔路的隊伍，都是安靜至極，悄然無聲。

漸漸地，兩邊的車隊駛得只離五十公尺遠。

汗和手一揮，眾騎齊刷刷地停下。

眾齊人沒有開口，而是都轉過頭看向孫樂的馬車中。

孫樂的馬車車簾是掀開的，她點了點頭，然後，她的這輛馬車開始不緊不慢地駛向前方，不一會兒便來到了最前面。

看到孫樂的馬車停下，對面的麻衣劍客中策馬走出了一個著賢士冠的中年人。這中年人面白長鬚，一副正氣凜然的長相。

他策馬來到離孫樂的馬車只有二十公尺不到之處，雙手一叉，衝著守在孫樂馬車旁的義解冷笑道：「義公身為天下遊俠之首，卻輔之一婦人，不羞乎？」

這時孫樂明明是正對著他的，可這中年人愣是連瞟也不瞟她一眼，態度極為不屑。

義解聞言哈哈一笑，他反手在自己背上的長劍一拍，聲音朗朗地笑道：「口舌之爭非義某所長。你小子如果看不上眼，不妨上前與義解大戰一場。」

中年人顯然沒有想到義解會這樣回答，他臉色當即一沈。

可是義解卻壓根兒不在意他變了臉，徑直驅馬退到馬車後面，轉向孫樂笑道：「孫樂，這等事只能交給妳了。」

「我不與婦人說事！」那中年人衝著義解怒喝出聲。

孫樂伸出頭去，命令道：「既然如此，我們走！」

「諾！」

車隊再次駛動，向前慢慢逼近。

攔路的車騎還是一動也不動，直到孫樂的車隊離他們只有十公尺不到了，直到雙方的坐騎都在打著響鼻了，汗和才咬一咬牙，再次令得車隊停下。

車隊一停，孫樂便從馬車中伸出頭來，她朝攔路的眾人瞅了瞅，忽然哂道：「公等意欲何為？」她提高聲音，朗朗地笑道：「公等如果想要上前廝殺，不妨亮劍。如要唾罵，不妨開口。如不屑我這婦人，不妨別道而行。」她說到這裡，笑容好不可惡。「如這般攔路劫道，卻不知是狼是犬的喜好？」

「妳——」

那中年男子伸手指著孫樂，氣極之下給噎住了！

一個三十來歲的麻衣劍客見那中年人給氣得不會說話了，當下策馬越出，他冷冷地盯著孫樂，雙眼如刀，陰沈沈地說道：「妳就是齊人田樂？」

「然也。」

「亦名孫樂？」

「然也。」

麻衣劍客臉色一沈，厲聲喝道：「妳一介婦人，卻假扮男子，四處遊竄，罪孽深重也！」

孫樂聞言哈哈一笑，她雙手一叉，略施一禮，聲音清脆地回道：「我一婦人，敢奮身而出，拯黎民於倒懸，救大齊於危難！我一婦人，敢身陷刀光劍影當中，以利害說以諸侯。敢問如此行為，罪從何來？」

她言詞鏗鏘，聲音朗朗，擲地有聲。

那麻衣劍客給她說得一愣，吶吶半晌都說不出話來。

這時，一陣爆笑聲突然傳來。

笑聲中，一個二十七、八歲、瘦削蠟黃臉的青年漢子信步走了上前，他盯著孫樂，仰頭哈哈大笑道：「可笑，真是可笑！這天有陰陽，地有乾坤！妳一介婦人，不在家恪守婦道，相夫教子，居然遊走諸國，亂我朝綱倫常，還敢說妳無罪？哈哈哈哈，真是可笑，太可笑了！」

「哈哈哈，不錯，真是可笑，大可笑了！」漢子的笑聲未落，孫樂已是大笑而起，道：「當家國危難，丈夫束手之時，樂有救國之才，有縱橫之術，卻不顧及自己一婦人身分，竟先父侯之憂而憂，苦家國之急而急。哈哈，誠可笑也，可笑矣——」

孫樂這番話一出，不少人都當場色變。她這番反諷的話辛辣而尖利，直說得幾人啞口無言，面面相覷。

汗和等人相互看了一眼，暗暗想道：是啊，這道理上說不通呀！明明她有辦法解國之危難，難不成僅因為她是女子，便只能坐等君父家國傾滅不成？

孫樂的笑聲遠遠地傳蕩開來，仰天大笑了一陣後，她收住笑容，冷冷地盯著攔路的諸人，高聲喝道：「我孫樂不顧己身安危，為家國君父幾經生死。爾等空有丈夫之身，卻又做過何等義舉？有，請出來一訴！無則讓開，憑爾等還不配攔我孫樂之路！」

在眾人齊齊臉色大變中，孫樂冷喝道：「起駕！」

汗和等人都是一凜，不約而同地朗聲應道——

「喏！」

上百齊人同時朗聲叫出，一時應諾聲山鳴谷應，響徹雲霄。

馬車再次啟動，攔路的眾人面露慚色，在車隊的逼進中，他們面面相覷，不知不覺地一步一步向後退去。

孫樂口口聲聲說自己是為救家國君父而來，句句扣住大義，這令得攔路的眾人越想越是羞慚。隨著車隊漸漸逼近，他們是一步又一步的後退，不知不覺中，已給孫樂的車隊讓出了一條路來。

路一讓開，車隊馬上加速，不一會兒工夫，孫樂等人便衝出了包圍，把一眾人遠遠地甩在身後。

眾人看著孫樂的車隊漸駛漸遠，不由得面面相覷。這些人中，有少數的聰明人已感覺到事實並不如孫樂所說的那麼大義凜然，可他們知道是知道，卻找不到反駁的地方，只能呆呆地看著孫樂揚長而去。

漸漸地，那些韓人的身影已越來越小，越來越不可見，而汗和等人看向孫樂的眼神中，不知不覺中回復了尊敬。

汗和策馬靠近馬車，叉手恭敬地問道：「田……孫姑娘，不知此欲何去？」

孫樂眺望著遠處的茫茫青山，聞言略一遲疑，低聲說道：「先回齊吧。」

汗和等齊人大喜，他們在外面也奔波大半年了，此時聽到可以回家，心中說不出的快樂，一時之間，歡呼聲不約而同地響起，人人喜笑顏開。

孫樂瞟了一眼歡喜的眾人，微微一笑。

這時，義解策馬靠近她，輕聲問道：「妹子欲在齊地久居否？」

齊地久居？

孫樂搖了搖頭。

義解不明白地問道：「為何不在齊地久居？妳於齊有救國之恩，雖然妳是女子之身，不能受封，可齊人必尊重非常，正是好居住處。」

孫樂笑了笑，她轉向義解輕聲說道：「在靠近齊境時，我想離他們而去。」

啊？

義解雙眼大睜，另外兩個劍師也是大惑不解。難不成，這孫樂還真準備放棄已擁有的一切，隱名遁居不成？

孫樂沒有理會幾個驚愕的人，她半眯著眼睛，眺望著雲山隱隱的遠方，暗暗想道：我現在已陷入漩渦當中，再不退怕是終不能退了。

她瞟了一眼弱王派來的兩個劍師，知道不管如何，這兩人是一定會隨著自己的。也好，在弱王回覆之前，留著他們倒也無妨。

有時孫樂也不明白，自己老是想著離群隱居，到底是渴望安定平靜的生活呢，還是僅僅因為它是心頭的執念，總要做過之後才會另作他想？

義解皺著眉頭尋思了一會兒後，還是靠近她低聲問道：「妹子為何渴欲隱匿？」他看著孫樂，感慨地說道：「以妹子的大才，這樣不是可惜了嗎？」

他的語氣很誠摯，對於義解，孫樂總是懷著一分敬意的，因此她微微一笑，說道：「如今我已成為趙之死敵，想趙侯一旦緩過了氣，第一個要殺的人便是我孫樂。在這種情況下，我要嘛託庇於強者，就算趙侯舉國來攻也願意庇護我的絕對強者；要嘛隱匿起來。我想選擇第二種。」

義解恍然大悟。站在義解身後的兩個劍師也是恍然大悟。

他們一直明白弱王與孫樂之間的恩怨糾纏，這些日子也親眼看到了她才智過人的地方。平心而論，他們是渴望孫樂可以回到楚國的。可是，這次孫樂因為流言散播之事，明顯地遷怒於自家弱王，因此他們雖然幾次想開口要孫樂回楚又忍住了。

此時聽到孫樂這一分析，兩人感慨連連地想道：就算到了這個時候，孫樂姑娘也總是為大王著想，深恐因為自己之故使得楚國再臨戰火，唉……

車隊在駛離了平陽城的範圍後，便向東北方向的齊國駛去。

這一路來，車隊走得十分順利，預計中衝著孫樂而來的人是一個也沒有出現。可是，不管隊伍如何放鬆，每次紮營、駐營時，孫樂總是一再交代眾人小心。

車隊走了二十天後，漸漸鄰近魏境。

此時正是夕陽西下之時，燦爛的紅霞染遍了萬里天空，照得大地一片豔色。孫樂怔怔地看著那豔麗的天空、那染紅的浮雲，看著看著，她恍惚地感覺到，才不過幾年，現代生活的事似只是一場遙遠的夢。

孫樂對著西邊出神，也不知過了多久，耳邊突然傳來義解低沈的聲音——

「來了！」

孫樂一驚，迅速地轉頭看去。

這時車隊行走之處是一片荒原，漫長的官道一望無際，孫樂抬頭一看，只見前方五百公尺處，幾個長袍大袖的騎士正策馬而立，一動也不動地等著車隊。

看著這一行十來人的隊伍，孫樂看向義解。「可有熟識之人？」

義解眉頭微皺，笑道：「當然，那位於最中間的，可是身為大劍師的莫公衍。莫公衍旁邊的四個劍師，都是他的弟子。」

義解挑眉樂道：「沒有想到是這老小子前來，有意思、有意思！」他一邊說著有意思，一邊摩拳擦掌，躍躍欲試狀。

孫樂認真地看了一會兒，轉向義解問道：「勝算如何？」

義解挑眉哈哈笑道：「勝算？六成吧！」

「有六成？」孫樂輕聲說道：「那倒是有意思了。」

義解聞言哈哈大笑起來。

在義解的大笑聲中，兩批人馬轉眼已經靠近。

義解笑聲一頓，朗聲叫道：「莫公衍，上次義某向你求戰不成，你老小子此刻倒自動送上門了！哈哈哈……」

他響亮的笑聲直入雲霄，回音不絕。

「哼——」

一聲沈悶的哼聲重重傳來。

那四十來歲、濃眉連成一線、狹長的眼眸天生半瞇著的莫公衍冷聲道：「義解，你堂堂丈夫，居然輔助這等野心婦人，就不怕日後此婦行褒姒、驪姬之事時，你名聲掃地乎？」

義解一怔，身邊的眾齊人都是一怔，連孫樂也給怔住了。眾人面面相覷，不約而同地轉頭看向孫樂。他們還是第一次聽到有人居然把孫樂與褒姒、驪姬聯繫到了一塊兒了。這兩女一個是禍水，一個是惡毒王后，怎麼著也扯不到孫樂身上啊！

「哈哈哈哈……」

義解朝孫樂瞟了幾眼後，忍不住拊掌大笑起來，他一邊笑，一邊拍得自個兒大腿啪啪作響，那樂不可支的樣子讓對面十幾人更加陰沈。

「莫公衍，你老小子就是個愚人！這等比喻居然也說得出口！孫樂何人也？她清淨自守，溫文內斂，毫無野心，此次出手也是為了救齊國於傾危之際。哈哈哈……你小子想要打架上來就是，沒有必要去胡亂給人家小姑娘安上罪名呀！」

「可笑，真是可笑！」

莫公衍身後策馬躍出一個二十來歲的青年劍客，他聲音一提，冷聲大笑道：「救齊國於傾危？好名頭，當真好名頭！卻不知這位自命齊人的孫樂，去年四處奔走救楚又是為何？」

錚地一聲，青年劍客拔劍上挑，遠遠地指著車隊，燦爛的霞光下，劍尖寒氣逼人。「楚弱，乃大逆不道之人，擅自封王，膽敢問鼎，人人得而誅之！孫樂既然輔助楚弱這樣的不倫之人，又何必用救齊國傾危之大義之名？」

青年劍客的聲音朗朗傳出，聲震四野。

眾齊人這下鴉雀無聲了。

孫樂聽到這裡，低聲笑了起來。「這人的口才倒是不錯，比離開平陽時那幾人強多了。」

義解三人同時轉頭看向孫樂，一片霞光中，她清麗的臉上浮現出一片豔光，眼波如水，竟然有一種奪目的美豔。

那青年劍客一席話說完，見到眾人目瞪口呆，當下哈哈大笑起來，沈沈地說道：「我觀此女，與世間丈夫一樣所求無外乎名利。如此之人，又有如此之才，逢此亂世，牝雞司晨，混亂天下不是反掌之功乎？」

這下，眾人更是無話可說了。

孫樂聽到這裡，不知為什麼很是想笑。

這時，馬車已駛得離眾劍客不到百公尺，孫樂從馬車中伸出頭來，看著這青年劍客，盈盈笑道：「牝雞司晨，混亂天下？」她的聲音清脆動人，忍俊不禁，眼波中笑意流動。「以你之言，天下間只要女子才智過人，便需誅之？」

青年劍客頭一昂，傲然回道：「然也！」

孫樂哈哈一笑，她回頭看向義解。「義大哥，看來此戰難免了。」

孫樂一句話說罷，卻沒有聽到義解的回答，仔細一看，眾人都齊刷刷地看著自己，一臉怔忡，她不由得詫異地喊道：「義大哥？」

義解一個機伶地清醒過來，他對上孫樂的雙眸，臉竟然一紅，不好意思地回道：「孫樂，妳剛才當真美不堪言。」

美不堪言？孫樂兩世為人，卻從來沒有想到過，這美不堪言的評語會出現在自己身上。

孫樂怔住了。她眼波一轉，從眾人臉上一一劃過，這一看，她突然從眾人的眼神中看到了驚豔，對自己的驚豔！

義解一句話脫口而出，馬上不好意思起來。他哈哈一笑，掩飾性地說道：「不錯！此戰確實難免。」轉頭盯向莫公衍，義解哼道：「莫公衍這老傢伙最是固執，跟他說理是說不通的。」

咻地一聲，他朝背後一拍，長劍在手。

義解手腕一晃，劍尖彈動，朗聲笑道：「妹子，這一次輔妳行走天下，義某一直沒有用武之地，這下好了，終於可以過足癮了！哈哈哈哈……」

義解的大笑聲遠遠傳出，引得四野震動，眾齊人同時仰頭看向他，突然之間人人熱血沸騰，戰意盎然。

義解這一拔劍，莫公衍等人同時一凜，只聽得「咻咻咻」幾聲脆響，十數把寒劍同時亮出。

隨著莫公衍等人把長劍一指，齊使中的七、八十個麻衣劍客也迅速向義解靠近，一一拔出長劍前指。

「錚錚錚——」的金鐵交鳴聲不絕於耳，轉眼間便是寒光一片，劍拔弩張。

義解頭也不回，朝著汗和手下的兩名劍客喝道：「保護好孫樂！」

「喏！」兩個劍客迅速地退後幾步，一左一右守在孫樂的馬車旁。

義解轉頭看向兩名楚國劍師，朗聲說道：「兩位，有勞了！」

「不敢！」兩個楚國劍師同時叉手言道，他們腳下一踢，便策馬一左一右站到了義解兩側。

孫樂望了一眼從馬背上跳下，錯步踏出的義解等人，徐徐伸出手拉下車簾。她剛拉下車簾，便聽得義解的大笑聲朗朗地傳來——

「莫公衍，義某早就想找你了，今日這一戰，何不生死相搏？」

竟是準備來個誓死一拚?!孫樂不由得打了一個寒顫。

莫公衍冷哼道：「好大的口氣！我今日倒要領教天下第一劍客的風采！」

莫公衍的聲音一停下，一陣風聲響起，風聲中，義解的大笑聲夾雜其中。

「果然痛快，看招！」

「鏘鏘鏘——」一陣金鐵交鳴聲不絕於耳，這劍與劍交接的聲音，風急雨驟，寒意森森。

孫樂不用看，也知道隨著義解這一衝出，幾十名劍客也同時衝出去了，與對方交戰成一團了。

孫樂聽了一會兒，便收回注意力。她知道，如義解這等層次的交戰，自己這種三腳貓是插不上手的，因此她乾脆坐等結果算了。

既然是坐等，孫樂乾脆眼不見為淨，把車簾拉下，當起了真正的閨閣少女。

外面「鏘鏘鏘」的交鳴聲中，不時伴有一聲聲慘叫，孫樂聽了有點心亂，便低眉斂目，暗自練起了吐納之法。

那吐納之法她一般只在練習太極拳時才配合使用，平時寧願胡思亂想也不會打坐。現在心有點亂，她便用這種方法來讓自己恢復平靜。

如此吐納了一刻鐘後，她的心慢慢變得寧靜而深遠，腦中一片空明，外面的爭執嘶喊不再入耳。

也不知過了多久，義解的聲音從馬車外響起——

「妹子！」

孫樂雙眼一睜，徐徐應道：「在。」

義解嗆了一下，哈哈笑道：「妹子好有定力！如此時機，居然睡著了！」他聽孫樂回答得遲疑，而且聲音有點渾，便以為她睡著了。

孫樂笑了笑，掀開車簾。義解身上血跡斑斑，袖子染紅了大片，下襬處如從血池中提出般，成片的血液直向下淌，讓人一見就觸目驚心。可與之相反的是，他男子氣十足的臉上笑逐顏開，烏黑的雙眼明亮如故，不見痛意。看來，他受的傷不重，身上的血應該是別人的。

孫樂暗暗鬆了一口氣，看向隊伍中，只見那兩個楚國劍師無甚傷勢，再一看，赫然發現地上躺著幾具屍體，那些面孔都是熟悉的，正是齊人中的幾個麻衣劍客。

義解見孫樂露出了難過的表情，哈哈大笑著叉手說道：「妹子無須在意。我等的使命便是保護妳。面對莫公衍這等強敵，我方才死去五人，重傷七人，已是賺大了。奶奶的，莫公衍吃了我一劍，只怕十年八年都恢復不了了！哈哈哈哈……」

孫樂看到一地的死傷，著實是觸目驚心。

她忍下心頭的不適，見汗和身上帶傷，又忙著處理屍體，便轉向因保護自己而毫髮無傷的兩劍客說道：「從儀程中拿出八十金來，死去的每一位給其家中送去五金，重傷者以及義解大哥、兩位劍師每人三金，餘下的均分給各位出手的劍客。」

孫樂的聲音不小，一時眾人都聽到了耳中，他們驚喜交加地轉過頭來看向孫樂，一個個眼中光芒閃動。

此時人命如草，這些劍客既然護送孫樂，便有保護她的責任，如今有了死傷，她完全可以置之不理的。再說了，孫樂一開口便是幾金，那可不是小數目呀！

兩劍客一愣，同時叉手應道：「喏！」

義解驚訝地轉向孫樂，盯了她半晌，哈哈一笑。「妹子，妳也太大方了，後面如還有幾場戰事，儀程的金可不夠分呀！」

孫樂聞言，淡淡地說道：「之後應該會平安些了。」

她對上義解等人愕然不解的表情，笑了笑。「天下間，如莫公衍這樣的高手寥寥無幾，我孫樂只怕還不夠資格，令得天下的高手都來殺我一人。」至於趙國現在還沒有緩過氣來，刺客也來不了這麼快。孫樂在心中暗暗忖道。

這倒是不錯，眾人連連點頭。孫樂只是一句話，便令得掛在他們臉上的緊張之色消失了不少。

把死者就地掩埋，傷者一一送上馬車，初步處理好傷口後，隊伍整裝出發，向著前方的大城南陽駛去。

孫樂決定在南陽城休整幾日，等眾人傷勢平緩了再走。

南陽城於天下諸國中也頗有名氣，可以說是僅次於各國都城的一級大城池。

孫樂的隊伍一進入南陽城，便引得人人側目。
本來熱鬧喧譁的街道上，隨著他們的到來突然安靜了下來。只是一轉眼，嗡嗡聲四起。
不說這一隊人都帶了傷，光是那齊使的標誌，便足以令得南陽城人頗為興奮。
「那馬車中的少年便是田樂？」
「定是他！聽說他本是一婦人？」
「沒有想到她到了南陽城來了！」
「看到沒有，這一隊都受傷了，連義解義大俠也受了傷，看來路上遇到了高手啊！」
「婦人亂世，牝雞司晨，定有義士看不過眼，可惜殺不了這個女人。」
議論聲雖然不絕於耳，眾人卻不敢過於靠近。
因為不管是孫樂的名頭，義解的名頭，還是這一隊剛浴血歸來的劍客，都讓南陽城人心有餘悸。

第二十七章　孫樂如今是美人

在南陽城人的圍觀中，孫樂等人找到了一家大酒樓暫時住下。

一住下，孫樂便令人請來大夫，重新給義解等人再治一次傷。在路上他們的傷都是自己清理的，孫樂不放心。

安頓好後，孫樂稍事休息，換上了一襲女裝。

她一襲淡綠的綢衣，青絲如墨，白淨的肌膚隱帶暈紅。孫樂自出使以來，這還是第一次換回女裝。在看到鏡中的自己時，她都看傻了去。

銅鏡中的少女明眸如水，肌膚白嫩，兩頰暈紅，五官精緻，渾然是一個清靈中透著秀雅的溫婉美人啊！這……她記得那時在咸陽城，她還只是一個長相清秀的普通姑娘，怎麼這大半年的一換回女裝，居然水靈了這麼多？似是一朵花骨兒，悄悄間竟已吐蕊含芳。

這樣的美貌，雖然遠不如雉大家、燕玉兒那般驚豔，可是，她無論走到哪裡，已不會遜色於那些貴女了。

孫樂怔怔地瞅著銅鏡中自己有點模糊的面容，越看越是開心。伸手捂著自己的小臉，孫樂眉開眼笑地想道：這樣就好了，這樣就夠了。上蒼對我真是不薄，讓我在最好的年華，有著讓人一看就心情愉悅的長相。

直對著鏡中的自己看了好半天，孫樂還有點不敢相信那鏡中人真是自己。她以男裝出使時，一直也沒有照過鏡子，不知道自己的長相又有變化了。而義解等人與她日日相對，對她的這種變化更沒有多少感覺。至於各國權貴，雖然覺得這個田樂清秀得有女兒之美，奈何他們每日面對的盛裝華服的美人太多，田樂雖秀，還無法讓他們驚豔。

因此直到這個時候，孫樂才發現，自己真的成了一個大姑娘了，成了一個美人了。

這大半年，孫樂變化的不只是面貌，連她一直忽視的身材，此時也嬌柔多了，胸前鼓鼓的，臀也豐圓了。一直穿那種長袍大袖的深衣還沒有感覺，現在一換回女裝，孫樂突然有點不自在了。

在房中對著女裝的自己偷樂了一會兒，又遲疑了一會兒後，孫樂終於鼓起勇氣走了出來。

孫樂一走出來，院落中的嬉笑聲頓時一停。

義解、汗和等人都在院子裡走來走去，活動筋骨，此時看到一個秀美的少女從孫樂的房中走出，不由得都傻了眼。

對上眾男人瞪大的雙眼，孫樂的小臉紅了紅，她抿了抿唇，緩步走到義解面前，笑道：「義大哥。」

「妳、妳是孫樂？」

「妳是田公?!」
「噫，天邪！」
在眾人不敢置信的詢問中，孫樂抿唇笑了笑，說道：「然也，我是孫樂。」
她這麼一承認，眾人更傻了。
義解伸手在自個兒的腦袋上一拍，哈哈笑道：「真沒有想到，妹子換上女裝後，渾然一美人也！」
他說到這裡頓了頓，搖頭嘆道：「不過數年，妹子妳的變化真有天地之遠。」
義解是最先恢復過來的，汗和等人還在傻乎乎地瞪著孫樂，他們實在不敢想像，那個智慧絕頂的田公與眼前嬌美溫婉的少女會是同一人！
到了這個時候，孫樂也自在些了。她不等義解詢問，自顧自地說道：「如今天下間都知田樂便是孫樂，我便恢復本色行走吧。」她嘴角一掠，笑容淡淡。「莫公衍這樣的人都已敗退了，後面就算有人冷言相譏，料來非要置我於死地的人也不多。」
眾人點了點頭。
自三皇五帝到如今，除了那些紅顏禍水外，還沒有任何一個女人如孫樂一樣，以行丈夫之事聞達於諸侯。她的橫空出世，最初帶給世人的是震驚、是迷惑、是不敢置信，當然也有厭惡和不安。
不過孫樂料想，任何事物的新鮮期只是一時的，流言傳到現在，應該開始轉入冷卻期了吧？

也是時候恢復本來面目了。

這時，一陣急促的腳步聲傳來，門房還沒有靠近，便朗聲叫道——

「稟——秦十三王子嬴秋候於門外，求見田公！」

嬴秋求見？

汗和等人同時轉頭看向孫樂。

孫樂皺起眉頭，暗暗想道：我才到南陽城，怎麼就碰上這嬴秋了？

孫樂略一沈吟，抬頭說道：「秦十三殿下乃尊貴人，諸位隨我出門迎之。」

眾人同時應道：「喏。」

孫樂裙襬一轉，率先走在前面。

汗和等人看著身材修長、亭亭玉立的孫樂，遲疑了幾次後，汗和終於率先開口道：「田……孫樂姑娘，何不換裝接待？」

孫樂笑了笑，沒有回頭，淡淡地說道：「我本是女子，何須換裝？」頓了頓，她又說道：「方才我已說了，從此後，我孫樂以本來面目行走於世人當中。」

汗和頓時傻了眼。

一陣鴉雀無聲中，義解拊掌大笑起來。

「妙！正該如此！」他上前兩步，對著孫樂笑道：「妹子行事坦蕩磊落，頗有我輩劍客之風！」

孫樂笑了笑，回道：「既然躲避也免不了災禍，不如直面相對。」

他們所居的地方並不大，說笑間已到了門口。

大門口，一襲青袍、俊朗如竹的贏十三正背著手靜候著，在他的身後足有十幾人，這十幾人中，位於左側是麻衣劍客，位於右側是高冠賢士。這些人都從馬車上跳下來，守在贏十三身後。

這地方位於南陽正街，本來孫樂的到來便很令南陽人興奮了，現在贏十三一出現，南陽城更是沸騰起來。

此時此刻，街道中、窗戶處，不時伸出一個個腦袋來。

特別是街道處，這一會工夫已停下了十七、八輛香車。香車中，南陽城的貴女們紛紛掀開車簾，露出芙蓉秀臉，興奮地對贏十三瞅著、指點著。

天下間王孫公子無數，不過為這些閨閣貴女所記的俊美兒郎，卻只有那麼幾個。而這贏十三贏秋便是其中之一！她們早就聽說過他的俊美英武之名，卻不得一見。此時親見其人，不由得興奮得無以復加。

贏十三背負雙手，眼望著大門口，耳邊卻清楚地聽到少女們的歡叫聲，他搖頭苦笑道：「人越來越多了。」

站在他身後的一個青年賢士聞言回頭瞟了幾眼，嘿嘿笑道：「殿下所到之處，往往香車盈路。下臣還真是好奇，那個被說成天下第一美男的叔子，出門時還行得動否？」

嬴十三聽他提到了叔子，眉頭暗皺，徐徐說道：「叔子已在路上，不久便可一見。」他的話音一落，眉頭一挑，望著大門口笑道：「應是孫樂出來了。」

嬴十三話音剛落，雙眼唰地睜得老大，一眨也不眨了。他直直地看著走出門口的那亭亭玉立的身影，倒抽了一口氣，脫口驚叫道：「孫樂?!」

他這句「孫樂」一出口，位於他附近的眾人便齊刷刷地頭一轉，盯向出現在門口的少女。

這少女身形修長，一身淡綠綢衣映得面容秀淨純美，要不是那雙波光熠熠、沈靜中透著靈氣的雙眼，大家只會以為此女是一個普通貴女。

可是，這秦十三王子叫她什麼來著？孫樂？

難道她就是這陣子傳得沸沸揚揚的田公孫樂？

孫樂剛一出門，便聽到了有人叫著自己的名字。她轉頭一看，對上了嬴十三那張俊雅的臉孔。

微微一笑，孫樂雙手一叉，朗聲說道：「孫樂不知十三殿下趕到，有失遠迎，還望恕罪。」

她表情從容，動作得體，彷彿沒有意識到，此時的自己是一個女兒身。

孫樂，她真的是孫樂！她真的就是那個孫樂！就在孫樂施禮時，一陣整齊的抽氣聲傳來。

孫樂抬頭一看，卻對上了無數木然的、驚愕的面孔。

她再轉頭看向贏十三，卻見這個總是淡定沈穩、頗有氣度的王子殿下兀自處於驚愕中，看那樣子，她剛才的招呼是一個字也沒有聽進了。

見此，孫樂笑了笑，聲音一提，再次雙手一叉，朗聲叫道：「十三殿下請進來一敘！」

這一次，她的聲音剛剛落下，安靜的街道中便傳來一道粗啞的嗓聲——

「兀那女子，妳真是田樂田公？」那人的聲音既響且粗，驚訝無比。

孫樂脊梁挺了挺，面對著一街黑壓壓的人頭笑了笑，朗聲應道：「然也！我就是田樂，本名孫樂。」

不理會瞬間煮沸了般的南陽城民，孫樂轉眼看向贏十三。

這時，贏十三才清醒過來，他朝孫樂上下打量著，叉手苦笑道：「五年之前，秋與孫樂初見時的情景還歷歷在目。秋萬萬想不到，姑娘變化居然如此之大。當真不敢置信！」

他笑了笑，右手優雅地一伸，說道：「孫姑娘請！」率先向門口走入。

孫樂對上贏十三那掩不住的震驚，心中微微有點得意，她坦然笑道：「這數年來我胎毒漸去，自然變化極大。」

贏十三點了點頭，他這時候已經完全從震驚中清醒過來，恢復了風度翩翩。「不錯，妳的生母曾是燕國第一美人，她的女兒又能差到哪裡去？」他說這話時，目光似有點不受控制地落在孫樂臉上、身上。

隨著他們步入院落，大門重新掩上，街道上驚住的眾人才清醒過來。

「那少女是田樂？」

「天下人都瞎了眼了！如此佳人，居然可以假扮丈夫而無人察覺？」

「儼然好女，又聰明至此！」

「她好大的膽子，居然敢女裝見人了，當真以為無人可以奈何她不成？」

外面的議論聲、喧譁聲，都給關到了門外。

贏十三走在孫樂左側，他頻頻轉頭，那灼灼的目光不斷地在孫樂的臉上、胸前、臀上停留。

他的目光如此灼熱，表情如此專注，漸漸地，孫樂有點不舒服起來，她眉頭微皺，抬頭看向贏十三，笑道：「天乾物燥，可禁不得殿下目光似火。」

「噗哧——」

幾聲輕笑聲從身後傳來。

贏十三掩飾性地咳嗽一聲，俊臉一紅，笑道：「實在是太過驚愕了。」頓了頓，又加上一句。「也太令人欣喜了。」

欣喜？我變美了你欣喜做甚？

孫樂大奇，她抬頭看向贏十三，正好，他正側著頭，深沈如子夜的眼眸正溫柔含笑地向她看來。

這目光真是……孫樂打了一個激靈。

見孫樂如此，贏十三吟誦般地嘆道：「天下間美人無數，不知為什麼，秋一想到孫樂亦是一佳人，便深感上蒼厚愛。」

孫樂再次一個激靈。

孫樂把贏十三一行人迎進會客的廂房中，各在榻几上跪坐下。孫樂坐在主座，示意侍婢給眾人斟上酒水。

酒水已滿，孫樂雙掌一合，叫道：「奏樂！」

絲竹聲應聲而起，香風飄入，一隊齊國處子翩然舞來。

孫樂左手攏袖，右手把酒盅揚起，向贏十三含笑說道：「不知殿下會來，地方鄙陋了，殿下勿怪。請飲！」

贏十三笑了笑，和孫樂一起仰頭飲下杯中的酒水。他們開了頭，各位食客、劍客便紛紛開動，一時之間酒香四溢，說笑聲不絕。

孫樂搖晃著杯中的酒水，笑道：「孫樂剛來到南陽，便與殿下遇上了，可真是巧啊！」

贏十三哈哈一笑，搖頭說道：「否，秋乃追隨孫樂而來。」

他居然說是追著自己來的！

孫樂大吃一驚，難不成，他一知道自己是女子便動身了？

嬴十三一直在注意著孫樂的表情，見她疑惑，遂笑了笑解釋道：「秋於三個月前，便聽到市井中隱隱有言，說揚名天下的少年智者田樂乃是女兒之身，原名孫樂。秋再三盤問得知此事屬實後，便動身了。」

孫樂睜大眼，錯愕地看著嬴十三。他還真的一聽到我是女兒身，便追來了?!

義解、汗和等人也是面面相覷。

嬴十三似乎十分滿意孫樂的驚訝，他目光灼灼地盯著孫樂，身子向前微傾，低沈地說道：「孫樂不想知道，秋為何事而特意相尋嗎？」

他灼熱的注視，含笑的俊臉，還有曖昧的語氣，都直指一個事實。孫樂心頭怦地跳了一下，她低斂眉眼，在一片沈靜中說道：「殿下有話不妨直說。」

嬴十三溫柔地看著她，輕聲說道：「五年前，秋第一次見到孫樂時，便感慨孫樂之大才，曾經以國士相許。」

嬴十三說到這裡，眾人看向他的目光中已添了一分讚嘆。

這個秦十三王子果然名不虛傳，他能在五年前便看到孫樂的大才，還以國士許之，這等眼光當真可敬可畏。

嬴十三輕輕地轉動手中的酒盅，他的大拇指在杯緣摩挲著，雙眼依然灼熱而誠摯地看著孫樂，繼續說道：「當時姑娘直言相拒。自那之後，秋每每念及便感懷惆悵。」

頓了頓，他展顏一笑，露出雪白的牙齒。

「當日錯過，秋一直引以為憾。可秋萬萬沒有想到，數年後孫樂竟然化身田樂，還遊說於秋。」

「當日姑娘所說的每一個字，秋還謹記在心。孫樂才智驚人，真是愧煞天下丈夫矣！」長長地嘆了一口氣，贏十三說道。「不瞞姑娘，秋乍聞田樂便是孫樂時，真是驚喜交加，百感交集。」

他聲音一頓，直直地盯著孫樂的雙眼，溫柔地、誠摯地、一字一句地說道：「秋自成年以來，見過女子無數，可從無一人有姑娘之慧。孫樂，妳今年也有十七了吧？秋不才，願以妻位迎之。」

願以妻位迎之！

他這是求婚啊！

一時之間，孫樂呆了，義解呆了，汗和等人也都呆了。

孫樂眨了眨眼，又眨了眨眼，半天才回過神來。這個贏十三，他說因為自己是他見過最聰明的女人，所以願意娶自己為妻。

她回過神後，都不知道是該笑還是該感動了。

嘴角一揚，孫樂輕笑起來，她抿了一口酒，笑道：「十三殿下愛才之心當世罕見。樂為男子身時，殿下願以國士待之；樂為女子身時，殿下又願意許以妻位。」

孫樂這句話淡淡地說出，隱帶嘲弄。

贏十三愣住了。

義解等人同時看向孫樂。

贏十三眉頭微皺，他緊緊盯著孫樂，徐徐說道：「孫姑娘，贏秋不知姑娘為何不歡喜？」

孫樂不用回答，也可以感覺到眾人的不解。她知道，在這些人的心中，如秦十三這樣的男人，實是完美至極，他身為一國王子，又有人中之龍的才華志氣，這樣的男人願意娶孫樂為妻，實是天大的好事啊！

至於他是因看中了她的才華才願意娶她，那更可以證明他的求才若渴。

想到這裡，孫樂苦笑起來。在世人眼中，能帶來利益的婚姻才是好婚姻。可是，他們不是我！

孫樂想是這樣想，以她的性格，卻覺得自己沒有必要向贏十三詳細解釋。當下，孫樂低眉斂目，微微笑道：「十三殿下，孫樂已有心上人了。」

啊？

贏十三的雙眼唰地睜得老大。

不知不覺中，絲竹音少停，一房人都在看向孫樂。

贏十三緊緊地盯著孫樂，一直盯著她，半晌才沈聲問道：「孫樂的心上人可是楚弱王？」聲音陰鬱。

孫樂一凜，她無法弄明白贏十三是從哪裡得到的消息。感覺到他語氣中的殺氣，孫樂馬上想到了他和弱王完全不同的立場。

當下，她搖了搖頭，低聲說道：「不是，我與楚弱王只是姊弟。」她嘴角一揚，裝作漫不經心地笑道：「以前在齊地姬府時，我們曾經相依為命過。」

她剛說出後面一句，心頭便有了悔意。以自己的個性來說，如果真是無意，那是絕對不會解釋的。這還真是越描越黑啊！

她抬頭看去，見贏十三神色不動，嘴角微帶笑意，似乎剛才一閃而現的沈鬱只是她的錯覺，不由得更沒底了。

罷了，不想了！孫樂聲音一提，喝道：「上菜！」

「喏！」

整齊的應諾聲中，一隊侍婢捧著食盒步入房中。不一會兒的工夫，金黃的羊腿、整隻的燒雞都呈了上來。

酒肉香飄，絲竹輕揚。

接下來，贏十三似乎忘記了他曾向孫樂提過親一樣，自在地欣賞歌舞，輕快地交談，只在最後他告訴孫樂，接下來他準備與孫樂同行同止。

贏十三的決定，完全打破了孫樂的規劃。出於謹慎，孫樂只得答應同行，並把準備獨自離開的事押後。

王孫公子雖多，可如贏十三這樣的很少。在某種程度上，他可以代表著秦國，因此第二天一到，南陽城的權貴紛紛來訪，各種宴會邀請不斷。

而贏十三則是痛快地答應了幾處宴請，他一答應，孫樂也不能完全不理會。

今天是南陽城主宴請。

此時此刻，南陽城中有頭有臉的人物都已到齊，孫樂的身邊，坐了數十個名門貴女。

大殿中濟濟一堂，數百個各種年齡層的南陽貴族都熱切地、好奇地看著贏十三和孫樂。

特別是孫樂，她這個讓丈夫也不得不佩服的少女，吸引了大部分的注意力。

面對著數百雙灼灼看來的目光，孫樂面無表情，她一口一口地抿著杯中的酒水，雙眼靜靜地欣賞著前方的歌舞。

而贏十三已與南陽城主說得火熱，他左右逢源，笑語不斷，令得眾多南陽城中的實權人物都圍在他的身邊。

正在這時，一個低低的女聲從她身後響起——

「孫樂？」

這女聲有點熟悉。

孫樂回過頭來，對上一張俏麗中略顯憔悴的秀臉，她身材修長，跪坐在榻上都比旁人略高。

這、這可是趙十八公主啊！那個曾經很喜歡過姬五的趙十八公主！

趙十八公主此時已是婦人打扮。

趙十八公主抿緊唇看著孫樂，她一臉不敢置信地低聲說道：「妳、妳可是他……是姬五身邊的那個醜丫頭孫樂？」

「啊？」

孫樂微笑地看著她，點了點頭，徐徐地說道：「不錯，我正是那個孫樂。」

趙十八公主嘴唇顫抖著，她瞪大雙眼，朝孫樂上上下下打量著，盯了她好一會兒後，她倒抽了一口氣。

「妳真是當年那個醜八怪？」

趙十八公主這句話是脫口而出，她的聲音一落，從她身周立即傳來幾聲喝叫——

「趙夫人，妳在胡說什麼?!」

「大膽！竟敢對貴客如此無禮！」

「妳瘋了！她可是揚名天下的田公！妳居然敢如此跟田公說話？」

這幾聲喝叫同時而來，既嚴且厲。

趙十八公主對上左右幾個年長者嚴厲冰寒的臉，眼睛一紅，抿著唇吶吶地說道：「我、我……」

她顯得又慌又亂又是不安，「我」了兩聲後，求救地看向孫樂。

孫樂有點恍惚，眼前的女子面目依稀，宛如故人，可是不管是語氣，還是神態，都已完全沒有了昔日的影子。

五、六年前的趙十八公主何等驕縱飛揚？

孫樂愣神了會兒，對上趙十八公主求助的目光，不由得笑了笑，輕聲說道：「本是故人，無須多禮。」

「謝田公不罪！」

「孫樂姑娘果然有丈夫之量！」

一陣阿諛中，好幾雙目光都盯著趙十八公主，責怪著她為什麼不向孫樂賠罪。

趙十八公主抬起頭看著孫樂，半晌才低低地說道：「多謝妳不怪罪。」

孫樂睫毛搧了搧，徐徐說道：「各位禮過矣，孫樂不過一普通女子。」

幾女相互看了一眼，都不知道該如何回答了。她們在心頭暗暗想道：妳孫樂還是普通女子？連秦十三王子都想娶妳為妻了，這樣尊貴的妳還是普通女子嗎？

孫樂見趙十八公主被幾個婦人這麼一喝斥，已是低著頭唯唯諾諾，連直視自己也不敢了。

她暗中嘆了一口氣，對著幾雙討好的目光命令道：「諸位請稍退後，容我與趙夫人一訴。」

幾個婦人連忙應諾，退到了後面的榻几上坐下。

孫樂只是一句話，她的身周便只剩下了趙十八公主一人在。

孫樂轉頭看向趙十八公主，低聲問道：「這些年，妳還好嗎？」

趙十八公主搖了搖頭。她慢慢抬起頭來對上孫樂。

她盯著孫樂，漸漸的下巴微抬，面容中帶上了三分昔日的驕縱。「孫樂，妳把她們喝退，是想羞辱我來著？」

孫樂苦笑著說道：「我若欲羞辱於妳，何必把她們喝退？」她低低地嘆了一口氣。「再說，我們又無怨無仇。」

無怨無仇嗎？

趙十八公主怔怔地看著孫樂，看著她溫婉美麗的臉。

看著看著，趙十八公主伸手撫上自己的臉，低斂著眉眼，苦澀地說道：「怎麼只是幾年不見，妳居然變得這麼好看了？」她不敢置信地搖了搖頭。「想當初，妳差點因為太過醜陋而被十九王弟給賜死，怎麼區區幾年，妳的變化有這麼大？」

孫樂沒有回答，她也不知道該如何回答。

這個時候，她突然想到了「滄海桑田」四個字。

兩人沈默了好一會兒後，孫樂突然問道：「妳嫁給了南陽城何人？」

趙十八公主苦澀地一笑，輕聲說道：「本是嫁給韓二王子為妻的，奈何嫁過去不足兩年，他便病故了。如今又改嫁於南陽城主的大兒子。」

看來，這南陽城主的大兒子將是未來的南陽城主了。

孫樂暗暗嘆了一口氣。不過幾年時間，趙十八公主都已嫁了兩次了。轉眼她又想道：趙國都捨得把公主下嫁，看來這南陽城很重要。

趙十八公主見孫樂不說話，以為她同情自己。她抬起頭，下巴微揚，從鼻子中發出一聲輕哼。「孫樂，女子嫁了人就是這樣的，妳以後嫁了人，如果命不好也會如我這樣，妳無須得意。」

我得意了嗎？

孫樂有點好笑，又有點可憐她。

又沈默了。

過了好一會兒，趙十八公主低著頭，聲音如蚊鳴。「他……聽說他現在是叔子了。他當年便中意於妳，這麼多年了，妳沒有嫁給他嗎？妳怎麼與秦十三殿下扯上了？」

她的聲音很輕、很輕，要不是孫樂耳力過人，肯定會聽漏不少字。

趙十八公主問出後，一直沒有抬頭，孫樂怔怔地看著她，怔怔地看著。十八公主的聲音雖然很輕，可那語調中的刻骨相思，那種把夢埋在心底，終其一生也只能在無人的時候悄悄落淚的痛苦絕望卻流露得那麼分明、那麼清楚！清楚得令孫樂光是聽著便心頭泛酸，便眼中發澀。

孫樂垂下眼瞼，把眼中的酸澀眨了去，她知道趙十八公主還在等著自己的回答，可是，她卻不想回答，也不知如何回答了。

大殿中歌舞不休，喧囂不斷。

贏十三時不時地會向孫樂看上一眼。

一陣腳步聲從殿外傳來，不一會兒，一個麻衣劍客出現在南陽城主的身前，他雙手一叉，對著挺著肚子、胖乎乎、小眼睛，總是笑得很和善的南陽城主說道：「稟城主！稷下宮祭酒叔子已來到了城中！」

「啊？」

一陣喧譁聲響起。

孫樂駭然抬頭！

趙十八公主也迅速地抬起頭來。她嘴唇顫抖著，本來憔悴的臉色變得通紅，雙眼中閃動著夢幻般的光芒。

「叔子來了？」

南陽城主大喜過望。

他唰地站了起來，哈哈笑道：「貴客來臨，南陽城可真是萬分榮幸啊！」

孫樂這一側的貴女們，不管是嫁了人還是沒有嫁人的，此時都是神采飛揚，一臉興奮。

眾女開始聚在一起，興奮地議論著，有不少更是頻頻向外看去，迫不及待地想出去見上一見。

南陽城主還在哈哈大笑，又是一陣急促的腳步聲傳來，又一個麻衣劍客衝了進來。

「稟城主！叔子聽聞城主在宴請秦十三殿下、孫樂姑娘後，已決定直接赴宴，正向這裡走來呢！」

轟——

人群完全沸騰了。

對於在座的男人們來說，叔子的出色之處在於他的超然身分和才學見識。因此，這種沸騰主要是來自於貴女這邊。

五公子過來了？

孫樂怔怔地看著門口，心中百感交集。

贏十三轉過頭盯著孫樂，他慢慢地從几上舉起酒盅，慢慢地飲了一口。

坐在他身後的一個三十來歲的短鬚圓臉賢士見他如此表情，身子微傾，湊近他低聲說道：「孫樂姑娘曾在叔子身邊多年，聽說，叔子有意娶她為妻。」

「喔？」

贏十三搖了搖手中的酒盅，眉頭一挑，目光依然落在孫樂的臉上。

他的目光灼灼，要是以往，孫樂早就感覺到了，也向他看來了。可此時孫樂只是怔怔地看著門口，雙眼呆滯，顯然正在出神。

短鬚圓臉的賢士也看了孫樂一眼，說道：「殿下，以孫樂之才，嫁給叔子著實是可惜了。不過話說回來，她要是嫁給了楚弱王，那楚弱王就是如虎添翼了。」

贏十三輕輕地「嗯」了一聲，並沒有回答，他收回盯著孫樂的目光，仰頭把盅中的酒水一飲而盡。

接下來，殿內充斥著眾貴女的議論聲，眾人看向歌舞時都有點心不在焉。

孫樂過了許久，才回過神來。她一回神，卻看到趙十八公主向角落裡退去。

她對上孫樂的目光時，眼神一黯，撫著自己的臉，低聲解釋道：「我、我這麼老了……」說罷，她已縮到了角落裡。雖然縮在角落，趙十八公主看向大門的眼神還是熠熠發光，滿是渴望。

也不知過了多久，一陣腳步聲傳來，腳步聲中，一個朗喝聲高唱——

「稷下宮祭酒叔子到——」

人群瞬時變得鴉雀無聲。

孫樂緊緊地握著手中的酒杯，不知不覺中已抿緊了嘴唇。

不一會兒工夫，一道銀白色的身影出現在大殿門口。

這是一種光風霽月般的美，一種至清至純的美。五公子依然面容清亮，秋波淡然，可是他一出現，便吸去了所有的光亮，變成了黑暗中唯一的明月。

所有聲音都消失了，所有人都不自覺地看向他。

五公子盯著主座上的南陽城主，眼光沒有稍移，自然也沒有看到孫樂。

在一片安靜中，他大步向殿中走來，阿福、陳立等人緊跟其後。

他們與五公子不同，一進殿便四下張望，因此一眼便對上了孫樂的目光。

幾人目光複雜地盯了一眼孫樂後，移開了視線。

南陽城主早在五公子走近時，便急急地站起身來迎了上去。他叉手哈哈笑道：「名揚天下的大賢者叔子能來南陽，實是本城之幸，請坐、請坐！」

南陽城主叫「請坐」的時候，幾個宮婢迅速地在嬴十三旁邊加了一排榻几。

五公子嘴角微微上揚，清聲說道：「城主無須客氣。」說罷，他接過南陽城主遞來的酒杯，仰頭一飲而盡。

飲完酒後，他卻沒有在嬴十三旁邊落坐，而是轉頭朝著孫樂走來。雖然他在向孫樂靠近，可自始至終，他的目光沒有在孫樂臉上停留，他甚至微微側頭，避免眼角餘光一不小心瞟到了孫樂。

逕自在孫樂身邊落坐，五公子衝著嬴十三說道：「十三殿下，我們又見面了。」

嬴十三臉上帶著微笑，他目光從孫樂身上掃過，落到了姬五臉上，說道：「能在南陽見到叔子，實是巧啊！」

他說這話時含著笑，可語氣聽起來有點怪。

姬五笑了笑也不理會，他徑直移開了視線，轉向孫樂。

他飛快地對著孫樂看上一眼，這一看，他頓時給怔住了，本來準備馬上移開的視線也給凝住了。

姬五傻乎乎地盯著孫樂的臉，半晌才低聲說道：「妳、妳長相又變了？」

孫樂低著頭，輕輕地應道：「嗯，一換回女裝，才發現又變樣了。」

這個時候，陳立、阿福等人都在五公子身後坐下，他們也都看向孫樂，對著她上下打量。

趙十八公主坐在角落中怔怔地看著姬五，她突然發現，就算自己坐在孫樂的身邊，姬五也一定不會注意到自己的存在！

抿了抿唇，她低下頭把眼中的淚意掩去。

南陽城主見眾人的注意力都放在姬五身上，當下哈哈一笑，拍著掌喝道：「樂起！舞來！」

聲音一落，絲竹聲再起。

而贏十三等人也從姬五身上移開視線，與旁人交談起來。

姬五費了好大的力氣，才把目光從孫樂的臉上移開。他持起几上的酒盅，小小地抿了一口。

他連抿了好幾口酒後，在一片絲樂聲中，突然說道：「孫樂，這次我是為妳來的。」

啊？

孫樂迅速地抬起頭看向他。

姬五垂下眼瞼，避開與孫樂的目光相接。他仰頭大大地飲了一口酒，然後雙眼望著蕩漾的酒水，低聲說道：「妳上次的話，我想了好久。」

上次的話？

孫樂低下頭，長長的睫毛搧了搧，發現自己的心亂成一團。

姬五依然沒有看她，他繼續盯著盅中的酒水，深吸了一口氣後，說道：「我當時，很難過。」說到這時，他頓了頓，又大大地飲了一口酒。他吐出一口長氣，說道：「我一直在想妳說的那些話，一直想。」

他嚥了一下口水，聲音有點急地繼續說道：「上次我以為妳會留下，可妳卻告訴我不願意嫁給我。妳不願意嫁我，可又願意為了我的家國出生入死。其實，我對妳的感覺與妳對我的感覺是一樣的，對不對？」

這一席話，他說出每個字都要費好大的力氣。當他說到這裡時，閉上雙眼深深地吸了一口氣，也不等孫樂回答便接著說了起來。「孫樂，我發現我一直都想得太多了。」

他突然說到這裡，一直低頭聆聽的孫樂不由得一怔，轉頭看向他。

姬五嘆了一口氣，終於轉頭看向孫樂，說道：「孫樂，我們在一起時，我的心不會空蕩蕩的，我不會坐立不安，我、我很滿足也很充實，我實在弄不清這是怎麼回事。」他雙眼放光，如同想通了什麼難題一樣，對著孫樂說道：「我現在也不想弄清了，孫樂，既然我們在一起舒服，那為什麼一定要分開呢？以後我們還是可以在一起啊！妳可以做妳的事，我也可以做我的事。我們只要這樣可以看到對方，可以讓自己的心安寧，那不就夠了嗎？」

他靜靜地看著孫樂，俊美無儔的臉上閃動著孩子般興奮的光芒。那樣子，彷彿困擾多年的難題一朝得解一般。「我們就如以前一樣相處著。妳要是捨不得楚弱王，可以去他那裡玩一陣子。」他說到「楚弱王」三個字時，眉心跳了跳，一抹厭惡混合著煩躁一閃而過。姬五搖了搖頭，把這種古怪的感覺揮出腦後，繼續說道：「然後我要是想明白了，可以不再念著妳了，我也可以離開。」

孫樂雙眼唰地睜得老大，她不敢置信地看著姬五。

姬五嘴角帶著笑容，秋水般的眼睛中光華流動。「我們就如以前一樣，妳沒事的時候就坐在我身後，高興的時候就跟我說說話，然後想要離開的時候告訴我一聲。阿福也說了，我之所以這兩年來對妳念念不忘、牽腸掛肚，是因為相處久了，習慣了妳的存在，突然分別後很不適應才這樣的。既然如此，我們以後不突然分別就是了啊！只要妳不是一走就是半年、一年的，我想我就不會老念著妳了。」

這下子，孫樂的雙眼完全發直了。

她傻乎乎地看著興奮得宛如孩子般的姬五，眼睛不斷地眨巴著。

眨啊眨啊，她發現自己腦中成了一團漿糊了。這……五公子這席話聽起來怎麼這麼古怪？

是了，他從來不知道世上有愛情這回事，他也弄不清對自己的感情是哪一種。也許他說得沒錯，他對自己的不捨只是因為習慣，只是因為相處時的平靜自在。也許，他所說的辦法真能解決他的心結。可是，自己的心結呢？

孫樂低頭看著手中的酒杯，暗暗想道：我一直不想涉足愛情，我一直覺得愛情易變而傷人，也許他說的這個法子不錯。我們就這樣淡淡地相處著，如親人、如朋友一樣相處著。我要是想弱兒了，就去他那裡看他一眼，然後與弱兒也淡淡地相處著。

這樣多好啊，沒有占有慾，沒有痛苦，也不會有掙扎不捨。等有一天相處得厭了，就再找一個地方終老吧。

這不是自己一直以來都想要的嗎？我不是不願意與他們牽扯到那易變而傷人的愛情，只願意如親人一樣相處嗎？

姬五見孫樂出神，笑了笑說道：「妳也不用想了，我決定已下。」他滔滔不絕地把自己這幾個月來苦苦思索的解決方案說出後，大大地鬆了一口氣，俊美的臉上不再冷清，眼神中隱有笑意在流轉。

姬五本來就光華奪目，容色逼人，這一放鬆頓時又亮眼了一分，引得眾貴女更是癡了呆了。

孫樂還在出神，她還是覺得不對，覺得似是在哪裡有問題。抿了一口酒，孫樂暗暗想道：有什麼好想的？既然我是如此想來，五公子也是如此想來，那就這樣相處吧！

當下，孫樂也放開了心結。

姬五小小地抿了一口酒，轉眼又看向孫樂。再一次地，他感慨地說道：「孫樂，妳現在很好看呢！」他的目光不受控制地落到她的紅唇處，那豐潤微翹的紅唇上，還俏皮地吊了一滴酒水，紅色的唇，黃色的酒水，在燈火中閃閃發光，誘人至極。

看著看著，姬五不由得嚥了一下口水，發現自己有一種想要靠近，吮下那滴酒水的衝動……

不知不覺中，他的頭向孫樂偏去。

正在這時，感覺到他灼熱注視的孫樂轉過頭來。

孫樂一轉頭，姬五馬上清醒過來。他連忙坐直身子，低著頭盯著杯中的酒水，皺著眉苦惱地想道：為什麼我會像夢中那樣，渴望碰觸孫樂呢？

伸手揉了揉額頭，姬五暗暗忖道：是了，我都這麼大的人了，許是如阿福說的那樣，對女人有衝動了。也許我也該如他們一樣，正式納一個姬在府中。

他剛想到這裡，便怔住了。他記得上一次，孫樂便是這樣問過自己，能不能只娶她一個，只要她一個？那，要是納了姬，豈不是違背了對孫樂的承諾？

他瞟了一眼正跪在自己几上，慢慢地斟著酒，時不時羞紅著臉，偷眼看向他的美麗侍婢，目光不自覺地落到她的紅唇上。

他望著近在眼前的那薄而彎、塗著胭脂的紅唇，不知不覺中眉頭微皺，一臉嫌惡。姬五迅速地移開目光，又想道：可要是不納姬，以後我又對著孫樂衝動了，可怎麼辦？

轉眼間，剛剛解開心結、眉開眼笑的姬五，再次陷入了困惑和煩惱當中……

贏十三一直在觀察著兩人，見到姬五盯著孫樂的紅唇發呆時，目中光芒閃動，露出了一抹笑容。

姬五一直有點心不在焉，南陽城主連問了他幾句他都沒有怎麼回答。不過他地位超脫，也沒有人在意他的無禮。

一直到宴會結束，姬五和孫樂都有點恍惚。

馬車緩緩地駛出城主府，走在燈火燦爛的南陽街道上。走著走著，姬五敲了一下馬車，示意它停下。

他跳下馬車，緩步走到孫樂的馬車旁。

孫樂感覺到馬車晃了晃後，停了下來。她詫異地拉開車簾，卻對上了月色中清亮耀眼的五公子。

「下來走走吧。」五公子把手伸向孫樂。

「喏。」

孫樂輕應了一聲，遲疑了一下，還是把手放在了五公子的手心。兩手相握的片刻，兩人都是一顫。

孫樂跨下馬車。

姬五低著頭看著兩隻相握的手，他輕輕地捏了捏手心中軟綿綿的小手。捏了兩下後，他不知想到了什麼，俊臉唰地一紅，掌心開始冒汗，然後，他轉過頭看著旁邊，手卻沒有鬆開。

孫樂的心又開始怦怦地跳了起來。

她傻傻地看著姬五的側面，幾次想把手掙開，可她剛一使力，姬五的手便加了些許力度，這樣反覆幾次後，孫樂也不掙扎了。

她咬著下唇，忍著那怦怦跳動的心臟，幾次想跟姬五說「如以前那樣的相處，可不一定要握著手啊」，可是，幾次話到了嘴邊，她又吞下去了。握著她手的那隻大手，一直在輕微地顫抖著。

姬五感覺到孫樂停止了掙扎，漸漸地，他的嘴角開始上揚，上揚。

今天是十三，天空的月亮已經又圓又亮了。兩人走在焰火騰騰的街道上，緊緊伴在一起的身影給拖得長長的。

這時刻，不管是姬五還是孫樂，都覺得路人的私語、馬車的滾動聲已消失，似乎天地間都只剩下對方那一縷細細的呼吸聲。

孫樂的心怦怦地跳得飛快，她的掌心開始濡濕。兩隻濕濕的手握在一起，無言地向對方傾訴著自己的緊張。

其實，孫樂在緊張之餘，還很有疑惑的。就在剛才，五公子還跟她說了，會與以前一樣相處，可她真的感覺到，此時的相處哪裡是與以前一樣？分明……分明已有不同了。

姬五望著地面上自己給拖得長長的影子，在一陣沈默中開口了。「我夜觀天象，如此亂世還會持續兩、三百年。」他轉頭看向孫樂，眉頭微皺。「這話，似是不能跟任何諸侯說起吧？」

孫樂點了點頭，低聲說道：「不能說的。」

「可是……」姬五為難地說道：「每一個諸侯都在問我，他是否有紫微皇氣。」

孫樂抬頭看向他，雙眼亮晶晶的。「天意難測，星象更是變化萬千。等公子你覺得有十成把握了，再說出來吧。」

五公子感覺到了亂世的漫長，在面對著各位渴望成為天下共主的諸侯王時，想說出自己的觀察又本能地感覺到不妥。

他只是感覺到，孫樂卻清楚地知道，那樣做是絕對不可的。

他只要一說出來，諸侯們便會大失所望，而且，還很可能會另外扶持一個「上天的代表」，到那時，姬五不要說保持現在超然的地位了，只怕連性命都難保全。

不過孫樂知道五公子的為人，她知道與其跟他說清楚這中間的曲折，不如向他提出更高的要求。要知道天意難測，不管是多麼了不起的星象天才，也不可能對天機的變化把握到十成。而姬五信了自己的話後，只要沒有十成的把握，便不會把看法說出口。這樣一來，也許終他一生也不會說出這個觀點了。

姬五點了點頭，應道：「嗯，是得完全看清了才能說出。」

這時，一陣涼風吹來，帶來一股沁入骨骼的舒爽。

姬五側過頭面對著涼風，半瞇著眼，一副好不舒服的模樣。

孫樂見狀，搧了搧長長的睫毛，悄悄地抽了抽手。

她的手才一抽動，姬五馬上握緊。

他垂下眼瞼，望著地面輕聲說道：「不要動，我歡喜這樣握著。」

他說話時，一抹可疑的紅暈浮上他的雙頰。

孫樂的臉也紅了，她又開始心跳如鼓。

陳立抱著劍，和阿福遠遠地跟在兩人身後。

望著兩人緊緊握在一起的手，阿福眨了眨眼，愕然地說道：「公子所行有點不對……」說到這裡，他皺起眉頭，困惑地說道：「公子以前與孫樂不牽手的。」

陳立懶洋洋地瞟了阿福一眼，看向兩人的身影笑道：「這法子很好。」

「什麼法子很好？」

陳立掃了阿福一眼，淡淡地說道：「找個藉口讓對方放鬆，再步步蠶食。這法子很好。」

阿福傻乎乎地看著陳立，半晌後搔了搔頭，嘟囔道：「聽不懂你在說什麼。」

陳立笑了笑，不再解釋。

從手心中，孫樂可以感覺到那暖暖的體溫和輕微的脈動，同時，她聞到了那縷清淡的青草香。

不知不覺中，孫樂噏了噏口水，發現自己的心臟一下又一下，彷彿要跳出嗓子口來。

「公、公子，我們這樣不對的。」

孫樂吶吶的，聲音低低地說道。

姬五不解地看向她，問道：「什麼不對？」

孫樂再噏了噏口水，說道：「牽手。」

姬五眉頭微皺，他抬起兩隻握在一起的手，食指移動，在孫樂的大拇指上輕輕畫動。那略有點粗糙的指節溫熱的摩挲，讓孫樂的手又不可自抑地顫抖起來。

姬五看著兩隻相握的手，輕輕說道：「可這樣握著我是真歡喜。」一句說完，他的臉又紅了。

兩人都紅著臉，不敢看向對方。

陳立目力過人，看到這一幕時嘴角連連抽動，抽動了好幾次後，他在阿福不解的眼神中，突然大步走到一旁，伸手捂著嘴咳嗽起來。

孫樂的心怦怦地跳著，一直跳一直跳，她覺得自己可能心跳太快了，整個人暈暈的，腦中更是成了漿糊。

從城主府到孫樂落榻的地方很快，兩人走著走著，居然不知不覺就到了。一直到孫樂要進房了，姬五才戀戀不捨地鬆開手。他望著孫樂步入房中的身影，幾次張開嘴要說些什麼，可又閉上了。

對面的閣樓中，贏十三靜靜地看著這一幕，他晃動著手中的酒杯，黑暗中眼睛如狼一樣，精光四射。

第二十八章　兩心相許歡如夢

孫樂一整個晚上翻來覆去，怎麼也睡不著，直到凌晨才迷糊地閉了閉眼。她剛睜開眼，便聽到一個聲音在外面說道——

「我乃楚王特使，可一見孫樂姑娘否？」

弱兒的人？

孫樂騰地一聲坐了起來。

義解的聲音傳來——

「孫樂還沒有醒來。」

這時，孫樂清聲叫道：「請稍候！」

來使響亮地應道：「喏！」

不一會兒工夫，孫樂便已梳洗好，她清聲說道：「請進來吧。」

「喏。」

腳步聲響，一個高大魁梧、留著一下巴短鬚的青年劍客走了進來。他朝著孫樂一禮，雙手呈上一卷竹簡，朗聲說道：「大王有信，請姑娘一閱。」

孫樂伸手接過。

她抿緊了唇，猶豫了一會兒，才徐徐打開竹簡。
竹簡上只有百來字，孫樂幾眼便看完了。
慢慢地，孫樂閉上雙眼，把竹簡合上。
她直過了半晌才睜開眼，低眉斂目地說道：「研墨。」
一個賢士應聲上前。「喏。」
「我唸你寫。」
「喏。」
孫樂深深吸了一口氣，抿緊唇說道：「弱王陛下，孫樂乃世俗女子，心胸狹窄，恩怨分明。」她說到這裡，又閉了閉眼。她說這些話時言語艱澀，早就沒有心雕琢字句，因此純是口水句。「陛下有不可不容忍處，孫樂卻不必苦苦相讓。」
她艱難地說到這裡，長長地喘了一口氣，低聲問道：「可寫好了？」
「好了。」
「善，請使者帶回吧。」
「喏。」
腳步聲響起，眾人一一退出房中。他們雖然退出房中，卻都守在房門外沒有散去。
汗和、義解等人相互交換了一下眼神後，頗為憂慮。這一路來，他們與孫樂同行同止，對她所知甚深，一直以為她是一個極為堅強的人，現在看到孫樂那接近崩潰的模樣，心中都很擔心。

孫樂伸手抵著額頭，緊緊地閉著眼睛。

也不知過了多久，一個腳步聲傳來，來人輕輕地走到她面前，伸手按上了她抵著額頭的小手。

孫樂咬著下唇，閉著雙眼，低低地說道：「弱兒太過分了！」

她吸了吸鼻子，聲音沙啞地說道：「雉女一而再、再而三地相害於我，要不是我反應快，早就化為煙灰了。他從來沒有為我出過面，還每一次都叫我忍！」

孫樂的聲音中帶著一聲哽咽。「這一次，他察覺到雉女所做之事後，第一反應只是喝罵警告於她。哼，我臨行前就已經嚴厲地警告過她了，要是警告有用，我又怎麼會一再陷入險境？弱兒他除了警告雉女，除了要我忍讓之外，他還做過什麼？」

兩行淚水順著孫樂的臉頰流下，慢慢地滴上地板。孫樂低低地、哽咽地說道：「我不想再處處為他著想了，我想任性了！」

最後一句，她的聲音中添了一分陰狠，可是，滴到地板上的淚水卻更多了。

來人慢慢地跪坐在她的身邊，慢慢地把她的頭擁入自己的懷中。聞著這熟悉的、溫熱的氣息，孫樂「哇」地一聲放聲大哭起來。

來人緊緊地把孫樂摟在懷中，一邊輕拍著她的背，一邊低聲說道：「別哭、別哭，妳想做就去做吧。」

這……這聲音，並不是義解，而是五公子的聲音！

孫樂哭泣的聲音略略停了停後，轉眼更響了。她把頭緊緊地埋在五公子的懷中。

也不知哭了多久，孫樂的哭聲慢慢停下，慢慢轉為抽噎。

不一會兒，她從五公子的懷抱中突然掙出，身子一轉，雙手捂著臉，腦袋垂到了胸口。

她居然在這個時候害羞了。

姬五不由得好笑起來。他站起跪得麻木的雙膝，轉到孫樂的正面，伸手放在她的頭髮上輕輕摩挲著。

他一邊撫摸，一邊低聲說道：「我以前也哭過。」

他這句話一出，孫樂的抽噎聲便是一頓。

姬五低著頭，撫弄著她烏黑的秀髮，低低地說道：「那一年，我不過十三歲，有一個城主向我父親索要我……」他說到這裡，咬了咬牙齒。「那人出價很高，以十年的收入換我一人，我父親心動了。要不是……要不是那城主的舉動被他兒子所恨，聯合他父親的姬妾毒死了那城主，我姬五只怕早就自刎了。」

居然有這樣的事?!

孫樂鬆開捂著臉的手掌，抬頭看向姬五。見他咬牙切齒，俊臉扭曲著，一臉痛苦不堪，孫樂不由得站了起來，溫柔地張臂，緊緊地抱著他。

在孫樂抱著他的時候，姬五先是渾身一僵，他的雙手顫抖了幾下，終於反手把她也抱住了。

「從那時起，我連作夢都想變強。有很多人，會為了自己的慾望來傷害你，來要求你無止無盡地妥協。這些年來，我一直覺得自己像是天上的浮雲，無根也無魂。有時我甚至會想，也許死了會更好。」

他把臉埋在孫樂的秀髮中，喃喃說道：「直到遇到了妳，我才知道，原來有人掛念、有人可以信任、有人可以依賴的感覺這麼好。孫樂，遇到妳之後，我就不想死了。」

孫樂緊緊地抱著他，緊緊地抱著。她直到這個時候，才清楚地感覺到，她與姬五有著同樣的靈魂，同樣寂寞，同樣對人充滿防備，同樣渴望依靠，同時用冷漠來掩飾自己的卑怯和恐慌。

兩人誰也不再說話，只是這樣擁抱著。

慢慢地，孫樂的情緒開始平復，她眨了眨紅腫得幾乎睜不開的眼皮，輕輕鬆開了姬五。

她動了動僵硬的肢體，感覺到身邊之人溫暖的體溫，忽然有點不好意思。

孫樂轉過頭，看向外面的太陽。這一看，卻對上紗窗外密密麻麻的影子。

難不成，剛才自己哭了這麼久，外面一直都有人在傾聽？

孫樂的臉更紅了！她還真的很少有這麼失態的時候。

她有點羞怒地瞪著外面的人影，咬著下唇。幾乎是突然間，一個念頭浮現在她的腦海中。

這個念頭突如其來，一來就勢不可當。

這時，姬五伸手撫上她的秀髮，微涼的手指滑落在她的眉梢，他低低地叫道：「孫樂。」

「嗯。」

孫樂輕應了一聲，她轉頭看向五公子的衣襟，沙啞著嗓子，聲音卻不低地說道：「五公子——」

「叫我姬涼。」五公子打斷她的話頭，聲音低低地。「孫樂，叫我姬涼。」

「嗯。」孫樂輕應了一聲，說道：「姬涼，你知道嗎？我從來就沒有想過要與雉大家作對。她身為雉族與楚結盟的關鍵人物……」她說到這裡時，紗窗外的呼吸聲突然小了許多。

孫樂嘴邊浮起一抹冷笑，繼續說道：「她在弱兒心目中有著不可替代的地位！你知道嗎？上次齊、韓、魏聯軍攻楚，光她一人就獻了戰車兩百輛、黃金五十車，其他的物資更是數不勝數。」

姬五低著頭，溫柔地看著她，傾聽著。

正在娓娓而談的孫樂，一直尖著耳朵，當她說到這裡時，清楚地聽到外面傳來幾個倒吸口氣的聲音。

孫樂繼續沙啞著嗓子說道：「而且，這些年來，她以天下第一才女、第一美女之名遊走諸侯，把諸國的臣子、大將、食客瞭解得一清二楚。她如今負有一個使命，那就是凡是賢能善戰之人，她或用金收買，或全心結交；如有頑直之人，則想方設法派刺客混入其人身邊，只待時機。」

孫樂說到這裡時，外面已是鴉雀無聲。

姬五驚住了，他輕叫道：「她，這麼可怕？」

孫樂點了點頭，聲音清楚地說道：「她美貌無雙，又有才智，不知多少王孫公子願意為她奔走。她一心想助弱王成為天下共主，做起這些事來是不遺餘力。」

孫樂長嘆道：「現在，她到了齊吧？唉……」

她的聲音一落，外面便傳來腳步輕輕遠移的聲音。孫樂嘴角浮起一抹冷笑，出口的卻是一聲長嘆。「如此全心全意相輔於己的女子，你說弱王怎捨得對她不利？我與弱王雖然有患難之情，有姊弟之誼，於家國計，卻是遠不如雉大家功高勞苦的。」

姬五傻傻地聽著，他已完全當了真了，當下，他眉頭深鎖，在房中踱了兩步，搖頭道：「不行，此事重大！」

他大步走到孫樂面前，握著她的手說道：「我待會兒就上書於齊侯，請他務必留意此女。孫樂，我只說此女居心叵測，不可近，不會給妳帶來禍患的。」他認真地看著孫樂，等著她的同意。

按照常理，此時孫樂應該抬起頭來，發出一些感嘆，說一些或大義凜然、或傷痛為難的話才是完美，可是，她卻發現自己做不到了。她不敢抬頭，不敢看向五公子那清亮如水的雙眼。

孫樂閉了閉眼睛，暗暗忖道：罷了，外面傾聽的汗和等人應該已準備把我的這些話傳於齊侯了，至於五公子這邊，他想做什麼都無關緊要。

孫樂在這片刻間，已使用了一招借刀殺人之計。雉大家對弱王的助力，只是為他提供了大量的物資，至於她遊走諸侯間，刺探情報、收買官員、毒殺賢能，這林林總總，不過是孫樂臨時起意安在她身上的。

雉大家雖說聰明，也沒有聰明到這個程度。她雖說是幫助弱王，卻不會斷掉自己所有的後路，助他到這種程度。再說，這個世界上的人，還沒有養成刺探情報、收買異國官員、毒殺賢能的習慣。

孫樂所說的這些話，實在是聞者驚心。姬五等了一會兒也不見孫樂回答，便鬆開了她的手。他一想到此刻雉才女便在齊國，便在眾人毫不知情的情況下作惡，便是坐立不安，乾脆走到一旁磨墨欲給齊侯上書。

孫樂挨著一個榻坐下，抬頭怔怔地看著揮毫書寫的五公子。

孫樂再出來時，已經是半個時辰後，她眼中的淚意已經消失，只那還有點紅腫的眼告訴他人，她曾經情緒激動過。

看到姬五和孫樂並肩走出，義解大步走到孫樂面前，望著她低聲問道：「妹子？」

孫樂搖了搖頭，聲音沙啞地說道：「我沒事。」

她看了一眼周圍，輕聲問道：「汗和他們呢？」

義解回道：「他們剛剛才走開。妹子可有事交代？」

孫樂搖了搖頭，低聲說道：「沒有。」

她與義解交談的時候，姬五已走到一旁，對著自己的屬下說了兩句。不一會兒，那屬下便拿著他遞出的竹簡轉身離開。

姬五走到孫樂身邊，這個時候，他眉頭依然輕鎖。孫樂剛才所說的話，還在他的腦海中回旋，他是越想越不安。

兩人慢步樹蔭道下，孫樂也是一邊走一邊沈思著。我剛才所說的話，對雉姬的家族也很不利，她家族勢力極其雄厚，說不定便追查到我的身上。看來，我要做些佈置了。

這時正是清晨，陽光透過濃密的樹葉斜射而來。地上青草雜葉積了厚厚一層，兩人腳步落在其上，只有「沙沙」的輕響傳出。

孫樂尋思了一會兒，想出了幾個佈置後，便把這件事拋開。

她抬頭望著天邊的浮雲，望著清澈的、高遠的藍天，突然間感覺到了一種疲憊。

這一年來，她不用別人來說，也知道自己變了許多。現在的她，可以殺人不眨眼，可以毫不猶豫地進行反擊。她的心真的變得很狠了。

兩人並肩走在林蔭道中，各懷心思，都走得極慢。

如此足走了半個時辰，姬五低頭看向孫樂，見她臉帶倦意，輕輕地說道：「可是累了？那邊有個亭子，我們去坐坐吧。」

孫樂抬頭對上姬五，對上他明澈得宛如秋水的眼眸，忽然間有點自慚形穢。不過這念頭剛一起，孫樂便把它壓了下去。她在心中對自己說道：孫樂，這是人命如草的時代！在這個世界裡生存，太過仁慈便是軟弱。連孔子那樣的聖人都說過「以德報怨，何以報德」的話，妳又何必矯情？

不再胡思亂想後，孫樂輕輕地應了一聲，轉身向花園中的亭子走去。

姬五加緊兩步走到她的身邊，伸手握上了她的小手。

就在兩手相握的時候，兩人都是一顫。

孫樂輕輕地掙了掙，可是，與昨晚一樣，她的手剛一掙，姬五便加重了力道，握得更緊了。

姬五望向低著頭一臉羞澀的孫樂，迷惑地說道：「孫樂，我這樣握著妳很歡喜，妳難道不歡喜嗎？為什麼要掙開呢？」

孫樂唰地一下臉紅至頸。

姬五是不明白，事實上，不只是他，這個時代的絕大多數人都不會明白孫樂的這種矜持。在他們的字眼中，如果想做什麼，那就直接去做便是。貴族中男女交往還會有思量、有顧及處，民間的男女一對上眼，可是直接便睡到一塊兒了。

姬五自己的臉也有點紅，他握著孫樂軟綿綿的小手，輕輕捏了幾下，感覺到那滑膩的觸感，不由得搓揉起來。

他把孫樂的小手放在掌心，翻來覆去摸啊搓的，居然越玩越是入迷。

孫樂這時臉紅得要滴出血來了。

她幾次掙都沒能掙脫，不由得低叫道：「姬涼，放開我！」姬五聞言一怔，孫樂連忙乘機抽回手，身子一矮，從他的身邊飛快地衝過，躥到了亭子中。

孫樂喘息著靠在亭柱上，這個時候，她的雙頰火辣辣的，心都要跳到嗓子口了。

她悄悄地抬眸瞟向姬五，這一看，正對上他微側著頭，一臉迷惑不解的神情，不由得惱怒地一跺腳，恨恨地嘟囔道：「這個愣小子！」

剛罵出聲，她便覺得不妥，連忙唰地一聲轉過頭去。

她望著清澈的湖水，不知不覺中羞意盡去，惆悵又生。咬著下唇，孫樂暗暗想道：這一次，我與弱兒是真的生分了。

想到這裡，一種無邊無際的落寞感向她襲來。孫樂怔怔地望著天邊，一動也不動。

姬五走到她身邊，側過頭看著孫樂，見她悶悶不樂，不由得低嘆一聲。

他牽過孫樂的手，低聲問道：「妳又在為楚王煩惱了？」

他的聲音中，有著他自己也不曾察覺的悵惘失落。

孫樂回過神來看向他，她微仰著頭，對上面前這張俊美得光華流動的臉。

他清澈的秋水明眸中，倒映出她的面容。孫樂望著這一張她一看就心跳加快的面容，暗暗想道：孫樂，眼前的這個人能珍惜妳，能看重妳吧？他不是妳午夜夢迴時從不曾忘記的人嗎？這樣的一個妳只敢偷偷望著、偷偷相思的人，現在就站在妳的面前，溫柔地看著妳，牽著妳的手便感覺到了滿足啊！

不知不覺中，孫樂慢慢地伸出手，撫上了姬五的面龐。她嫩白手指畫過他秀挺的眉頭、秋水般的雙眼、長長的睫毛，再慢慢地畫過他俊挺的鼻梁、嫣紅的薄唇。

不知不覺中，孫樂的手指停在他的薄唇上，然後，她踮起腳尖，輕輕地把自己的小嘴印在其上。

四唇相印的瞬間，孫樂的小臉唰地一紅。天，我在幹什麼？

姬五也睜大眼，傻乎乎地看著孫樂。

嘴唇剛印上，孫樂便脹紅著臉，急急地撤了開來。她身子一轉，便想要開溜。

她剛一動，腰間便是一緊。

姬五緊緊地鎖著她的腰，緊緊地鎖著。他低頭看著孫樂，溫熱的、有點亂的呼吸撲在孫樂的頸間，嘟囔地說道：「我、我還想要……」

孫樂羞得無法自抑，她把臉埋到胸前，悶悶地說道：「我剛才昏了頭。」

姬五頭一低，薄唇印在她的頸側，溫熱的呼吸撲在她身上，令得孫樂全身顫慄。

他貼著散發著女兒清香的肌膚，喃喃地、有點歡喜地回道：「原來妳與我一樣也會昏頭，我好些次都想吸妳的嘴。」

他十分誠實地把自己心頭的衝動說出後，又歡喜地加上一句。「孫樂，以後妳想昏頭就昏頭，咬我也沒有關係。我也想咬妳就咬妳，妳別生氣好不好？」

這一下，孫樂是真的羞得抬不起頭了。退去清冷偽裝的姬五，宛如一個孩子一樣，他知不知道他在說些什麼？

她的心怦怦怦怦地跳個不停，腦中又暈又亂又是歡喜。

這時，姬五的鼻子、嘴唇，還在她的頸間胡亂蹭著。他毫無章法的親密，卻讓孫樂酥麻到了膝蓋深處，腳一軟，竟是沒有半點力氣地癱軟在他懷中。

姬五緊緊地摟著她，身子半倚著亭柱。他低著頭，整張臉都埋在她的頸窩，深深地呼吸著那陣陣女兒香，輕輕地啃咬著滑膩的肌膚，呼吸急促。

望著亭子中摟成一團的兩個人，阿福眨了眨眼，長嘆道：「摟到一塊兒了？公子終於長大，知男女之事了。」

陳立有一下、沒一下地用劍面拍打著手心，聞言笑道：「倒是挺順利的。」

姬五在雪白的肌膚上留下一個又一個粉紅的吻痕，可是，他越吻越是覺得渾身難受，越是渴望著什麼。他的唇游移到孫樂的耳側，低低地嘟囔道：「孫樂，我好難受，我好漲……」

這幾個字一傳入孫樂的耳中，她終於一個機靈清醒了過來，連忙伸手把他推開，轉身便跌跌撞撞地向外衝出。

姬五還沒有回過神來，她已經衝得沒影了。

姬五脹紅著臉，望著孫樂離開的方向，又望向自己的下身，腳步一提便追了上去。

阿福見狀，連忙小跑到他身邊，笑呵呵地說道：「呵呵，公子，這下可好了。」

姬五悶悶地說道：「孫樂都給氣跑了，怎麼會好了？」

阿福笑咪咪地說道：「她那是害羞。」

「當真？」

「然也！」

陳立在兩人身後忍笑道：「阿福所言不錯，五公子，依我看你得打鐵趁熱了。不如今天晚上搬到她房中一起睡吧。」

姬五聞言腳步一停，側頭想了想，居然點了點頭。

孫樂真是羞不自勝，她沒頭沒腦地一陣狂奔，直到眼前一花，差點撞上了什麼人才一個急煞車。

她剛站穩，一個清朗中帶著不悅的聲音便傳來——

「看來孫樂姑娘已有選擇了。」是嬴十三的聲音。

嬴十三雙手抱胸，緊緊地盯著孫樂，眼神有點冷地笑道：「叔子名動天下，有此良配，亦是姑娘之幸。我敗在他的手下，倒也不枉了。」

孫樂紅著臉，低聲回道：「殿下言重了。殿下乃志在天下之人，如我孫樂這樣的人，對殿下來說不過是過眼雲煙，何必說成敗？」

「噫！」嬴十三似笑非笑起來。「孫樂姑娘好鎮靜，心情激蕩之時都能言辭如刀。」

孫樂抿唇笑了笑，也不再與他多說，微微一福便越過嬴十三等人跑了開去。

嬴十三望著孫樂的背影，久久沒有說話。

他身邊的那圓臉賢士在旁說道：「殿下，是否準備離開？」

嬴十三悵然若失地長嘆一聲，喃喃說道：「如此聰慧，又長得尚可，實是良配，可惜了。然此女許給叔子，尚能容忍。」

孫樂一直跑、一直跑，她所選的地方是人少僻靜之處，直跑了好一會兒，她才在院落最後面的側花園中站定。

她伸手捂著自己紅通通的臉頰，只覺得心怦怦地跳到了嗓子口。她雙眼亮晶晶地盯著蕩漾的湖水，一時又喜又羞又臊。

風有點涼，可吹到她的身上都是臊意。孫樂望著湖水中自己的倒影，望著那雙亮度驚人的眼睛，歪了歪頭，喃喃說道：「這裡，好似滿滿的。孫樂，妳很開心呢。」她輕輕地按在自己的胸口上。

正在這時，幾聲輕輕的噗哧笑聲傳入她的耳中。

孫樂駭了一跳，連忙抬頭，這一抬頭，才發現前方二十公尺不到的地方的石几上，坐著五、六個美麗的少女。這些少女的手頭都拿著東西，有的修補著衣裳，顯然來了此地多時。這裡有這麼多人，自己居然一點也沒有察覺？

孫樂小臉唰地一紅，身子一踅一衝，如隻兔子一樣躥出了老遠。

孫樂跑出好遠後，才記得那些少女是她隊伍中當作禮物的齊國處女。她堂堂主使，居然被這些少女給羞得落荒而逃。

孫樂在院落裡轉來轉去，足過了一個時辰才往回走去。這時的她，已經暗暗下定了決心：姬五一直是自己所念之人，他本性純良，對自己又頗有心意，既然如此，我又何必胡思亂想、三心二意？

弱兒有一千個、一萬個好，他也是不適合自己的。他身邊的女人太多了，而且，他的心太野，與他，能做一生的姊弟自是最好，如果因為這次自己對雉姬出手的事生分了，那也是無可奈何之事。

自己兩世為人，總是孤寂無依，從來沒有認真地追尋過什麼東西，努力過什麼。也許這一次，可以試著去守護某樣東西了。

雖然說是兩世為人，可孫樂從骨子裡便有著幾分自卑，她總覺得一切好的東西都不會為她所有。現在，終於有人真心對她、真心看重她了。也許，這是上天的垂憐，她一定要珍惜才是。

孫樂一出現在院落裡，姬五便歡喜地向她大步走來。孫樂一看到他，小臉便唰地一紅，站在那裡雙手相互絞動著，心跳如鼓。

可是，姬五居然也是如此。

他歡喜地跑到孫樂面前後，只是傻乎乎地瞅著她，傻傻地笑著。笑著笑著，他的臉也紅了，只是看著孫樂，不知道說話了。

兩人這個模樣，令得周圍的眾人面面相覷，連連搖頭。

如此過了好半晌，義解咳嗽一聲，嘟囔道：「真受不了了！」

他大步走到孫樂面前，雙手一叉，朗聲說道：「孫樂姑娘，贏十三殿下已經離開了。」

孫樂一怔，抬起頭來看向義解。

「他在離開時曾經說道：如姑娘日後改變了心意，隨時可以去找他。他突然有了急事，就不能來跟姑娘親口辭行了。」

義解一口氣說到這裡，眼睛瞟到姬五還在盯著孫樂傻笑，不由得聲音一提，沒好氣地說道：「叔子、孫樂，這外面人多眼多，你二人何不進屋裡去看個夠？」

唰地一下，孫樂和姬五同時臉紅過頭。

兩人紅著臉，忸怩地站在原地，左右為難，無所適從。

這樣的兩個人，讓義解和陳立等人都是一頭冷汗。他們很是痛苦地搖了搖頭，同時想道：平素裡那麼冷情的一個人，怎地一下子變成傻子、呆子了？看著他們，還真是讓人痛苦啊！

搖頭中，眾人一一退下。不一會兒工夫，偌大的院落裡又只剩下孫樂和姬五兩人了。

姬五看著孫樂，紅著臉問道：「妳剛才在哪兒？我一直在找妳。」

孫樂低著頭應道：「隨便走著。」

「喔。」姬五應了一聲，他走到孫樂面前，伸手牽向她的小手。

當他冰涼的手指碰觸到孫樂時，孫樂顫慄了一下，小手反射性地一縮。

姬五的手再次握來，這一次，孫樂就沒有躲避了。她小臉通紅，低著頭一動也不動，那被姬五握著的小手僵硬得在輕顫。

姬五也是一樣，這片刻工夫，他的掌心又汗透了。

姬五低著頭看著孫樂，只是傻笑。他本來長相清冷飄渺，俊美如月，這一傻笑，頓時說不出的彆扭，至少守在院門口的陳立便是如此想來。他實在不忍卒睹，伸袖遮向眼睛。

陳立沒有注意到，用袖子擋著眼睛的並不止他一個。擠在院門口的幾個軒昂漢子，連同義解也是如此。

只有阿福不斷地長吁短嘆。「公子傻了……」

他的聲音一落，義解不禁在一旁冷笑道：「叔子本來便不精明，傻又如何？居然連孫樂都是一副愚笨之相。」

義解的聲音不小，很清楚地傳到了孫樂的耳中。孫樂一個機靈，手指小心地用力，牽著姬五向院子後面跑去。她跑得很慌，拖得姬五一個踉蹌，才狼狽地消失在後院中。

後院就安靜多了，前面是建築物，後面是圍牆。四野無聲，只有鳥鳴啾啾。

孫樂本來跑得急，這腳步突然一停，姬五一個沒有站穩，向前一衝，「砰」地一聲把她撞到了樹幹上。他自己也一個收勢不住，額頭與樹幹親密一碰，不由得「哎喲」一聲叫起痛來。

孫樂連忙抬頭，關切地看向捂著微青的額頭的姬五。她踮起腳，水盈盈的雙眼落在傷口處，伸手撫上青腫的地方，輕聲問道：「是不是很疼？」說到這裡，她抿緊唇自我埋怨道：「我跑得太急了。」

她吐出的芳香之氣撲在姬五的臉上，不知不覺中，姬五皺成一團的俊臉又開始凝滯，雙眼開始專注地盯在孫樂的櫻唇上。

孫樂小心拿開他的手，細細地查看著青腫處。幸好，只擦破了一點皮。

她靠得如此近，近得可以聞到對方身上清爽的青草氣息，甚至，她還聽到了他強而有力的心跳、他漸漸渾濁的呼吸。

不知不覺中，孫樂撫在他額頭上的小手僵住了，她的小臉又開始泛紅。

孫樂慢慢踩平，慢慢低下頭來。她剛想退後一步，突然肩膀一緊，卻是姬五伸手扶著她的肩膀，緊緊地扶著。

他扶著孫樂的肩膀，眼睛一瞬也不瞬地盯著孫樂的小嘴，慢慢地、慢慢地向那一抹嫣紅靠來。

感覺到他越來越靠近，那急而渾的呼吸暖暖地撲在臉上，孫樂心中不由得一慌。她伸手把姬五重重一推，身子一趄，再次咻地一下躥出老遠，一眨眼便逃之夭夭了。

姬五被她推得向後退出好幾步才穩住身子，他怔怔地看著孫樂離開的方向，低下頭，無精打采地想道：我怎麼又衝動了？孫樂她、她是不是不高興了？

不說姬五思潮起伏，時喜時憂。孫樂一衝回院子前面，便聽到阿福的叫聲——

「孫樂，怎地只有妳一人跑回來了？」

孫樂不答，她像隻兔子一樣衝到自己的房中，砰地一聲把房門關緊，便再也沒有聲音了。

阿福搔了搔頭，正滿腹不解中，一眼瞟到了自家公子低著頭慢慢走過來。

阿福瞅著無精打采的姬五，頓時瞪大了眼，良久才結結巴巴地說道：「剛才還好好的，怎麼一下子這樣了？」

因為這麼來了一下，本來準備聽從陳立的建議，晚上跑到孫樂房中的姬五，頓時不敢去了。

一行人在南陽城待了幾天後，便再次啟程。

從南陽到齊國，已經不遠了，認真點趕路，不過是二十來天的事。

官道不寬，馬車不能並排而行，姬五的馬車走在前面，與孫樂隔了二、三十公尺。

他坐在馬車中，時不時地掀開車簾朝後面看去。可是看來看去，只能看到一頂遮得嚴嚴實實的馬車，這讓姬五坐立不安。

可是，好不容易休息了，可以見面了，姬五巴巴地從馬車上跑下來，衝到孫樂面前時，也只會看著她傻笑。讓義解等人痛苦的是，姬五傻笑不要緊，偏他每次一靠近，孫樂的臉便唰地一紅，人也跟著傻了。到了最後，便演變成兩個人紅著臉傻傻地對站著，好不容易鼓起勇氣牽一次手，旁人都可以清楚地感覺到那兩隻手在抖啊抖的。

這種情況，讓旁邊看到的人很是痛苦。本來，這兩個人好歹也算是天下間著名的才智之士，然後，平素的形象也特別讓人高山仰止，現在這麼一來，直是讓旁人看得氣悶無比。特別是如義解、陳立等人，更是對姬五恨鐵不成鋼。你小子牽人家的手前前後後也有十幾次了，用得著每次一碰就立馬變呆嗎？這牽著牽著也應習慣了，你怎麼就這麼難習慣，每次不是呆了就是傻笑，形象全無呢？

而孫樂也是，每次都羞紅著臉，一動也不動的，哪裡還有半點平素的冷靜自持？

在這種古怪中透著綺麗的氣氛下，車隊終於駛過魏的邊境，來到了齊境。

齊使的隊伍行走在官道上，還沒有靠近齊都城臨淄，一眾人便感覺到了氣氛有點不對。

官道上，盡是來往的馬車和行人。這些人或滿臉喜色，或長嘆不已。望著突然變得熱鬧得多的官道，孫樂伸出頭不住地張望著。

他們的馬車上都有徽章，孫樂還在對外瞅著，便聽到路旁傳來一聲驚呼——

「大夥兒看那車隊，敢情是叔子和田公來了？」

叔子和田公？幾乎是轉眼間，路人沸騰了，眾人同時轉過頭向車隊看來。

一少年尖聲叫道：「田公？可是那女子孫樂乎?!」

「然也，正是她！」

「快快靠近，我欲一觀！」

這歡喜得尖哨的聲音一傳來，孫樂便唰地一下把車簾給拉下了。

少年的尖叫聲，似乎驚醒了路人。一時之間，無數車騎行人都向車隊靠來，所有的眼睛都在搜索著馬車。

「孫樂？一婦人耳，諸位怎能還叫她田公？」

這個聲音又粗又響亮，朗朗地傳出。

說話的人是個面白無鬚、三十來歲的麻衣劍客。他唰地一下抽出背上的長劍，喝道：

「遇上此等顛倒乾坤的婦人，我等須除之而後快才是！」

麻衣劍客的聲音一落，一個清亮優美至極的男子聲音便傳出——

「咄！天下人皆可罵孫樂，齊人不能罵！天下人皆可殺之，齊人須護之！」

這是姬五的聲音！

孫樂抿唇一笑，漸漸地，她眼眸中水光蕩漾，小臉暈紅。她白嫩的手指幾次都伸到了車簾處，卻又猶豫著。這個時候的孫樂，滿心滿腹都是歡喜，她多麼想看一看他為了她怒斥眾人的模樣。

姬五的聲音一傳出，人群馬上安靜下來。

眾人看著那個端坐在馬車中，清冷如月的美男子，直是沈默了好一會兒，才有人朗聲應道——

「然也！孫樂姑娘於我齊人有救國之恩！就算天下人都辱她、罵她，我們齊人卻不能忘恩負義！」

「善！」

「善哉此言！」

「叔子所言甚是！」

七嘴八舌的應和聲越來越響亮。

這時，一個少女驚喜的聲音傳來——

「叔子，你回齊了？」那少女氣喘吁吁地向車隊靠來，卻被眾麻衣劍客齊齊地擋在外面。

她一邊昂著頭急急地向姬五張望，一邊清叫道：「叔子，妾仰慕你久矣，甘為姬婢，可否？」

這少女約十六、七歲，瓜子臉，五官秀氣，身材嬌小玲瓏，頗有幾分姿色。

她這話一傳出，人群中爆發了一陣哄笑。

眾人齊刷刷地把注意力都集中在那少女身上。

見這少女幾次欲靠近都被擋住，那最先開口的少年叫道：「有佳人自薦枕席，乃丈夫的榮幸，叔子何不應承？」

少年的聲音剛落，一個有點細的男子聲音便傳出——

「叔子乃天下第一美男，又才智超群，自薦枕席的女子多得是呢！就算是那些萬里挑一的大美人，中意叔子的也不在少數，妳這小丫頭還差了些。不過妳若願意，郎君我卻是甚為歡喜的。可否？」

這聲音就帶上調笑了。

這人聲音一落，眾男人都嬉笑起來。

那少女紅著臉，重重地「咄」了一聲，不去理會那漢子，只是昂著頭，眼巴巴地看著姬五的馬車。

就在眾人的嬉笑中，一個青年雄厚的聲音傳來——

「孫樂姑娘，我等可以一睹真容否？」

這一下，人群炸開了。

「然也然也！我等欲觀田公之容，可否？」

「孫樂姑娘，可否出來一見？」

「孫樂姑娘定是世間罕見的佳人，如此才貌雙全，就算嫁給齊侯為后也足矣，你們見了又能咋地？」

「噫！我欲一見佳人面！」

「咄！孫樂以男子身遊走諸侯，從無豔名傳出，怎會是佳人？」

吵嚷聲、叫喊聲，頓時響徹雲霄，久久不絕。

這些聲音太響了，孫樂不由得伸手捂著耳朵。這時候，車隊已不疾不緩地步入了臨淄城外，與城門遙遙相望。

在孫樂想來，她實是不想這麼張揚地步入臨淄城，可對於眾齊使來說，他們這算是衣錦還鄉，當是功臣，一個個都興奮不已，激動至極。

在離城門還有二十里的時候，突然間，「咚咚咚」一陣鼓樂聲震天價響傳來，鼓聲中，隱隱伴著歡呼聲。

孫樂還在不解，汗和已策馬來到她的馬車旁，歡喜地朗聲說道：「孫樂，齊侯知道我們回來，已出城十里迎接。」

他說到這裡時，齊使中同時發出一陣歡呼聲。百來人同時歡叫，聲震四野。孫樂聽著聽著，不由得微微一笑。

等聲音稍停，汗和又朗聲說道：「孫樂，此戰之勝全仗於妳，馬上就要到達城門了，請出來面見世人。」

這就是衣錦還鄉吧？

孫樂不由得抿唇一笑，徐徐拉開了車簾。

他們的車隊拖得長長的，綿延有二里開外。齊侯是為迎接孫樂而來，因此，漸漸地，孫樂的馬車駛到了姬五的前面。

這一次齊得以保全，孫樂居首功。雖然因為她突然被揭開女子之身，令得齊國君臣有點難堪，但在同時，也令得齊國上下對她的歸來十分感興趣了。

隨著孫樂的馬車越靠越近，守在城門外的眾人越來越安靜。

漸漸地，孫樂的馬車駛近城門。

眾人同時轉頭，目光迎向越來越近的馬車。

在與迎接的齊國君臣只有三百公尺時，汗和一揮手，車隊漸漸停下。

汗和恭敬地走到孫樂的馬車前，迎接她走下馬車。

對於齊人來說，孫樂這個名字並不陌生，可是，當她真正出現在城門口時，眾人還是怔住了。

眼前的少女，溫婉、明秀，眉宇中有一股沈靜。那清澈明淨的眼眸中，透著一股說不出的神秘和淡淡的憂傷。

這個少女，光憑美貌並不能讓這些權貴驚豔，可是，他們只要一想到她就是名揚天下的田公，想到她這些年來的所作所為，便覺得眼前的少女光華奪目，動人至極，勝過自己的所有姬妾。

孫樂面對著一雙雙灼熱的目光，表情始終淡淡的。她嘴角微揚，曼步走到齊侯面前，盈盈一福，清聲說道：「孫樂見過大王。」

齊侯哈哈一笑，他盯著孫樂上下打量著，朗聲說道：「孫樂姑娘這一次於我齊國有救亡存續的大恩，孤代表齊國上下謝過孫樂姑娘了。」說罷，他雙手一叉，深深一禮。

孫樂連忙還禮。

齊侯再次哈哈大笑。

這時，城門內外，已經擠滿了密密麻麻的人群。眾人的目光一瞬也不瞬地放在孫樂臉上、身上，低語聲不斷傳來。

這時，姬五的馬車已慢慢駛近。

齊侯與姬五打過招呼後，轉頭看向孫樂，朗聲道：「孫樂姑娘乃是齊之大功臣，可與孤同行矣！」

「謝陛下。」

笑聲中，孫樂與齊侯各騎上一匹雪白的高頭大馬，慢慢向城中駛去。

臨淄城中，早就擠得水洩不通。

孫樂第一次體會到了萬眾矚目的感覺。

這是真正的萬眾矚目。每一個街道，每一座酒樓，每一幢房屋中，都有人頭伸出，無數雙眼睛緊緊地盯著她，一陣又一陣的歡呼聲、吶喊聲不絕於耳。

觀眾中，有不少是女子。她們興奮地盯著孫樂，一瞬也不瞬。

齊侯微笑地看著治下的子民，對孫樂笑道：「孫樂姑娘，這些人可都是衝妳而來。」一頓一頓，他朗聲說道：「齊自建國以來，孤自繼位以來，還是首次出城十里迎接一人。而且這人還是個女子。」

齊侯的聲音一頓，人群中便爆發了一陣歡呼聲。

歡呼聲形成了波浪，無數聲音同時吶喊道——

「孫樂——」

「孫樂——」

一陣又一陣的吶喊，把所有的私語聲、喧囂聲都掩住了。這個時候的臨淄城中，只有「孫樂」兩個字遠遠地傳蕩開來。

孫樂含著笑，一臉寧靜地迎上眾人熱切的呼喊。

不知不覺中，隊伍已臨近齊王宮。齊王宮外，遠遠的也有數百輛馬車排著隊，候著他們的到來。

本來歡喜的、激蕩的人群，在看到這些馬車時，漸漸地轉為安靜。齊侯指著那些馬車，衝著孫樂笑道：「那些馬車裡都是齊之貴女，還有孤的後宮夫人。孫樂身為女子，令得天下震動，貴女們與有榮焉。」

孫樂微微一笑。

漸漸地，兩隊人越來越近，越來越近。

孫樂含著笑，與馬車中伸出頭來張望的貴女們目光相對。

無數雙秀眸與孫樂相對，她們好奇的目光定定地盯在孫樂身上許久。

身後的笑鬧聲中，馬車中傳來一個女聲——

「這孫樂，可曾是叔子身邊的侍婢？傳聞她是罕見的醜女，怎地成了一美人了？」

另一個女聲響起——

「不知也。不過此女乃燕氏之妹，其母昔日是燕國第一美人，她長大了變成美人也是意料中事。」

「噫！提到燕氏，妾曾聽那燕玉兒說過，孫樂此女狠辣無情，又陰險至極，正在對其父之家族一一誅殺！」

「噫！」

「慎言，慎言！」

馬車中是恢復了平靜，只是這幾女私語的聲音可不低，一時之間，眾女看向孫樂的眼神又有了變化。她們剛才還是羨慕和崇敬的，現在則添了畏懼。

孫樂面無表情。

齊侯自然也聽到了這些閒話，他看了一臉平靜的孫樂一眼，暗中哼了一聲，想道：孫樂本類丈夫，行事狠辣些也是應當。

歡呼聲還在不斷地傳來，孫樂對上左右前後的眾人那或尊敬、或大有興趣、或畏懼的眼神，突然覺得，一切是真的不同了，自己是真的名動天下，想獨善其身也難以辦到了。

這時，孫樂和齊侯還有姬五，已越過眾貴女，漸漸駛入了齊王宮中。

眾貴女對孫樂的關注，在叔子的馬車靠近時，已消失了大半。一雙雙妙目一瞬也不瞬地放在他身上。

孫樂看向齊王宮的建築群時，齊侯哈哈一笑，說道：「孫樂，這一次你們立下大功，孤欲請姑娘暫住王宮。」

孫樂驚愕間，齊侯身後的一個圓臉大臣已躍馬上前，接口笑道——

「大王為了獎勵姑娘，已令人修建田公府，再過兩個月，孫樂姑娘便有了自己的府第了。」

孫樂明白了。

她感慨地看向呵呵直笑的齊侯，暗中想道：這齊侯還真是個人傑，明知我是女子之身，還以丈夫之禮賞賜。

孫樂開口道：「多謝陛下賞賜，不過樂乃婦人，宿於宮中多有不便。」

齊侯聞言怔了怔，他見孫樂臉色淡然中見堅持，當下嘆道：「既然孫樂姑娘不願，也就罷了。」

孫樂與齊侯並騎而立，一邊走一邊說笑。姬五和眾使則已陷入了貴女們的包圍圈。

耳聽著身後不時傳來眾女的嬌笑聲，孫樂忍著回頭的慾望，想道：她們定是把姬涼給圍住了。幸好他是姬涼，不然我、我肯定會不舒服的。

她這時候，清楚地感覺到自己一想到姬五身陷眾女包圍中，無數香豔的美人正在期待他的親近，心中便很不舒服。

這便是占有慾啊！這便是妒意啊！

孫樂還是平生第一次體會到這種令人不快的情緒，不由得低著頭出神了。

為了歡迎孫樂和叔子的到來，齊王宮中早已備好了盛宴。

隨著車隊駛進王宮中，宮女、太監已穿行不息，笙樂聲更是不絕於耳。

這個宴會中，孫樂本是主角，應當坐在左側首席，不過她身為女子之身，再加上叔子地位超然，齊侯想了想，便令人把他們同時安排在左側首位上，緊緊相鄰。

等所有的王孫貴女都坐好後，齊侯雙手一合，令鼓樂齊奏，酒肉呈上。

孫樂慢慢地抿了一口酒水，有點詫異地瞟了一眼姬五。他自從入城後，一直都低著頭不看自己，現在就坐在自己旁邊，也是低著頭、斂著眼，老實得過分。

她瞟了一眼，又瞟了一眼，實是不明白。

就在孫樂再次瞟向姬五時，姬五身子微微一仰，靠近孫樂，頭也不抬地低聲說道：

「孫樂，妳別看我。」

「啊？」

孫樂雙眼瞬時瞪得老大。

姬五低著頭，紅著臉，悶悶地說道：「妳老瞅我，我心神不定會失措。」

孫樂明白了。

她低下頭來，不知不覺間雙眼已彎成了一線。她強忍著笑意，輕輕地應道：「喏。」

兩人都紅著臉，低著頭，一時紛鬧的大殿中所有聲音似已消失，只有自己的心跳聲在鬧騰著，還有對方那醉人的體息在鼻間縈繞。

也不知過了多久，一個聲音傳入孫樂的耳中——

「最近齊大事多矣。前幾天雉才女才出了那麼大的醜，現今孫樂和叔子又回來了。」

雉才女？

孫樂一震，清醒過來。

她豎著雙耳，認真地分辯著那一縷聲音。

可是，那聲音只是一閃而過，便又消失了。孫樂正有點鬱悶時，右側齊侯的一位王子低聲笑了起來——

「雉才女如此佳人，端端地引得多少丈夫心醉，誰也不曾想到，她居然落到了這個田步。」說到這裡，這王子低低地淫笑道：「那幾個賤民好大的膽子，玩了天下第一美人的身子，還把暈迷的美人衣不蔽體地送到城門口擺了幾個時辰。嘖嘖嘖，我齊都的丈夫，光是這份眼福便羨煞天下人了！」

什麼？

孫樂大驚。

她雖然一直知道，自己這次回來應該可以聽到齊侯對付雉才女的消息，可是她斷斷沒有想到，傳入耳中的消息會這麼令人震驚。

另一個王孫亦低笑了起來。「嘖，雉才女的肌膚當真勝似白雪，那半露的奶子、那大腿……嘖嘖嘖，真不愧天下第一美人之名。那日我第一次起了個早，卻沒有想到會遇上此等豔事。我趕到時，已裡三層、外三層地圍滿了人。五殿下定然不知，那時所有丈夫都瞪直了眼，不斷地流著口水。」

那五殿下壓低聲音道：「聽過、聽過！真是便宜那些賤民了！本殿下都沒有看到雉才女的身子，他們反而大飽眼福。虧了，真虧了！」

最開始說話的那個王子湊近頭去，低聲說道：「聽說此時雉才女就在父王宮中，父王還有意納她為姬呢！嘖嘖，要不是讓那些賤民也看了她的身子去，以雉才女的美貌，做一個王后已是足夠。」

五殿下不滿地說道：「父王已派人前去雉族傳信了。如今雉才女身敗名裂，雉族怕是會答應父王納她為姬的請求。噫吁，如此美人，我亦心動！」

孫樂聽到這裡，已然明白了一個大概。她以前設想過，齊侯在得到汗和等人的傳信後，可能會派馬匪、刺客悄悄地殺了雉才女，畢竟以雉才女的聲望地位，明目張膽的殺是不行的。

可她卻沒有算到，齊侯早就對雉才女的美色垂涎已久，他居然以這種手段令得她身敗名裂後，再直接收入囊中。

這件事，孫樂一聽便斷定是齊侯所做。因為，雉才女身邊劍客無數，普通賤民怎麼可能接近她？其二，以雉才女的美貌，她被半裸地拋於城門時，那些最先看到的人會下意識地給她穿衣遮擋才是，可是，不但沒有一個人替她遮羞，還硬生生地讓眾人圍觀了幾個時辰。這種情況，只能是在地頭龍齊侯有意的安排下形成的。

孫樂雖然想出了那招借刀殺人之計，卻是萬萬低估了事態的發展。如雉才女這樣的美人，在這些權貴的心中，是高不可攀的、是聖潔至極的，可這樣一個超然的絕色美人，居然是敵國諸侯王的私寵，還一心一意為對方來刺探自己的情報，謀劃自己的江山！

這種憤怒、羞辱混合著妒忌，足以令一個正常的男人心理扭曲，何況是如齊侯這種占有慾極強的男人？

這時，殺她已不足以洩憤，在這個人命如草的年代，似乎只有這樣才能讓齊侯感到滿足。再說，他是真相信了孫樂的話，想把雉才女收為己用後，得到所謂的諸國賢能名將的情報。

孫樂搖晃著杯中的酒水，暗暗忖道：雉才女被人強暴後又給扔在城門處讓眾人欣賞了許久……也許她並沒有真被強暴，不過有沒有被強暴現在已不重要了，因為光是當眾裸裎之事，她已萬劫不復，再不可抬頭。罷了，不管她能不能成為齊侯或某個王孫的寵姬，或再次利用她的地位來暗算於己，自己能對付她第一次，便能對付她第二次。

以前的雉才女她都不怕，以後的雉姬更沒有可怕之處。

本來以為雉才女是死路一條的孫樂，現在是百感交集，她又是不忍，又是不安。想來想去，她也不可能在這種情況下再對雉才女動手，便決定把此事拋到一旁。

接下來的宴會，孫樂有點心不在焉。

等宴會結束，已是太陽西下之時。孫樂和眾人絡繹出了宮殿。

姬五生怕自己一個控制不住，會在眾人面前出醜，便一直忍著，瞟也不瞟孫樂一眼。

孫樂現在已交了差，齊使的隊伍中除了義解和兩個楚國劍師外，眾人都被齊侯收去。而義解也告訴孫樂，他可能會在這兩天離去。

齊侯鑑於孫樂的勞苦功高，在大殿中又賜了她三十金。

孫樂手中有錢，身後有保鏢，走在街道上不時有人仰望，這下孫樂都覺得自己像是一個真正的貴女了。

姬五的馬車緊跟在孫樂身後，見她越走越向街道中心跑，姬五急喝幾聲，令得馬車靠近孫樂的馬車。

他把車簾掀開，轉頭看向孫樂，瞅著她說道：「隨我去稷下宮。」

孫樂轉頭看向他。

姬五對上孫樂水盈盈的眼波，俊臉一紅，微微別過臉低聲說道：「說了同行同止的。」

孫樂嘴角一揚，長長的睫毛搧了搧，低低地應道：「喏。」

馬車轉頭，向著稷下宮的方向駛去。

現在孫樂一行加上她也只有四人，車隊剩下的都是姬五的人。

叔子來了，這對於齊國貴女可是振奮人心的好事。不知不覺中，通向稷下宮的道路上已是香車盈路，美人層出。

無數輛華麗的香車停在道路上，無數的美人頻頻向車隊望來。有膽大的，已在叫喚著叔子的名號，膽小的則是雙目盈盈，顧盼不休。

不知不覺中，眾女的目光開始集中在車隊中孫樂的馬車上，低語聲中，開始摻雜了猜測和妒意。

這些猜測和妒意，在對上孫樂那明顯遜於姬五之美的面容時，變成了吵鬧。

一路香車美人中，眾人來到了稷下宮姬五的住處。眾人一路辛苦，早就疲憊至極，這一下終於可以完全放鬆了，當下都是急急地回到各自的居處，準備睡個天昏地暗。

孫樂更是如此，阿福給她在姬五的房子旁安排了住處後，她一進房便忙著沐浴、換衣、睡覺。

孫樂這一睡，再次醒來時已經入夜。

她慢慢地睜開眼，看著外面騰騰燃燒的火把，聽著遠遠傳來的讀書清音，這才記起自己到了稷下宮。

她眨了眨眼，靜靜地望著外面透過來的暗紅的火光出神。

也不知過了多久，一陣輕輕的腳步聲傳來。

這腳步聲很輕，很輕，孫樂是懷有功夫的人，她一聽便下意識地豎起雙耳，警惕起來。

不一會兒，那腳步聲來到了她的房門外，停了下來。

腳步聲停下後，過了片刻，才在地面上動了動。然後，慢慢轉悠起來。

孫樂聽著聽著，不由得有點糊塗了。這是怎麼回事？來人難道不是準備對己不利。

現在夜還不算深，那讀書的清音、交談的聲音，混合在外面的腳步聲中，顯得一切都不太清切。孫樂要不是剛才清楚地聽到來人是鬼鬼祟祟走近的，現在都不會警覺。

這樣傾聽，很容易讓人產生鬆懈，孫樂半坐起來，豎著耳朵認真地等著來人下一步的動作。

也不知等了多久，又是一陣腳步聲傳來。

這一次的腳步聲，卻是沈而濁，急而亂。

這腳步聲也走到孫樂房外，在靠近她門前時，刻意地放輕了少許。

在孫樂全神貫注傾聽時，居然是阿福的聲音從門外傳來——

「唏！公子爺，孫樂姑娘已然睡了，你此時跑來何用？」

是姬五在外面?!

孫樂的心怦怦地又跳了起來，一股難以言明的喜悅如潮水般湧出。黑暗中，她雙眼亮晶晶的，又是快樂、又是期待。

門外的姬五吶吶地說道：「我睡不著。」

阿福顯然很頭痛，他有點氣急地低聲說道：「公子，不差這幾個時辰。你睡不著，何必到孫樂的門外轉悠？」他說到這裡，很是氣悶地說道：「怪不得剛才那楚國劍師來叫我的時候，擠眉弄眼的一副怪相。公子啊，你現在可是叔子！可是揚名天下、萬人敬仰的叔子！」

外面久久沒有人聲傳出。

好一會兒，姬五才低低地、很不好意思地說道：「可……那天陳立說過，可以晚上來找孫樂睡覺的。」

轟——

黑暗中，孫樂臉紅至頸！平生第一次，她對陳立咬牙切齒起來。

阿福伸手撫著額頭，噎了半天才氣呼呼地問道：「那公子為何不推門直入？」

半天後，姬五才低低地說道：「她睡著了，我捨不得吵醒她。」

阿福又是好氣、又是好笑。「公子既知，為何不回房休息？」

姬五低低地嘟囔了一句，他這句聲音很小，孫樂沒有聽清。

正當她昂起頭、屏著呼吸，生怕再漏掉一字半句的時候，阿福輕嘆一聲——

「這才幾個時辰不見，公子你就要守在她門外，感覺著她的存在才心安，要是孫樂再次離開你幾個月，公子你可如何活得下去？」

阿福這句話一說出，姬五久久沒有說話，孫樂也久久無法思考。

良久良久，阿福把姬五的手臂一拖，低聲道：「公子，睡不著也要回房睡。你站在這裡，我怕守夜的劍客會把你當成刺客。」

孫樂咬著唇，紅通著臉，伸手在床頭拿起一件深衣套上。

她豎耳傾聽到外面的腳步在移動，不由得快步走到房門處，吱呀一聲，把房門拉了開來。

房門一開，滿天清光入眼！清光下，那個俊美無儔、耀眼無比的少年脹紅著臉、又羞又喜地轉頭瞅著孫樂，眼波盈盈，相思無限。

孫樂紅著臉，她幾次反射性地想低下頭去，可是卻不知為什麼，目光似被黏住一樣。

她提步走到姬五的面前，眨了眨睫毛，輕輕地開了口。「阿福，你且退下。」

「喏。」

阿福應了一聲，對著兩人大搖其頭地退了下去。

第二十九章 再見雉姬非舊顏

阿福一走，整個天地間又只剩下他們兩人了。

孫樂眼瞼微垂，瞅著近在方寸的姬五的領口，聞著他身上散發出的濃烈男性氣息，不知為什麼，恍惚間竟有了一點醉意。

她慢慢地伸手，慢慢地撫上姬五的領口。白嫩的手指在領口處翻動，手指移動間，會一不小心碰到他的鎖骨。每次肌膚相觸，兩人都是一顫。

孫樂費了好大的力氣，才讓自己的手指不至於移到姬五的肌膚上。她紅著臉，壓著怦怦亂跳的心臟，低低地說道：「你剛才睡著了沒？」

姬五直直地、歡喜地看著她，修長的手顫抖了兩下，終於撫上她匆促起床、沒有來得及梳理的秀髮。他五指穿過髮叢，輕聲應道：「睡了，一睜開眼就想妳，就睡不著了。我、我就來了。」

「嗯。」

孫樂輕輕地應了一聲，不知為什麼，她現在有了一種渴望，一種撲入他的懷中、緊緊地把自己與他化為一體的渴望。不過，這種渴望雖然強烈，可是強烈的羞怯還是讓孫樂不敢行動。

「起來怎地不加衣？」

眼前的姬五，只著一件單薄的褻衣，雖然現在天氣不太冷，可是夜深風涼，難免會著寒。

「唏唏……」姬五傻笑了一下。「匆促之時，不曾記得。」

他如癡如醉地看著孫樂，手指慢慢下移，慢慢地移到了她的臉頰上，右手撫著她的小臉，左手也自然地伸出。

捧著孫樂的小臉，姬五喃喃地求道：「孫樂，讓我碰一下妳的臉可好？只一下，只一下下。」

他一邊喃喃求著，一邊臉已靠近。濁而渾的呼吸聲中、顫抖中，他的薄唇輕輕地印上了孫樂的額頭。

肌膚相觸的瞬間，兩人都是一震，緊接著，姬五從喉中發出一聲滿意的呢喃。

他把唇印在孫樂的額頭上，就在孫樂見他移開，心中微有不捨時，他的唇一移，來到了她的眼睛上。

突然間，姬五雙手一緊，把孫樂的臉緊緊地捧著。可這個時候，他的吻依然小心至極、溫柔至極，彷彿怕自己一個吻重了，眼前的心上人便會化去。

濕濡的吻印在眼睛上時，孫樂的腦中已暈沈得無法思考。整個天地間，只剩下姬五那急促中帶著濃烈男性氣息的呼吸，還有自己的心跳聲。

姬五的吻繼續下移，來到她的鼻尖上。他的每一個吻，都只是印在肌膚上。

就在姬五的吻接著下移，眼看就要印上她的小嘴時，孫樂突然大羞。

大羞中，她不知為什麼，居然不是急急地掙開，而是埋著頭向姬五懷中一蹭，準確地把自己的小臉整個地壓到了他的胸口上，從他懷中嘟囔道：「別親了！」

「然，呵呵，然。」

姬五傻乎乎地連聲應著，他伸手緊緊地摟著她的腰背，把孫樂重重按入自己懷中。

他把頭擱在孫樂的秀髮上，深深吸了一口氣，喃喃地說道：「孫樂，我好似要飛了。」

孫樂輕嗯了一聲，把那句「我也是」給吞回腹中。

這時刻，時間是停止的。天地間，除了對方的心跳，便是無邊無際的喜悅。這時候，孫樂突然覺得自己已經得到了永恆。這時刻，她突然無比地渴望，時間不再流動，讓一切就定格在此時此刻。

不知不覺中，孫樂的手攀上他的背。

兩人緊緊地摟在一起，渾然不知時間的流逝。

「別看了，說不定這兩人要摟一晚呢！」陳立走到一個楚國劍師身後，拍了拍他的肩膀。

那楚國劍師回過頭來詫異地看向陳立。「你不是休息了嗎？」

陳立嘿嘿一笑，他伸手摸著自己的下巴，眼睛盯著門口摟成一團的兩人。「否。此景難得，不可錯過。」

楚國劍師不由得翻了一個白眼。

這時，陳立突然面孔一肅，認真地說道：「剛才我看到有一黑影向這邊躍來，待我追出已無蹤跡。」

居然有這種事？楚國劍師一凜，叉手說道：「義解已經離開，從此後勞陳公多加擔待了。」

義解性格豪爽，不喜歡戀戀不捨地作小兒女態。自以為已告知孫樂的他，也不待餞行話別，在孫樂入了稷下宮後便悄然離去了。

陳立點了點頭，望著那摟成一團的兩個人嘆道：「不擔待也不行啊，叔子已中鴆毒矣。」

陳立沒有說錯，孫樂和姬五無言地摟抱了一陣後，便有一句、沒一句地低聲說著話，他們所說的話極沒有營養。

姬五說道：「我好歡喜。」

孫樂回答：「我也是。」

姬五又說：「我害怕。」

孫樂居然也回道：「我也是。」

有時，兩人的聲音很低很低，混在四周的蟲鳴啾啾中，幾乎聽不清切。

楚國劍師直是不明白，那麼極無趣的話，為什麼可以說一個晚上？這樣抱一下就夠了，兩人居然抱起來不知道疲憊，沒有個完了時？

等到兩人好不容易分開，東方昇起了日陽，地平線上開始浮出一道淡淡的光亮。同時，幾聲響亮的雞鳴聲傳來。

姬五滿懷喜悅地看著孫樂，手指勾著她的手指，不滿地嘟囔道：「怎生天亮得如此快？」

他的聲音剛落，陳立的聲音便從一棵大樹後傳出——

「天倒是與往昔一樣。」他打了一個哈欠，對著錯愕的兩人揚了揚手，不滿地說道：「聽了一夜，也沒有一句有趣的話，倒耽誤了睡意。」

說罷，他大大方方地轉身向房中走去。

姬五和孫樂同時臉紅過頸。

姬五氣惱地盯著陳立的背影，叫道：「你、你怎可偷聽？」

陳立頭也不回，朝後揚了揚手。「下次不聽了，無趣！」

楚國劍師看了一眼大搖大擺的陳立，再看一眼噎得不知道說什麼好的姬五和孫樂，突然覺得這一幕極其好笑。轉眼，他拍著樹幹，哈哈大笑起來。

姬五和孫樂正在瞪著陳立，突然聽到右側樹林中傳來這麼一陣大笑聲，再一看是他，頓時羞愧難當。

孫樂脹紅著臉，把姬五的手一掙，迅速地衝向了房中。姬五衝上前幾步，卻被重重合上的房門差點撞到了鼻尖。

他摸著鼻尖呆了呆後，傻笑了一下，轉身走開。

現在孫樂和姬五都是齊國鋒頭最勁的人物，兩人一用過早餐，門前便已車水馬龍。

今天，依然是在齊王宮中擺宴。

對於孫樂這樣的功臣回歸，怎麼歡宴獎勵都不為過。如果孫樂是男子，或者她之前討價還價過，甚至可以向齊侯索要城池成為封邑。

因此，這接風宴齊侯足準備了一週之久。

姬五和孫樂坐上馬車，又向齊王宮駛去。

兩人一晚沒睡，居然都是神采奕奕。從來不耽誤睡覺的孫樂這時有一種感覺，自己便這樣永遠不睡覺也依然精神。

出了稷下宮後，街道上依然是香車阻塞。無數的貴女和富家少女，都早早地驅了馬車守在道路兩旁，等著看姬五一面。

這時，她們隱隱地聽到了關於姬五和孫樂的傳言，隨著兩人的馬車越來越近，眾少女都把注意力盯到了孫樂的馬車上。

孫樂靜坐在馬車中，她時而嘴角一彎，笑出一抹羞澀快樂的笑容，時而又眉峰微皺，莫名地憂慮著什麼。

正當她沈浸在自己的小世界中時，忽然間，感覺到馬車一晃，居然停了下來。

孫樂一怔，伸手掀向車簾。

她的手才碰到車簾，一個少女清脆的聲音便傳來──

「叔子，孫樂此女心狠手辣，她本出自燕地燕氏，卻連嫡母族人都不放過！她月誅一人，令得燕氏滿門人人驚慌，逼得嫡母瘋癲。這樣的惡毒女子，怎麼能配你叔子？」

孫樂聽到這裡，冷冷一笑，慢慢掀開車簾。

卻見前面街道的正中間，五、六輛香車穩穩地擋在那裡。每一輛香車旁，都站著兩個貴女，而開口的貴女則站在最前面，盯著姬五侃侃而談。

那少女這麼一攔路，車隊是走不動了。而且，這片刻工夫，無數的馬車和路人都向這邊擠來。

姬五慢慢掀開車簾，對上了那少女。

他清冷俊美的面容一露，眾貴女便同時露出目眩神迷之相。

姬五冷冷地盯著少女，徐徐地說道：「田秀兒，孫樂是什麼人，我比誰都明白。請讓開！」

田秀兒卻是不依，她上前一步，昂起頭，一雙大眼睛又是癡慕、又是傷心地瞅著姬五。

「不，我不讓開！叔子，妻室還是賢良溫柔的好，以孫樂之惡毒精明，他日若為楚王相害於你，你怎麼辦是好？」

孫樂聽到這裡，眉頭微皺，鬱怒地想道：居然連弱兒之事也傳得世人盡知了！

田秀兒緊緊地盯著姬五，激動地說道：「叔子，你納我吧！哪怕為婢妾也好。我願意用命來守護你！」

姬五聽到這裡，不由得搖了搖頭，他眉頭微皺，一臉不耐煩。

他瞟了田秀兒一眼，淡淡說道：「他日孫樂真要棄我害我，我活下去又有何意思？又何必要他人來守護？」

他平平和和、想也不想地說出這一句，一點也沒有察覺到自己這句話一說出，滿街一靜！所有人，包括陳立在內都給驚怔了、傻住了。

姬五揮了揮手，對著一旁的眾麻衣劍客喝道：「開道！」

眾麻衣劍客還在驚怔中，直過了好一會兒才稀稀落落地回道——

「喏。」

「喏喏。」

劍客們同時跳下，大步走到攔路的馬車前，用劍逼得馭伕讓道。

田秀兒在內的貴女，此時都是渾渾噩噩的模樣。眾馭伕見她們不理會自己，只得驅車讓到了一旁。

轉眼間，道路一空。

阿福高聲喝道：「起駕！」

就在馬車啟動的那一瞬間，一個人影從馬車中跳了下來，她在眾人馬的驚嘘倒退中，迅速地衝向了姬五。

眾人還沒有回過神來，那人影已咻地一下跳到了姬五的馬車上。直到她把車簾唰地拉下的瞬間，眾貴女才認出，這人影正是孫樂。

孫樂唰地一下把車簾拉下後，便緊緊地摟住了姬五。

她緊緊地摟著他，用力地摟著他。

姬五先是一驚，轉眼歡喜地叫道：「孫樂，妳與我共車啊？真好。」

他的話音一落，便聽到懷中傳來一聲低低的、壓抑的嗚咽聲。

姬五一驚，他慌亂地說道：「孫樂，怎生哭了？」

孫樂把臉埋在他的懷中，緊緊地埋在懷中，聞言她伸出拳頭，在他的胸口上輕輕捶了一下，泣道：「我怎會棄你害你？姬涼你這個笨蛋！我怎會棄你害你……」

她不斷地重複著，壓抑的哭泣聲不斷地傳出，淚水橫流，轉眼間姬五的胸前便已濕透。

姬五這時還沒有回過神來，他傻傻地看著懷中哭泣不休的孫樂，又是莫名的心痛，又是莫名的歡喜。

呆了呆後，他也不多想了，伸手便把孫樂緊緊地摟著。

摟著她，姬五傻笑起來，轉眼他又覺得孫樂哭得如此傷心，自己這樣傻笑似是不妥當，忙又把笑容收起。

這時，孫樂還在他的懷中，還在有一下沒一下地捶著，有一句沒一句地罵著。「你這個笨蛋！我怎會棄你害你？我怎會棄你害你？嗚嗚嗚嗚……」

姬五的手掌停在她頭上，頓了頓，終於撫上她的秀髮。

右手慢慢地撫著她的秀髮，姬五喃喃說道：「是，是我說錯了。孫樂妳別哭。我、我也只是隨口應的，我沒有多想。是我錯了，我應該想一想。孫樂，妳以前不哭的，我、我只是隨口應了一下，妳怎麼就哭了呢？」

他翻來覆去地解釋著，自己也不知道自己說了些什麼。

車隊穩穩地向前駛去，孫樂的哭泣聲越來越小，越來越小，終於只剩下抽噎聲。

孫樂的臉緊緊地埋在姬五的懷中，這時的她，不哭了，也不動。

姬五擔心地看著她，輕問道：「孫樂？」

他才叫了一聲，便怔住了。眼前這個緊緊埋在自己懷中的人，兩隻耳朵紅得要滴出血來似的。

姬五目光一移，發現孫樂外露的頸項處也是紅通通的一片。

她害羞了！

姬五傻笑了一下，伸臂把孫樂緊緊抱著。

他腦袋擱在她的秀髮上，滿心滿眼都是笑意，都是快活。

這時，車壁被人「咚咚」地敲響，陳立的聲音從外面傳來——

「叔子，快到齊王宮了。這邊上有一家酒樓，可需要梳洗否？」

陳立的聲音一落，孫樂沙啞的聲音便低低地傳出——

「要。」

陳立忍住了笑意回道：「善。」

馬車直駛到酒樓大門口，孫樂才在陳立等幾個大漢的掩護下逃到廂房中洗了把臉。不過她這時雙眼浮腫，就算洗去了淚痕也不能見人，乾脆便在酒樓裡暫時休息起來。

姬五站在門口，不時地向孫樂的房中瞅去。可他每一次走近，便被人攔下了。

陳立抱著劍看著坐立不安的姬五，嘆道：「叔子，你就不必進去了。孫樂好不容易才安靜一下，要是再惹得她哭了，今天的宴會也不用參加了。」

陳立的聲音不小，最可惡的是，他還站在孫樂的門口說。

當下，孫樂甕聲甕氣的聲音從裡面傳出——

「咄！趕走陳立！」

她的聲音一落，兩個楚國劍師同時忍笑應道：「喏！」

「咻咻」兩聲響，兩把寒劍同時指向陳立。

左邊的楚國劍師冷聲說道：「陳立，走開吧！」

右邊的則擠了擠眼。「再不走，休怪劍下無情！」

陳立嘿嘿一聲，向後退去。

孫樂直休息了大半個時辰，用熱毛巾敷得腫腫的眼皮完全恢復正常，雙眼也轉為清亮，才一臉淡然地走出房間。

她一出門，姬五便跑到她面前，雙眼亮晶晶地望著她，笑意盈盈。

孫樂才瞟了他一眼，臉孔便是一紅。她低著頭，從姬五的身邊大步走出，匆匆忙忙地爬上了自己的馬車。

這麼一耽擱，到達齊王宮時已經有點晚了。廣場外停滿了馬車，到處是喧囂一片。

孫樂和姬五一下馬車，便吸引了所有人的注意。宮城中經過的宮女、偶爾外出的權貴侍婢，一個個都向兩人望來。

孫樂只瞟了一眼，便明白過來——看來她與姬五的關係已為齊人所知。

當孫樂和姬五並肩出現在大殿門口時，看到的人都是一呆。漸漸地，發呆的人越來越多；漸漸地，喧囂聲完全止息。

孫樂有點不解，她和姬五昨天已與眾人見過，這些人用得著這麼吃驚嗎？

齊侯和眾王子也傻傻地看著從殿門走入的姬五和孫樂。

對於姬五，他們是熟知的，他素有天下第一美男之名，其風采超群脫俗，不染塵埃。凡是他出現的地方，不管有多少人、有多少權貴、有多少美人，他都是最引人注目的一輪月光。幽光淡然，令人望之心醉，近之則怯。

這種美，已超出了男女性別的界限，已超出了世人的認知。他彷彿是九天之上的仙人被貶入凡間，讓人一見忘俗。

不管是誰，即便是號稱天下第一美人的雉才女，走在姬五的旁邊也光芒黯淡。

可是，現在走在他身邊的孫樂，卻給人一種完全不同的感覺。

她不亮眼、不奪目，溫婉秀美的面容似是處處可見。

可是，這樣的一個少女，此刻走在姬五身旁，卻是毫不遜色。

這是一種很奇怪的感覺，相信她與一個長相極普通的侍婢走在一起，也不會顯得如何的令人驚豔，可是，她與姬五這樣的絕世美男走在一起，居然也不顯得遜色。不但不遜色，她此刻走在姬五身邊，竟然顯得無比的和諧，彷彿從開天闢地以來，他們便是這樣走在一起，便是這樣相伴到永遠。

她彷彿是天地間最為自然的那一泓湖水，彷彿是春日的那一堤楊柳，春風相伴，寧靜亙遠，竟是讓人一見便心神寧靜。

這時的人還不知道，孫樂這種，便叫做氣質。一種有別於頭角崢嶸、高貴豔麗的氣質。

孫樂靜靜地朝眾人瞟了一眼，她雖然感覺到今日大夥兒的表情有點奇怪，卻也不以為意。

在齊侯的安排下，兩人還是如昨天一樣，並肩坐在左側的榻几首位。

這時殿中眾人都已回過神來，喧囂聲再起，酒香飄香，歌舞不絕。

孫樂坐了一會兒，有點不舒服了。她微微欠身，趁眾人不太注意的時候從側殿溜了出來。

她人一出來，聞到外面的清新氣息，那本來隱隱作痛的腹部又恢復正常了。

孫樂搖了搖頭，信步順著林蔭道向前走去。她怕一進去又腹中生疼，便想著在外面多走一會兒。

此時陽光高照，天空如洗。

孫樂伸手撫著一根楠竹，透過層層疊疊的竹葉看向前方花園中的湖水。

這時，一陣腳步聲傳來，一個瓜子臉的宮女厭煩的聲音響起——

「真是可笑！她以為自己還是那個天下第一美人，那天下男人都渴慕的雉大家不成？出了這等醜事，大王願意納她為姬都是看重她的，偏她還不知自醜！」

雉才女？

孫樂一怔，腳步一移，向那說話的少女靠近。

另一個圓臉宮女笑了起來。「雲姊何苦著惱？雉姬以前是天之嬌女，自然眼界高些。她現在還在指望她的族人過來，令她恢復昔日榮光呢！再說，她的心上人可是年少英俊的楚王，這樣的情況下，她又怎麼會甘願成為大王一個上不得檯面的姬妾？」

雲姊冷笑起來。「身子被賤民碰也碰了，看也看光了，雉族的女兒又不止她一人，怎麼可能還要她一個丟盡顏面之女？至於楚王，他身為王者，更不可能容忍一個已被賤民碰過的下等貨色為室。哼，我說她識相的便應承了我家大王，學著伏低做小，不然的話，以後有的是苦頭吃了。」

圓臉少女聽到這裡，也笑了起來。「說得也是。」她說到這裡，聲音刻意壓低了一些。「雲姊姊，大王也怪，對這樣一個女子還講究這許多幹麼？」

這也正是孫樂的疑惑。按常理，如雉姬這種被賤民要過身子的女人，在齊侯和眾貴族眼中，可都是下等貨色了。齊侯為什麼還這般敬重她，而不是直接強上？

雲姊姊輕哼一聲。「大王這幾日沒得空閒，才令我去跟她說說。過得兩日，只怕一切都由不得她了。說不定，大王玩厭了再賞賜給別人也是可能的……」

兩女一邊說一邊走，漸漸地消失在孫樂的眼前。

孫樂本來是想追上去問問雉姬所在的地方的，聽到後來便意興索然。她本不是心狠之人，雖然惱恨雉姬，可她受了如此報復，落到這個地步，報應也是夠了。

只是，事已至此，可不能給她東山再起的機會，給日後留下後患才是。

正當孫樂尋思之際，她身前的左側樹林中傳來一陣窸窣的腳步聲。

孫樂一怔，連忙抬起頭來。

她剛一抬頭，那人也恰好向這邊看來。

目光相對，頓時都臉色大變！

出現在孫樂眼前的，是一張憔悴不堪的面容。她的衣飾雖然依舊華貴，卻讓人感覺只是一些空洞的掛飾。眼前這個女人，彷彿比從前老了十歲。那張揚的、明豔動人的臉，此時帶上了一種絕望悲苦之色。

不過，此時此刻，那絕望悲苦之色上，便生生地添上了五成恨意。

這人，正是雉才女！

以前的雉才女何等明豔、何等誘人？那性感明豔的長相身材，再配上高高在上的仙子般的氣質，足以令得任何一個男人瘋狂。

可是，現在的她，雖然面容依舊，卻分明已由仙子變成了俗世豔女。怪不得剛才那雲姊說她現在是「下等貨色」了。孫樂第一次發現，一個失去了自信的女人，真是與以前判若兩人。

兩兩相望。

孫樂眼波如水，寧靜平和中帶著憐憫。只有憐憫。孫樂不會對一個仇人愧疚。

雉才女睜大眼，緊緊地盯著孫樂，漸漸地，一股深刻的恨意從她的眼睛擴散到臉上，再擴散到全身。

雉才女向孫樂走來，她走得很急，腳下幾個踉蹌，幾次險些摔倒，可她一直昂頭盯著孫樂，咬牙切齒，滿臉恨意。

終於，在衝到孫樂面前時，她停下了。

「妳，是妳，是妳害的我！」

雉才女咬牙切齒地盯著孫樂說道。

看她的表情，顯然只是猜測。孫樂暗暗想道。

孫樂毫不相讓地與雉才女四目相對，眼神清淨如水。「害妳？我在韓地，與齊相隔數千里，怎地害妳？」

「哈哈，相隔數千里？」雉才女聲音一提，尖嘶著嗓子叫道：「妳、妳那時說過的，妳說，妳會讓我身敗名裂，受盡凌辱而死！我現在就是身敗名裂，受盡凌辱了！孫樂，除了妳，誰有這等本事？誰會與我有這麼深的恨意相害？是妳，一定是妳！」

她說到這裡，臉上的肌肉縮了縮，眼眸中閃過一抹懼意。

她又是懼怕、又是憎恨、又是痛苦不堪地盯著孫樂，嘶聲說道：「妳怎能如此做？孫樂，妳怎能如此對我？我雖然把妳的女子身揭開了，可是，妳不是安然無恙嗎？妳不但安然無恙，還因此名揚天下，受到無數丈夫的傾慕。在這種情況下，妳怎能如此報復於我？」

這話有點好笑了。

孫樂靜靜地看著雉才女，好笑地想道：因為妳沒有害成，妳便有功無過不成？

雉才女說到這裡時，強忍著恨意喘息了兩下。「孫樂，我實是待妳不薄的，我甚至還願意奉妳為姊！是妳，是妳自己不要的！妳既然不要，為什麼還要如此害我？妳害得我再無抬頭之日，害得我從此再也無臉面見弱王！妳、妳的心怎能這般可怕？」

孫樂聽到這裡，眼瞼微垂，淡淡地說道：「妳說的話，我聽不明白。」

她這句話一出，完全激怒了雉才女！當下，她嘶喊出聲——

「妳這個狠毒殘忍的女人！弱王他知道後也會害怕妳的，他會提防妳的！妳害了我，妳也不能完全得到他！」

見孫樂依然表情淡淡，雉才女的恨意真是堆積如山，她嘶喊聲中已加上了哭音。「妳為什麼不殺了我？就是妳害的我，妳為什麼不殺了我？妳殺了我啊——」

雉才女目眥盡裂，縱身一撲便向孫樂掐來。

孫樂身懷功夫，怎能容她近身？當下，她腳步一錯，輕飄飄地一轉，便避了開來。

憐憫厭惡地盯了狀如瘋婦的雉才女一眼，孫樂冷冷地說道：「妳瘋了。」說罷，她身子一轉，毫不猶豫地轉身就走。

雉才女哪裡肯罷休？她尖叫道：「妳殺了我啊！孫樂，妳這個狠毒的女人，妳為什麼不殺了我？」

尖叫聲中，她再次向孫樂撲去。

不過，這時四周已圍上了一堆宮女、太監。

他們哪裡能讓雉姬這個瘋婦驚擾了孫樂這種貴客？當下齊齊地圍了上去，抓手的抓手，揪頭髮的揪頭髮，轉眼便把她制伏在地。

孫樂走了很遠，還可以聽到雉才女那淒厲嘶啞的叫罵聲。

孫樂轉身向大殿中走去。在沒有見到雉大家之前，她還有點隱隱的擔憂，但在見到她之後，孫樂便知道，這個人已經毀了。她以前畢竟爬得太高啊！從雲端摔到污泥中，千千萬萬人中，只有那麼一、兩個心志十分堅定之人才可以東山再起。

孫樂本想靜悄悄的，在不引起任何人注意的情況下走到姬五身邊的，可是，她現在卻不再是以往那個平庸不起眼的孫樂了，光一出現，便有無數雙眼睛向她看來。

當數十雙目光都投注在孫樂的身上時，孫樂已打消了悄悄前行的想法。她眉目微斂，挺直腰背，大大方方地向姬五的方向走去。

她走了不到十步，眾貴女所坐的地方突地站起了一個少女，這少女十七、八歲，濃眉大眼，皮膚白淨非常，渾身散發著一種勃勃英氣。

少女抬頭盯著孫樂，大眼睛微微眯起，一臉不屑地盯著孫樂，高聲喝道：「孫樂，妳是何地之人？」

孫樂徐徐地轉頭向她看去，只是一眼，她便從少女的眼中看到了敵意和厭惡。

孫樂沒有停步，也不理睬地繼續向前面走去。

這是輕視！這是徹底的鄙視！

濃眉大眼的少女瞬間臉脹得通紅，她喘了一口氣，喝道：「孫樂，妳本是燕國之人，妳本是燕氏之女！天下有如妳這麼狠毒無情的女人否？竟然如此逼迫自己的家族、逼迫自己的親人！」

少女意氣風發地說完這席話後，睜大眼，一眨也不眨地盯著孫樂，一臉的倔強。

少女的聲音不小，這喝聲一出，頓時吸引了大殿中所有人的目光，連笙樂歌舞聲也驟然停止。

孫樂回過頭看向少女，四目相對，孫樂的表情冷淡而平靜。

她平靜地盯著少女，終於，在眾人的注目中開了口。「家族？親人？」孫樂冷冷一笑，說道：「這天下有哪一個家族，會對嫡子的髮妻極盡侮辱？這天下又有哪一種親人，會將嫡子的親女關押十年之久，極盡欺凌侮辱之能事？」

當年，秦國公主不顧孫樂的父親燕沖家有妻室，執意下嫁於他。可燕沖對妻子情深義重，不願意休妻另娶，於是在家族的逼迫之下，以兩妻並立的方式娶進了秦國公主。後來在秦國公主逼死孫樂的母親後以死相隨，令得秦國公主成為天下人的笑話。

本來，孫樂的父母一死，她也難逃一死的，不過秦國公主所生的兩個女兒不肯，說要留著孫樂的性命，讓她們好生玩耍一番，而孫樂所在的家族，居然也同意了這個要求。只是，她們都沒有想到，會讓孫樂逃出，還成就了現在的威名。

孫樂朗聲說出這幾句話後，回頭一一掃過眾人，最後又看向那少女，目光冷冽而沈靜。

她看向大殿兩側的幾十名麻衣劍客，朗聲說道：「人生於世，草木一秋。不管生死恩怨，都當痛快而行，磊落而施！」

「對我孫樂而言，有仇報仇，有怨報怨才是應當！」

她的話音一落，眾劍客齊刷刷地對她流露出贊同佩服的眼神。孫樂這話，可正是他們所想、他們所遵行的啊！這孫樂，真類丈夫也！

孫樂再次瞟了那少女一眼，冷冷地說道：「妳是為燕氏做說客乎？如果是，請不要以家族大義來說我！」

她說到這裡，傲然一笑，施施然地向前走去。

孫樂這一笑，實是說不出的冷和超脫，頓時把那少女生生地怔在席上。

那少女脹紅著臉，吶吶地半天說不出話來。事實上，現在有不少人都瞭解了孫樂與她那家族的恩怨，就她幼時所承受的侮辱欺凌來說，現在她怎麼報復都不為過的。

眼看孫樂走到了姬五身邊，那少女終於回過神來，大聲喝道：「孫樂！如妳這般狠毒強橫的女子，怎配站在叔子身邊？他這般高潔無垢的丈夫，沒得被妳給玷污了去！」

少女的聲音才落，姬五便劍眉微鎖地盯向那少女說道——

「孫樂乃至貴至潔之人，妳又怎會瞭解得？再說我如何、孫樂如何，妳這外人有何資格分說？」

他的聲音清冷，語氣極沈、極是厭煩。這種厭煩不屑，實是比任何語言還要傷害一個少女的心。

這少女張口結舌地站在原地，一張臉時青時白，非常難堪。

孫樂的目光瞟向進退兩難的少女，從一個劍客腰間抽出一柄長劍來。

眾人一眨也不眨地盯著孫樂的動作，卻見她抽出屬下的佩劍後，「啪」地扔到了那少女身前，冷冷喝道——

「孫樂乃堂堂田公，豈容妳這無知婦人輕言詆毀？請戰吧！」

她這是挑戰！

她向這少女提出生死挑戰了！出戰的是各自的隨從劍客，後果則由各自的主人承擔。既然說是生死挑戰，自是勝者生，敗者死。

大殿中變得鴉雀無聲，不過一轉眼，人群便如煮沸的開水一般議論起來。

隨著孫樂這句話一吐出，一直站在她身後的一個楚國劍師立即提步上前。

他大步走到孫樂的前面，雙手一叉，朗聲說道：「楚人申先請替田公出戰！」

早在孫樂的劍扔出時，那少女便是臉色煞白，現在申先一站出來，她的臉色更是白得如紙一樣，整個人搖搖晃晃的，站都站不穩了。

孫樂提出的挑戰，不管是以理由而言，還是處境而言，都由不得她拒絕。可是，她只是一個普通的貴女，身邊就算有劍客隨從，卻哪裡能與堪比王侯的田公孫樂相比？

孫樂這時已收回了目光，若無其事地跪坐在姬五身側。

數百雙目光都緊緊地盯著那少女，等著少女的回答。每個人都看到了她那灰敗恐懼的臉色，可是沒有一個人敢在這時替她出頭，因為替她出頭，便意味著替她承受孫樂的怒火。

在一眾緊盯的目光中，少女不可自抑地顫慄起來，她的手、腳、整個身體都在顫動。

終於，少女再也受不了這種壓力，啪地一聲軟倒在地，裙下一片濡濕，竟是嚇得尿液失禁了！

申先看到這一幕，輕鄙地皺了皺眉。

「啪」地一聲，他踢起孫樂扔在地上的長劍，重重地扔到了少女的几上。

「既不敢應戰，請自刎吧！」冷冷地、陰森地丟出這一句話後，申先盯向少女身後的家人，他厲目所到之處，眾人紛紛低頭避開。「田公乃天下間有名的智士，豈容你等輕易侮之？如她不願，請代行之！」

他這是逼迫！赤裸裸地逼迫著少女的家人動手殺了自己的親人！

他這句喝令一出，那少女的家人臉色白了白後，期期艾艾地應著。

「喏。」

「喏喏喏。」

申先得到承諾後，不再理會癱軟蜷縮成一團的那家人，轉身走到孫樂身後重新站好。

他一眼便看到了孫樂的不忍，傾身上前，低聲說道：「流言蜚語不可止，非此不能煞！」頓了頓，他又解釋道：「此是亂世，信義尊敬來自殺戮！公萬萬不可反悔，否則天下任誰都可欺公！」

他這陣子跟在孫樂身邊，發現孫樂在很多時候實在仁慈得近乎軟弱，早就想替孫樂出頭示威了。

這時，大殿中傳來一聲被捂住嘴的「唔唔」聲，卻是那少女被她的親人掩著嘴拖了出去，準備處死。

孫樂閉了閉眼睛，低低地說道：「請，羞辱便可。」

申先聞言，低低地嘆息一聲，想道：孫樂終是女子，縱是才智過人，卻還是過於仁善了。

這時，那少女已被拖到了大殿門口。

申先舌綻春雷，厲聲喝道：「且慢！」他回過頭盯向拖著那少女的三個面目相似、看來是她兄長的大漢。「田公仁慈，恥於對無知婦人輕動殺戮。讓她爬出去可也！」

三人聽到申先這麼一說，歡喜至極，連忙應道：「然，然然！」應承聲中，三人放開了少女。

他們見少女癱在地上根本爬不動了，生怕孫樂又改變了主意，連忙蹲下去，抓手的抓手，握足的握足，幫助她爬出了大門。

四人一出殿門，一陣壓抑的嚎哭聲便隱隱傳來。

遇到了這樣的事，孫樂也有點心不在焉了。

與權貴們應酬了一會兒後，終於捱到了散宴。

一出來，孫樂便大大地吐了一口氣。

一場宴會下來，時間已經到了下午。

孫樂與姬五回到了稷下宮後，便雙雙來到稷下宮後面的青山中。

這個時候的兩人，只是這樣走著，可以看到對方，哪怕什麼話也不說，也是甜蜜至極，快樂無限。

再說了，兩人在很多時候是心意相通的，許多事也無須宣於言表。

轉眼間，又兩天過去了。

這一晚，一彎月牙掛在樹梢上。孫樂告別了姬五後，便回到房中練習起太極拳來。

練習太極拳時，時間過得特別快，不知不覺間四野俱靜，人聲全無。

孫樂收勢轉身，拿起衣服向後面的澡房走去。現在的她還是不習慣有婢女服侍，所以很多事是自己來。不過這放洗澡水的事，就無須她親力親為了。

澡房在她所住的房間後側第五間，從臥室可以直通。

孫樂抱著衣服，慢悠悠地走著。

走著走著，她腳步一頓。

剎那間，一種本能的不安湧出心頭。

就在孫樂停步時，一陣破空聲傳來，電光石火間，一柄寒光閃閃的長劍直指她的背心！

長劍來得極快、極突然！說時遲那時快，孫樂身子一側，練了數年的太極自然而然地使了出來。只見她右手一劃，左手一沈，一股無形的氣團旋轉而出，硬生生地把刺到了身邊的長劍拔拉到了一側。

來人是個蒙面的痲衣劍師。

他萬萬沒有想到，孫樂這種弱質女流有如此本事，居然躲開了自己必殺的一招！而且，她舞蹈的動作極其怪異，那輕飄飄一劃間居然產生了一種黏勁，逼得他把持不住，劍勢偏向。

孫樂一步避開，見這刺客怔忡了，當下內勁一提，嘶聲叫道：「有刺客！」她這叫聲既厲且沈，在寂靜的夜空遠遠傳出。聲音剛落，外面便人聲喧譁，火把光大作，衣袂破空聲不斷傳來。

這刺客是個大劍師，他一時不慎，給孫樂避了開來，還讓她呼救出聲，當下大惱，只聽他重重地哼了一聲，手腕一抖，劍轉銀蛇，轉眼間，寒光四射，竟是劍劍直指孫樂要害！

這刺客不同於孫樂以前遇到過的對手，功夫不在兩個楚國劍師之下。他這幾劍刺來，直是又森又厲，轉眼間，孫樂便發現自己四面八方全是劍影，似是躲無可躲。

這時候，孫樂長期在危險中歷練出來的敏銳發揮了作用。既然眼睛無法分別劍勢，乾脆不用眼睛。

當下，她雙眼一閉，腳尖滴溜溜地一轉，雙手朝虛空中一劃，身子一旋。轉眼間，一道無形無色的漩渦遍布在她身周。

那刺客數劍刺出，卻發現每一次都刺入了一團軟綿綿的空氣中。那空氣不但軟，而且黏，使得他根本不好變招。雖然說是連刺數劍，可每一招卻都只是揮出一半，便被硬生生地擋了回來。

刺客再次重重哼了一聲，向孫樂逼近一步。

就在這時，陳立的喝聲如平地驚雷乍起——

「吃我一劍！」

喝聲中，他劍走如銀龍，在夜空中破開一道銀光，直直地掠向那刺客的背心。

看來來不及了！

這刺客也是經驗豐富之人，他暴喝一聲，撤回向孫樂攻出的長劍，「啪啪」兩聲與陳立來了個正面相擊，然後他人借劍勢，向後一掠而出。

這刺客剛剛掠出，兩個楚國劍師已到。

陳立大喜，急喝一聲。「想走？留下名號來！」

這刺客低喝一聲，身子平空掠起，如一隻大鷹一樣，趁兩個楚國劍師交叉飛來的那一瞬間的空隙掠了出去，轉眼間已落到了對面的屋簷上。

他穩穩地站定後，朝著幾人雙手一叉，冷笑道：「孫樂以女子之身玩弄天下之士，更兩番戲我大趙。你等可記住了，我乃趙國丘離！終有一日，我會憑手中長劍，取去此女頭顱！」

說罷，他腳步一點，身子向後掠出，遠遠地消失在黑暗中。

在這個刺客丘離說話的時候，不管是陳立，還是兩個楚國劍師都沒有乘勢殺近，現在更是眼睜睜地任他離開。可能，這是他們劍客行事的規矩吧。

孫樂蒼白著臉，靜靜地盯著丘離離開的方向。趙國的刺客終於來了！

這時，外面火把大作，喧譁聲中，姬五跌跌撞撞地跑了過來，他衣襟半開，半裸著胸脯，連褲帶也鬆鬆地繫著，拖在地上老長一根。

他急急地衝到孫樂面前，把她的身子一扳，左右上下地打量起來。

仔細打量了一遍後，他雙臂一伸，把孫樂緊緊地摟在懷中，顫著聲音說道：「幸好沒事、幸好沒事，幸好沒事……」

孫樂偎在他的懷中，靜靜的一動也不動。

這時，陳立向兩人走來，火把騰騰的光芒中，他看著孫樂，沈聲說道：「是趙國排名前五的劍師丘離。」

孫樂點了點頭，也不知為什麼，她以前也不知經歷過多少這種陣仗，可現在被姬五緊緊地摟著，她是一點也不想掙開，更不想再強裝堅強。

她無力地偎在姬五懷中，對著陳立點頭道：「趙人恨我入骨，丘離只是其中一個。」

她這話一出，四野俱靜，不管是陳立，還是姬五，都沈默起來。

孫樂慢慢地站直身子，不過，她還是偎在姬五懷中。她盯著陳立，徐徐地說道：「義解大哥才走，刺客便殺來了。看來，他們已注意我多時。陳立，我想招募幾個劍師護衛，可行否？」

陳立看了一眼姬五，徐徐點頭。「應是可行。妳孫樂的女子身雖為世人詬病，叔子卻是不同的。」

孫樂明白了，姬五也明白了。

他摟著孫樂，清聲說道：「明日我便親自去請。」

以姬五的超然地位，去請劍師來保護同樣名揚天下的女子孫樂，還是有可行性的。這便是陳立的意思。

當天晚上，孫樂許久未睡，她不喜歡這種完全被動的處境，可是，她還真的想不出來，自己除了被動地請劍師保護外，還能做什麼？

自己得罪的可是一個國家啊！

第二天，姬五一大早便出發了，他先是找到義解，然後再在義解的介紹下求見了幾個臨淄城中的劍師。

叔子親自相請，本身是一大榮幸。這時的人，所求無不是跟隨權貴，名揚天下。不管是叔子的超然，還是田公孫樂的智名，都足以讓這些人心動。

雖然，有兩個劍師因為孫樂是女子之身拒絕了，但另外兩個卻是欣然應諾。

而義解另外贈了她二十來名劍客。再加上齊侯得信後，又給她派來了兩名劍師、三十名劍客，轉眼間，孫樂身邊的劍師多達六人，劍客有五十名，隊伍再次膨脹。

可以說，現在孫樂出行的儀駕，已經與一國王孫齊平。

有了這麼多人保護後，孫樂才感覺到安全了些。她這時已深刻地體會到，緊急情況下還是只能靠自己，因此，她練習太極拳更加積極了。

兩人在臨淄停留一月，眼看齊侯給孫樂造的府第可以入住時，姬五突然得到本家的來信。原來，姬族本家在知道孫樂和姬五的關係後，要求他親自帶著孫樂回去一見。

姬族本家在越地。姬五略作準備後，便與孫樂再次啟程，趕赴越國。

齊侯沒有多作挽留。在他看來，孫樂既然是女子，便不能再行說客之事。也就是說，她的利用價值已沒有多少了，她的去留也就不再重要。

而孫樂也知道了，雉族在得到雉才女的現狀後，果然如那個宮女所說，做出了棄子的行為。他們一方面派人向楚王送信，一方面答應了齊侯的要求，把雉才女正式以禮物的形式送給了齊侯為姬。

姬五和孫樂在齊侯派人送出了五十里後，浩浩蕩蕩地離開了臨淄。

黃沙十里，荒原處處。

長長的車隊迤邐而行，孫樂拉開車簾，靜靜地看著這一望無垠的蒼茫大地。

路旁，不時有蒼老矮小的農民好奇地駐足張望，也有騎驢的賢士前來追隨。

這一次回越，不知為什麼，讓孫樂想到了第一次與姬五從姬府趕往邯鄲時的情景。那時候，他們不管走到哪裡，路上遇到的賢士和麻衣劍客都會指指點點，一臉不屑。這一次卻完全相反，不斷有人要求追隨，就算那些不想追隨的人，也是一臉羨慕尊敬地看著他們。

有時，孫樂看著那些赤足奔跑在田野間的、黃髮黑瘦的小女孩時，會有一種抽離感、恍惚感。她不知道以前那個曾經為生計苦苦奔波的孫樂是自己，還是現在高坐在馬車中，一副貴女打扮的孫樂是自己。

這時候，孫樂是真的感覺到，自己已扎根在這個混亂的年代，現代的孤兒孫樂只是前世的她，以前的醜女孫樂也只是幼時的她。

想到這裡，她不由得轉頭看向姬五的馬車，正好這個時候，他也從馬車中伸出頭來，傻傻地看著她。

四目相對，孫樂心中一陣甜蜜，她暗暗想道：而且，我還有著他。就算這世間的一切都會被時間改變，就算轉眼便是滄海桑田，他也不會變。

頓了頓，她在心中給自己加上一句。如果他也變了，那就是我命如此，沒有必要去怨天尤人。

兩人中間，隔了數輛馬車，可是，在此時此刻，孫樂只覺得一切都已消失，整個世界，都只有十數公尺處那雙亮晶晶的眼睛、那張俊美無儔的面容。

這時的孫樂，有種陶陶然的醉意，她忽然覺得上蒼對自己十分厚愛。如姬五這個自己無時或忘、魂夢相牽的男人，居然也愛著她。這世上，還有什麼比這種恩賜更讓人感激？

她的雙眼晶亮，只覺得胸口塞得滿滿的，整個人都已飄然欲仙。

孫樂兩世孤單，從來不敢奢求任何感情。她總是覺得，自己本是天生薄命之人，如果有一天自己真的全心全意地依賴著什麼人時，那人便會離他而去。

可是，此時此刻，這種種不安、種種恐慌都已不在。孫樂只是想著，如果連姬五也棄自己而去，那活在這世上也無甚意思。

她不知道這是不是愛情，她想，自己與姬五有著同樣的孤獨靈魂，兩個同樣對世間充滿不安、充滿不信任，對人心充滿防備的人，能碰到一塊兒便是幸運，更何況還相互愛著、依賴著呢？孫樂從來沒有相信一個人如相信姬五一樣。她相信他不會變心，她相信他明白著自己。這種相信，令她全身充滿了力量。

從來便沒有安全感的孫樂，第一次體會到把心放在胸腔中的滿滿實實的感覺。

兩人的視線，緊緊地絞在一起，兩雙明亮的眼睛，一瞬也不瞬地看著對方。這時刻，他們身周的一切人、一切事都已不存在。

因此，兩人便沒有發現，不少劍客都已伸袖掩住了眼睛。

阿福更是苦著臉，一邊左右觀察著眾人，一邊連連嘆氣。「完了、完了！唉，幸好在王孫聚會時，公子還知道自制，不然就真的完了。唉，天下間，誰會尊敬這樣的叔子？」

姬五緊緊地盯著孫樂，等孫樂終於羞澀地縮回馬車中時，他才一臉悵然地回過頭來。

越的都城大越，位於楚的東方，是肥沃之地。從齊到越，路程足有五、六千里，十分的遙遠。

車隊不緊不慢地在官道上走著，一路上，因為慕叔子之名而來投奔的人太多，陳立等人為了維持他飄然如仙的形象，怎麼也不肯讓姬五和孫樂同坐一車。這樣中間隔了兩輛馬車他都一副傻相了，要與孫樂整日待在一起，哪還有清醒的時候？

車隊走了二十天後，終於要走出齊境了。

現在是傍晚時分，金燦燦的太陽開始沈入地平線，半邊天空被染得紅豔豔的，與另一側的碧藍天空形成了鮮明的對比。

這是一種廣闊的美。

前方的官道兩側，出現了一望無際的叢林。這些生長了幾百上千年的叢林，古老幽深，不過靠近官道處多有路人行跡。

這時，馬車慢慢停了下來，到了用餐的時候了。

孫樂剛跳下便轉眼向姬五的馬車處看去。正好這個時候，他也急急地從馬車上跳下，向孫樂大步走來。

兩兩相望，不知不覺中都是一臉笑容。

姬五小跑到孫樂面前，緊緊地盯著她。在他灼熱目光的注視下，孫樂不由自主地又低下了頭，一臉羞紅。

姬五伸出修長的手，小心地、試探地握上孫樂的小手，在感覺到她毫不掙扎後，他心中大喜，連忙左手也伸出，同時把她雙手放在掌心中握緊。

傻乎乎地看著孫樂，姬五輕聲說道：「餓了嗎？」

「沒。」孫樂搖了搖頭，她抬頭看向姬五，水盈盈的雙眼中又是羞、又是歡喜地瞟著他，低聲說道：「走吧。」

「嗯。」

兩人手牽著手，向長在旁邊百公尺處的幾棵大樹後走去。

姬五望著漫天的紅霞，低聲說道：「這天真美，太陽沈入地面時，真是美得驚人呢，讓人看了就是滿心歡喜。」

孫樂聞言含笑。*這傻小子，他這分明是心中高興，便覺得一切都動人呢！*

她微微仰頭，看著紅霞映染下的姬五那令人驚豔的側面輪廓，不知不覺中，心又開始怦怦地跳得飛快，不過這一次在心跳加速時，隱隱還有著口乾。不知不覺中，孫樂向姬五輕輕依偎過去。

漸漸地，他那醉人的氣息開始充斥在孫樂的鼻端，這種氣息光是聞一聞，便使人欲醉。

孫樂搧了搧睫毛，突然發現自己有一種投入他懷中、緊緊地摟著他的衝動。

我這是怎麼啦？

衝動剛起，孫樂便給自己嚇了一跳。她迅速地站直身子，低下頭來。縱使低下了頭，她也是好一陣的臉紅心跳。

孫樂生怕姬五發現自己這種古怪的渴望，便一直低著頭。走著走著，孫樂的注意力移到了兩隻緊緊相握的手上。

握著自己小手的這隻手掌，修長有力，溫潤如玉。看著看著，孫樂忽然有一種想要落淚的衝動。緊緊地握著它，孫樂快樂地想道：這隻手是我的！她抬眼看向姬五如山陵河岳般完美的側面，又快樂地想道：這個男人也是我的！

他是我的，他完完全全是我的！

孫樂想到這裡，滿足地輕嘆了一聲。

姬五聽到她的嘆息聲，轉頭向她看來。

這一轉頭，他不由得對上孫樂明亮的、盛滿了愛意的眼眸。

四目相對，兩人又傻了去。

過了好久，姬五低低地說道：「孫樂，我好快活！」

「我也是。」

「我從來沒有這麼快活過。」

「我也是。」

「我胸口滿滿的，快活得想哭。」

孫樂眨了眨長長的睫毛，呢喃道：「我也是。」

突然間，姬五雙臂一伸，把她緊緊地摟在懷中。他摟得這麼緊，直緊得孫樂都喘不過氣來。

用盡全身力氣摟著孫樂，姬五低低地說道：「孫樂，以後妳到哪裡，我就到哪裡。」

孫樂揚唇想笑，可不知為什麼，眼中卻有澀意，她低低地回道：「喏。」

「我們再也不分開。」

「喏！」

孫樂伸出手，也緊緊地摟著姬五，把臉伏在他的胸口，暗暗想道：有了這一刻，我死也不冤了。

離兩人不到百十公尺的車隊中，不少人愕然地望著這摟成一團的兩人。

阿福一臉羞愧，因為這當口，他對上了好幾十雙半路投奔過來的賢士的目光。

阿福嘴抖了一下，嘿嘿一笑，甕聲甕氣地向這些目光的主人說道：「叔子平時不是這樣的，他只在孫樂姑娘面前才如此。」

說到這裡，他覺得自己的話一點力道也沒有，又悶悶地加上一句。「已經有好轉了，以前他們都是紅著臉看著對方，連話都不會說的，現在可以抱成一團了……」

孫樂緊緊地偎在姬五的懷抱中，感覺到他的心跳與自己的心跳合成了一塊兒。

這是我的男人！

她緊緊地閉上眼，綻開了一朵笑容。就算全天下都輕我棄我，我還有他；就算終要化為煙灰，我也可以與他一起。

這是一種無法形容的滿足，一種彷彿得到了整個世界的滿足。兩顆心之間，沒有猜忌、沒有不安、沒有惶恐、沒有猶豫。這一瞬間，便是天長地久。

孫樂伏在姬五的肩膀上，微笑地閉上雙眼。

兩人一動也不動，也不說話。一股涼風徐徐吹來，拂起兩人的長髮，輕輕地絞成一團。

也不知過了多久，孫樂慢慢地睜開了眼。

她的眼睛一睜開，便瞬間瞪得滾圓，同時身子一僵。

姬五感覺到了她的不對，驚叫道：「怎麼啦？」他的話音剛落，孫樂已身子一扭一轉，在重重把他推開的同時擋到了他背後。

「噗——」地一聲長劍入肉的輕響傳來。回過頭的姬五，驚恐地發現一個麻衣劍師一劍刺在孫樂的肩膀上，頓時血飛如箭！

「孫樂——」

姬五驚吼一聲，他只覺得腦海中嗡的一聲乍響。說時遲那時快，他急急地向孫樂衝過去，衝到了孫樂與那刺客之間。

孫樂在刺客必殺的一劍襲來時，本能地把姬五一推，自己擋向長劍。不過她修習太極拳多年，對危機的反應極其敏感，就在那一刺殺來時，她自然而然地避開了要害。

那刺客一驚，他萬萬沒有想到孫樂能躲開。如孫樂這樣以智聞名的女子，沒有人相信她有功夫。就算偶有所聞，也都不以為意。

讓刺客最吃驚的是，他發現孫樂的功夫還很不錯，甚至在許多劍客之上！

因為這一驚，他便沒有乘勝追擊。

而這時候，姬五已擋在了孫樂面前。

姬五緊盯著刺客，冷喝道：「來人——」

其實不用他喝叫，衣袂破空聲已不斷傳來，車隊中的眾劍師急急地趕了過來。

令孫樂兩人吃驚的是，眼看他們的援兵就來了，這刺客卻既不遁走，也不進攻。

刺客站在原地，側著頭打量著孫樂。打量了幾眼後，他嘆了一口氣。「真可惜！趁你們情濃之時出劍，居然還被妳避開！」

他說到這裡，向後退出兩步，厲喝道：「全部出來！」

他聲音一落，林動鳥飛，樹葉簌簌作響，五十幾個麻衣大漢從樹林中閃了出來。

而這時，陳立等人也衝到了姬五的前面，把他們團團護在中間。

陳立皺眉看著這些人，雙手一叉，朗聲說道：「梁公、雍且，你們乃是天下間響噹噹的劍師，這般對叔子和田公動手，就不怕天下人笑話嗎？」

一個三十來歲，長著吊梢眉的麻衣大漢哈哈笑了起來，他一邊笑一邊向前走，一直走到梁公面前才停下。他雙手一叉，衝著陳立朗聲回道：「如孫樂這樣顛倒乾坤的女子，就算趙侯不請，我等也是願意取她項上人頭的。陳立，你也是天下數一數二的少年劍師，過不了十年便可躋身為宗師級高手，如此大好前程，你護著叔子便是，又何必為孫樂這個惡婦出面？」

他一開口便是把姬五和孫樂兩人分拆開來。

要是尋常時候，陳立等人可能還會聽得入耳，可現在他們深知這兩人情濃似海，哪裡還能分出彼此？

吊梢眉的大漢雍且說出這番話後，見陳立等人無動於衷，不由得有點詫異。他雙眼一轉，目光看向姬五，朗聲說道：「叔子，你名動天下，當真要為如此一個毒婦出頭不成？」

他一句話說出，半天沒有人應承，不由得惱怒地提高聲音厲喝道：「叔子?!」

還是沒有人應承。

眾人轉過頭去，卻見被劍客們圍在中間的姬五，正緊繃著一張俊臉，認真地用自己身上撕下的綢衣，小心地給孫樂包著傷口。

他劍眉緊鎖，表情極其專注，那樣子，分明是沒有聽到雍且說的話。

雍且吊梢眉一豎，正準備再說什麼，他旁邊的梁公已慢騰騰地說道——

「廢話何益？事已至此，以血說事吧！」

梁公顯然是刺客們的頭領，他的聲音一落，眾刺客便整齊地朗聲應道：「喏！」

數十人同時應諾，聲震四野，殺氣騰騰！

陳立等人腳步一錯，呈扇形散開，在與對方形成敵對之勢的同時，也把孫樂和姬五緊緊地護在中間。

姬五這時已把孫樂的傷口包紮好，就這包紮的片刻工夫，他的額頭上已滲出了細細的冷汗。

孫樂抬著頭，噙著笑靜靜地瞅著他。

姬五包紮過後，抬頭見到她的目光，不由得笑了笑。

笑過之後，他緊緊握著孫樂的手，五指交纏，低聲問道：「懼乎？」

孫樂搖頭輕聲說道：「否。」

姬五斂眼。「我懼了。」

孫樂一怔，不解地看著他。

姬五的嘴唇顫抖了幾下，低低地說道：「剛才，我險些不能呼吸。」

原來是這樣。孫樂心中一定，手指用力，緊緊地與他相絞，低低地說道：「我已習慣了。」

姬五聞言，臉上的肌肉抽了抽，半晌後突然說道：「可退否？」

孫樂聞言眨了眨眼。

姬五認真地看著她，低低地說道：「世人汲汲營營與我們何干？齊國、楚國是興是亡與我們何干？不如找一山青水秀之處，日日扁舟，我彈琴妳放歌。」

孫樂聽到這裡，不知不覺中露出一抹明豔的笑容。她雙眼亮晶晶，嚮往地說道：「日日扁舟，彈琴放歌？真美！」

她低低地嘆息一聲。「可惜，現在不能退。」

兩兩相望，姬五伸出右手撫上她的小臉，輕輕地說道：「終有法子可想，然否？」

「然！」孫樂重重點了點頭，容光煥發。「定有法子可想。」

她微側頭，讓自己的臉蹭著他的大手，快樂地想道：是啊，世人汲汲營營，與我們何干？他與我一樣對名利並無所求，他與我一樣只想遠離這些紛爭，活得自由而快活。嗯，是要好好盤算一下，看看能否抽身離去。

兩人的心中、眼中只有彼此，一點也沒有注意到，這片刻工夫，兩隊人已廝殺成一團。

陳立這一隊中，共有劍師十名，劍客上百。雖然人數上勝過對方一倍，可是，這一隊刺客卻是趙人精心佈置的，這五十人中，光是劍師便有十二人，剩下的人雖然不是劍師，卻也是劍客巔峰階段的人物，因此，雙方實是勢均力敵。

轉眼間，對方的十個劍師與陳立十人纏鬥上了，而這時候，雍且一邊與姬五隊伍中的劍客們游鬥，一邊用眼角的餘光瞟向孫樂。

雍且劍光如電，每一次與對手稍一過招便迅速閃開，不知不覺中，他已離孫樂越來越近。

「嗞——」地一聲劃過一個劍客的胳膊，雍且腳步一錯，身形一轉，再向孫樂接近了一步。轉眼間，他與孫樂之間，只隔了三個劍客。

這時的劍客，並不會有專門的領導，饒是如此，如陳立這樣的人，便在不知不覺中擔任了領導的角色。

他此時的對手，是個一般的劍師，因此，他一邊還擊，還時有餘暇四處觀察。這時，他一眼瞟到了雍且，當下厲聲喝道：「注意保護孫樂！孫樂，注意雍且！」

「喏！」

「喏！」

孫樂也清脆地應了一聲。

雍且冷哼一聲，他沒有想到自己的企圖這麼快便被人看破，當下有點羞惱。

他長劍一掠，「噗」地一劍刺入左側一個劍客胸口。長劍一抽，血濺一公尺，連孫樂的身上也染了一片。

孫樂一驚，剛要移動，姬五已身形一閃，擋在了她前面。

雍且朝姬五重重哼了一聲，不過，他也只能哼了。被陳立提醒後，這片刻工夫，又有數十個劍客隔在他與姬五之間。

血肉橫飛，劍光沖天，不管是孫樂還是姬五，都是首次經歷這種完全血腥、一眨眼便有人橫死當場的場景。

孫樂才看了幾眼，臉色便已煞白，胸口堵悶異常。她強忍著噁心，逼迫著自己睜大眼睛看著這一幕。

在她的身前，姬五亦是如此。他身分超然，雖然看過別人爭鬥，可是卻很少有人真的對他不利，現在他還是首次經歷這般血腥殘酷的場面。

他煞白著一張臉，胸口也是一陣陣堵悶。可是，每次他難受得差點軟倒在地的時候，一眼瞟到孫樂蒼白的小臉，烏黑的眸子便是一清。

這時候，兩人什麼也不能做，他們只能緊緊地護著自己，避免犯不該犯的過錯。

這時的劍客，招式極為簡單，每一招都是生死相搏。特別是到了劍師階級，體內有內氣浮現，那劍招揮出之時更是威勢驚人。

姬五把孫樂緊緊地擋在身後，一瞬也不瞬地盯著那些刺客。

時間從來沒有過得如此之慢，最痛苦的是，這裡是齊、魏交界之處，地方十分僻靜。官道上偶有行人經過，看到這裡的廝殺場面，也是惶惶離開。

天已越來越黑。

最後一道金光都沈入了地平線，一道薄霧開始籠罩在天地之間。

兩邊的隊伍，都已死傷無數。

護在孫樂、姬五身邊的劍客，已不足三十人，地上亂七八糟地躺著幾十具同伴的屍體。

偶爾間，一聲烏鴉聲從空中掠過，在金鐵交鳴聲中染上一層慘烈。

孫樂緊緊地抿著唇，緊緊地抿著。這一個時辰中，她腦海中浮出了無數個法子，可是沒有一個法子能解決目前的困境。

雙方的勢力實在太過相當，如果沒有外力插入，這一次只能以兩敗俱傷收場。

就在孫樂急得把乾枯的嘴唇咬破的時候，前方的官道中，隱隱傳來了一陣轟轟的馬蹄聲，同時，漫天煙塵出現在她的視野中。

這馬蹄聲威武而雄壯，氣勢洶洶，顯然來人很是不少。

孫樂大喜，她注入內力，大聲喝道：「唏！齊陽侯的隊伍來矣！」

她的聲音響亮而充滿驚喜，遠遠傳出，正在激鬥中的眾人先是一驚，轉眼陳立諸人都是大喜，而眾刺客則面面相覷。

這時馬蹄聲已清朗地傳入眾人耳中。

雍且回頭看了一眼死傷眾多、疲憊不堪的眾刺客，又瞟向官道上滾滾而來的煙塵，倉促當中，他也分不出來這隊伍究竟是不是齊陽侯？他料想，以叔子的超然身分，來者不管是什麼人，都有可能插上一手，幫助對方。

想到這裡，他縱聲一喝。「撤——」

喝聲中，他帶頭跳出廝殺的隊伍。

他們既然願意撤退，陳立等人自是沒有阻攔的道理。

一轉眼，眾趙國刺客便一一跳出，消失在茫茫山林中。

刺客們一退，眾劍客便撲通一聲，喘息著坐倒在地。

這一場刺客來襲，足足死傷大半。百數劍客最後剩下不足二十五人，劍師們也是多有重傷。

眾人害怕夜長夢多，剛一坐下便又連忙站起，埋了屍體，相互扶持著回到車隊旁。

孫樂等人坐上馬車時，那隊伍恰好趕到。

這車隊浩浩蕩蕩，足有三、四百人，卻是名揚天下的魏國大商人成中。

成中在知道被襲的是叔子後，便前來求見。

最後兩隊合一，繼續前行。

——未完，待續，請看文創風064《無鹽妖嬈》5（完）

春秋戰國第一大家／**玉嬴**

無鹽妖嬈

青山相待，白雲相愛，夢不到紫羅袍共黃金帶。
一茅齋，野花開，管甚誰家興廢誰成敗？

文創風 059 **1**

孫樂想不通透，自己怎的一不留神就被雷劈了個正著？
且她一覺醒來成為一名身分低下的十八姬妾也就罷了，
偏偏她還換了個身體，變成長相醜陋兼瘦弱不堪的無鹽女！
教人汗顏的是，她名義上的夫婿姬涼卻是美貌傳天下的翩翩美公子，
唉唉，這兩相一比較，簡直都要叫她抬不起頭來了，
再者，來到這麼個朝代後，生存突然間變成一件無比艱難的事，
前面十七個姊姊，隨便一個站出來都比她美很多，
她既無法憑藉美貌得人寵愛，想當然耳只得靠腦袋掙口飯吃了，
幸好她極聰穎，臨機應變的能力絕佳，又能說善道，
想來要在這兒安身立命下來，應該也不是太難……吧？

《無鹽妖嬈》1封面書名特殊燙銅字處理，盡顯濃濃古意！

文創風 060 **2**

說到她夫婿姬五這人，家底是不差的，加之心善耳根又軟，
因此人家塞給他及他救回家的女人不少，這些全成了他的姬妾，
孫樂自己就是被他撿回家的，要不憑她人見驚、鬼見愁的容貌，誰肯娶？
甚至連她請求收留一個無依無靠的男孩跟她同住，他也答應了呢！
但說也奇怪，她就罷了，其他漂亮的姬妾不少，怎也不見他多瞧一眼？
別說看了，連到後院跟姊姊們說說話的場面她都很少看見過，
倒是她，醜歸醜，但因獻計解了他的煩憂，反得他的另眼相看，
結果可好，引得其他姬妾們眼紅，其中一個還對她栽贓嫁禍，
唉，使出如此拙劣的伎倆，三兩下就能解決掉，她都不知該說什麼好了，
果然男人長得太好看就是一切禍亂的起源，古今皆然啊～～

文創風 061 **3**

在展現聰明才智，成為姬五的士隨他出齊地後，孫樂發現了一個秘密——
他俊美無儔，氣質出眾，外人看來宛若一謫仙，卻原來極怕女人啊！
由於他生得一張好皮相，姑娘家見了他就像見到塊令人垂涎的肥肉似的，
不論美醜，一律對他熱情主動、趨之若鶩得很，令他招架不住，
基本上，他會先全身僵硬、正襟危坐，接著就滿頭大汗、困窘無措，
通常要不了多久，他就會明示暗示地要她速速出手相救，
即便是名揚天下、大出風頭後，他也一如既往的不喜歡與人交際，
而跟在他身邊的她，就算低調再低調，才智與醜顏仍是漸漸傳開來，
便連天下第一美人雉才女都當眾索要她，幸好他極看重她，嚴辭拒絕了，
她既心喜於他的相護，又不解雉才女的舉動，此事頗耐人尋味哪……

文創風 063 **4**

猶記當初秦王的十三子曾對孫樂說，她雖是姑娘，卻有丈夫之才、丈夫之志，
因看出她才智非凡，所以問她有無興趣追隨他，他必以國士之禮待她，
這番話著實說得情真意摯啊，偏偏她沒那麼輕易便以命相隨，
要知道，這是個人命如草芥的世道，她不過一名小女子，沒啥偉大志向，
倘若能得一處居所安然自在地過了餘生，她便也別無所求了，
然則那問鼎天下、惹得各侯王欲除之的楚弱王卻逼得她不得不大展長才，
原因無他，楚弱王便是當年與她同住姬府、感情極佳的男孩弱兒！
當時那個說要她變好看點才好娶她做正妻的男孩，如今已是一國之王，
不論多少年過去，他待她仍一如往年的好、不嫌她醜，欲娶她之心更堅定，
雖不確定自己的心意，但她卻為他扮起男子，當起周遊列國的縱橫客……

文創風 064 **5** 完

這回為了姬五想救齊國一事，她孫樂重操舊業出使各國當說客，
結果齊國是順利得救了，她卻徹徹底底得罪了趙國，
趙國上下認為她以女子之身玩弄天下之士，更兩番戲趙，罪無可逭，
那趙侯更是發話了，凡她所到之處，他必傾國攻之！
這不，她前腳才剛踏入越國城池，越人即刻便求她離開，想想她也真有本事，
然則此時出城便是個死，於是她率眾住下，沒幾日，趙果發兵十萬欲滅她，
正當兵臨城下、千鈞一髮之際，弱兒帶大軍前來相救，更令趙全軍覆沒！
驚險撿回一命後，她不得不正視一個困擾已久的問題——
一個是溫文如玉的第一美男姬五，一個是問鼎天下的楚國霸王弱兒，
兩位人中之龍都極喜愛她，她也該仔細想想，誰才是她心之所好了呀……

《無鹽妖嬈》5，首刷隨書附贈1~5集超美封面圖5合1書卡，
可珍藏，亦可自行裁切成5張獨立的書卡使用喔！

既來之，則安之。

再不想再受盡白眼，

她就想個法子討老祖宗歡心……

慧黠有情・宅鬥精巧／

薔薇檸檬

競芳菲

文創風 065 上

她原本好好的在高中教語文，還是該校小有名氣的「王牌教師」。
無論是上級、同事還是學生，都對她的工作能力十分佩服。
唯一美中不足的是，她到現在還沒有談過戀愛……
但這幾近完美的一切都在瞬間有了天差地別的改變──
她意外地穿越到古代，被困在一個名叫秦芳菲小孤女身上，
她有著成熟的靈魂，卻被迫當個十歲的小女孩，
像個拖油瓶地似寄生在秦家本家大宅裡，
不只不被老夫人待見，受盡冷落，還得領教惡僕欺主，
幸虧來到古代時，她腦中攜帶而來海量資料庫──
百草良方，盡在掌握；花經茶道，樣樣精通；發家致富，不在話下。
縱然有再多的艱辛波折，坎坷磨礪，
她也一樣可以把小日子經營得有滋有味，風生水起……

文創風 066 中

「我向妳發誓，我一定要取得功名，然後……用我的一生來保護妳。」
陸寒是從什麼時候起，對她竟有了這樣深的感情呢？
遲鈍的她卻從未察覺……
雖然他是自己的未婚夫，在這一世還長了幾歲，
但在她心中，一直當他是弟弟般地照顧著。
她已不再是剛穿越過來的那個沒本事、病弱氣弱的小孤女了，
她懂得怎麼營生，怎麼撐起小小的天地守護自己，
就算秦家逼她悔婚，她仍是可以周全自己的意願。
只是不嫁朱毓升，難道，真的要嫁陸寒嗎……
她相信他是個一諾千金的人，
他話一說出口，即便是天坼地裂，他也不會改變心意。
可她的心卻……

文創風 067 下

上天就是這麼愛捉弄人……
當她覺得她的人生、未來的幸福應該就這麼安穩地定下來了，
茶館的生意她做得叮噹響，手邊寬裕了，
陸寒也提親了，往後他們成了小夫妻，兩口子可以好好安生了，
皇上突來的恩寵卻攪亂了她的天地。
曾藏她心上的少年，竟成了當今的皇上，
她心中深藏的情意早已遠去，
然而皇上對她的思念卻日益深沈，
強烈的情感竟化為獨占，擄了她，軟禁她，
恩威並施，語帶威脅……她再怒也只能忍下；
她不能拂了皇上的面子，更得顧全陸寒性命，
她不想當皇上養在精美籠子裡的金絲雀，她的心早已飛了，
她該怎樣才能脫身，回到所愛的人身邊呢……

文創風 063

無鹽妖嬈 4

國家圖書館出版品預行編目資料

無鹽妖嬈 / 玉嬴著. --
初版. -- 臺北市 : 狗屋, 民102.01-
冊 ; 公分. --（文創風）
ISBN 978-986-328-000-2（第4冊：平裝）. --

857.7　　101026035

著作者　玉嬴
編輯　黃淑珍
校對　黃薇霓　蘇虹菱
發行所　狗屋出版社有限公司
地址　台北市104中山區龍江路71巷15號1樓
電話　02-2776-5889～0
發行字號　局版台業字845號
法律顧問　蕭雄淋律師
總經銷　知遠文化事業有限公司
電話　02-2664-8800
初版　102年2月
國際書碼　ISBN-13　978-986-328-000-2

原著書名：《无盐妖娆》由起点中文网(www.cmfu.com)授權出版

定價230元
狗屋劃撥帳號：19001626
網址：love.doghouse.com.tw　E-mail：love@doghouse.com.tw